27 cours d'Estienne d'Orves 13001 Marseille
www.polar.jigal.com

Photo couverture : © JG
Création graphique : Isabelle Cochereau
Directeur de collection : Jimmy Gallier

ISBN 978-2-914704-76-2

ANDRÉ FORTIN

PITIÉ POUR CONSTANCE

ÉDITIONS JIGAL

DU MÊME AUTEUR

Deus ex Massilia
Un été grec
Requiem pour le Juge
Éditions Jigal

Avertissement

Ce roman est une fiction. Toute ressemblance avec des personnages existants ou ayant existé, serait donc purement fortuite.

– Ce mec, il se prend pour le roi du monde alors qu'il a simplement eu la chance de naître dans le pays le plus puissant du monde ! On est tous d'accord pour dire que c'est pas un prix Nobel. Il est en fin de course, impossible pour lui de se représenter. C'est un has been *et on ne sait même pas si son successeur va suivre sa politique. Mais bon… je voudrais bien lui être agréable, dit, le président.*

– Pourquoi ? dit, le conseiller.

Il posait de ces questions, ce conseiller ! Et la manière… Comme un maître à son élève ou un psy à son patient. Il n'était pas là pour poser des questions, bordel, mais pour donner des conseils, de simples conseils, pour répondre aux questions qui pouvaient se poser à lui, le président, ou aux questions que lui, le président, posait, point barre ! En plus, ce conseiller écouté, ce puits de sciences politique, économique, historique et tutti quanti, *il lui faisait faire des conneries, dire des conneries quelquefois ; bon, mais là, sur ce chapitre, lui, le président, il protestait un peu pour la forme, il savait bien qu'il était un peu de mauvaise foi. Parce que, pour être honnête, ces fameuses conneries qu'il lui imputait, il les aurait dites ou faites, de toute façon. Et, à vrai dire, des conneries, le conseiller lui en évitait d'autres, bien d'autres…*

Voilà, il avait beau, en cet instant, être au comble de l'agacement, il n'arrivait pas à s'emporter vraiment contre ce type, son mentor, disaient certains. Les cons ! Tout ça le faisait enrager et personne pour déverser le trop-plein de cette rage !

N'empêche, il aurait pu le virer, tout simplement le virer, juste en claquant des doigts, il en avait viré d'autres et d'un autre acabit ! Ce type, à part ce qu'il avait dans la tronche, n'était rien après tout, une merde ! C'était lui, le président. L'autre n'avait pas de couilles, pas de classe, pas la moindre aura, pas de chance non plus, ni de charme, il suffisait de le regarder en cet instant pour comprendre qu'il aurait été incapable de chauffer une salle et encore moins de l'enflammer. Les militants n'en avaient rien à secouer de cette éminence grise, d'ailleurs on ne le montrait qu'aux journalistes, aux commentateurs, cette clique d'emmerdeurs patentés que lui, le président, ne supportait plus. Pauvre homme, il n'était pas aimé. Et puis il n'aurait jamais pu tenir le coup comme lui, un être exceptionnel, un animal politique, un grand fauve, toujours sur la brèche, toujours réactif, dormant aussi peu que Napoléon, à ce qu'on disait.

Malgré tout, il lui répondit :

— C'est la plus grande nation du monde et c'en est le chef, Vernier. D'accord, il a tendance à se croire sorti des couilles, euh… non… c'est pas des couilles, ah oui, de la cuisse de Jupiter, comme vous dites, mais sa démarche semble être la bonne pour le monde libre, enfin… je veux dire le monde occidental. On ne peut donc pas lui refuser grand-chose.

— Sur le fond vous avez raison, monsieur le président. Un jour ou l'autre les États-Unis vont gagner la guerre d'Irak, un jour ou l'autre ils vont faire le ménage en Afghanistan, et alors ceux qui n'auront pas choisi le bon camp, ceux qui auront été trop tièdes ou trop pusillanimes…

Le conseiller laissa planer un silence. C'était sa manière à lui de tester son interlocuteur, cet interlocuteur-là, son interlocuteur privilégié – l'ai-je encore sous ma coupe ? – puis, comme l'autre ne réagissait pas, donnant seulement à voir une mine songeuse, il poursuivit :

— En plus, actuellement, vu ce qu'a fait votre prédécesseur, on serait plutôt dans la position du mauvais élève qui doit se rattraper... Mais, sur la forme, malheureusement...

Le président, qui avait apprécié toute la première partie du discours – il aimait en effet l'Amérique parce qu'il aimait la puissance et d'ailleurs aussi l'arrogance qui va souvent avec – explosa à ces derniers mots :

— Qu'est-ce que j'en ai à foutre de la forme ? On fait de la politique, de la grande politique, de la géopolitique ! On décide du sort du monde, Vernier ! Et on est au XXIe siècle, bordel, c'est pas la comtesse de Ségur !

Le conseiller s'amusa in petto *de cette référence littéraire. Le président qui n'avait pas la réputation d'avoir lu grand-chose, avait-il seulement lu, dans son jeune âge, la comtesse de Ségur ? En avait-il même entendu parler ? Ou ressortait-il là, telle quelle, une expression qu'il tenait de quelqu'un d'autre ? Il demeura silencieux pendant que l'autre continuait à gesticuler, proférant quelques jurons, il aimait ça. Puis le président, un peu calmé, l'interrogeant d'un regard impérieux, il se lança à nouveau :*

— Je ne dis pas que ce serait une mauvaise chose, monsieur le président ; tous les moyens sont bons pour lutter contre le terrorisme, spécialement celui des Arabes et autres islamistes, et, à titre personnel, je serais tout à fait d'accord pour utiliser les mêmes armes qu'eux. Œil pour œil, dent pour dent, comme disent les juifs. Mais il y a les règles, nous avons un ordre juridique interne, une réputation mondiale pour ce qui est des libertés et des droits de l'homme, et aussi des engagements européens, il ne faut pas l'oublier – je veux dire la Convention européenne des droits de l'homme. On ne peut pas balayer ça d'un revers de main, prendre ce risque-là pour plaire à l'oncle Sam en créant des zones de non-droit sur notre propre territoire et tout ça pour lui éviter d'avoir à le faire sur le sien !

— Putain, les règles, les droits, et puis les juges, bordel, toujours les juges ! grogna le président.

— Non, monsieur le président, je vous suis parfaitement pour les règles et le droit, quoique avec le droit il y ait quand même matière à discussion. Mais les juges, on peut toujours en espé - rer quelque chose, s'en arranger, les manœuvrer, les convaincre, nos juges à nous en tout cas…

— Enfin… il faut trouver un truc, Vernier, un truc qui lui soit agréable. Je veux lui rendre service, rendre service à l'Amérique, on lui doit bien ça !

— J'ai une idée monsieur le président, une petite idée…

— Vous êtes là pour ça, Vernier ! Réfléchissez-y. Dans l'im - médiat je vais lui dire que ce qu'il me demande c'est pas possible. On n'est pas une république bananière ! Mais qu'on a autre chose en vue, assez difficile à mettre sur pied mais que j'ai mis mes experts sur le coup, qu'on va arriver sous peu à concoc - ter quelque chose qui lui rendra service, un vrai service, un service… comment dit-on ?

— Substantiel ? Monsieur le président.

— Oui, c'est ça, substantiel, c'est le mot. Il m'a dit qu'il avait lui-même un conseiller spécial chargé de ce genre d'af - faire, un colonel ou un général, je ne sais plus. Vous prendrez contact avec lui pour mettre votre idée au point, Vernier.

— Je vous rendrai compte, monsieur le président.

— Pas forcément Vernier, vous avez carte blanche. Inutile de me donner les détails. Montez ça avec ce général. Des fois il vaut mieux que le président ne soit pas directement mêlé à celà, vous comprenez ?

— Je comprends très bien, monsieur le président. Mais… il va falloir trouver des crédits, des crédits qui échappent à la surveillance de la Cour des comptes.

— La Cour des comptes ! Encore des juges, Vernier. Et souvent des gens de notre bord qui nous chient dans les bottes ! Mais bon… des crédits occultes, ça se trouve, ça se trouve. Voyez donc mes amis, ceux qui font du blé en Afrique – pétrole, minerai, bois exotiques – et ceux qui transportent tout ça à

travers les mers. Les dollars vont et viennent dans leurs bagages, ce n'est un secret pour personne. Vous n'êtes pas naïf, Vernier ? Vous avez déjà entendu parler des commissions et des rétrocommissions ? On en a parlé pas plus tard qu'il y a huit jours et vous étiez là. On ne leur demande pas les pépites après tout, juste un peu de poudre d'or pour le bien du monde. Vous êtes assez grand et assez malin pour régler cette petite affaire, n'est-ce pas ?

– Je pense, je pense, monsieur le président, répondit le conseiller qui, derrière cet agacement, voyait poindre une colère qu'il redoutait, mais…

– Passons à autre chose, Vernier. On a du taf autrement plus important que cette petite cuisine. La politique intérieure, les journalistes, il me semble que ces temps-ci ils redressent un peu la tête, ceux-là…

Le conseiller pensait, lui, que le bébé que le président venait de lui fourguer était bien délicat et surtout bien encombrant. Il aurait préféré ne pas avoir à le gérer tout seul, mais bon, il rendrait compte et l'autre serait bien obligé de l'écouter et même de prendre, à un moment ou à un autre, des initiatives. Lui n'était là que pour conseiller après tout, même pas membre du gouvernement ; des idées, des suggestions, des fils qu'on tire dans l'ombre, mais aucune autorité officielle ! Et d'ailleurs il se sentait bien comme ça. En plus il savait à qui s'adresser. Goulard-Marty – à qui il devait beaucoup – serait ravi de mettre ça au point, à sa manière, une manière qui n'était pas désintéressée. Et puis ni lui ni Goulard n'aimait l'Amérique, mais il ne fallait rien laisser transpirer, la moindre erreur pouvait faire apparaître ce qu'il était au fond, un homme téléguidé, une sangsue depuis longtemps collée aux basques de ce candidat prometteur, une sangsue intelligente et efficace au point qu'on pouvait se demander s'il n'était pas plutôt devenu, avec la victoire, un poisson pilote. Vernier, pas très courageux à vrai dire, se méfiait de tout et d'abord de lui-même. Il y avait dans cette maison des gens beaucoup plus attentifs et futés que le président…

Et le président, justement, avec cette insoutenable désinvol - ture dont il était coutumier, avait déjà évacué le sujet. Il pensait avec fierté à ses électeurs, ses millions d'électeurs. Il était encore dans la jouissance de ce raz de marée qui lui avait amené la victoire. Mais la vie ne s'arrêtait pas là, tous ces gens qui avaient voté pour lui n'étaient pas pour autant devenus ses sujets, ç'aurait été trop simple et trop beau, il lui faudrait remettre ça dans cinq ans. Du taf donc. Voir ses conseillers en communication. Mettre au point une stratégie. Récupérer d'autres électeurs et, si possible, garder ceux qu'il avait si brillamment convaincus et dont certains allaient être déçus, forcément.

*

À près de huit cents kilomètres de Paris, François Séverac était un de ces électeurs-là. Au premier comme au second tour des présidentielles, il avait fait partie du camp de la victoire. Il n'en tirait aucune gloire, ni même à vrai dire aucune satisfac - tion, mais ne s'en cachait pas non plus. C'était un légitimiste. Il avait toujours voté à droite parce que la droite défendait les paysans. Jusque-là tout au moins, car de même que la plupart des électeurs étaient convaincus d'une continuité conservatrice, lui-même était loin de se douter que sous peu cette nouvelle droite qui n'en avait décidément plus rien à foutre de ces bouseux, abandonnerait les campagnes, les endroits reculés – enfin tous les lieux pas rentables. Ce qui était drôle, c'était que la droite n'était pas spécialement dans ses idées. C'était un homme du passé, il l'admettait volontiers et, comme de juste, il tirait ses références du passé. C'était ainsi qu'il se sentait, aujourd'hui encore et bien que ça n'ait plus aucun sens, proche des radicaux-socialistes qui avaient dominé longtemps ici et alentour mais également au pouvoir, dans la capitale.

François Séverac, il aimait les gens, il aimait discuter, il aimait la fraternité, les bons coups qu'on boit au café entre copains et grandes gueules. Il avait l'an dernier, passé les quatre-vingts ans, ce qu'on avait dignement fêté d'ailleurs, et fréquentait toujours le café. Il y était même encore plus assidu depuis qu'il ne travaillait plus, qu'il avait un jour abandonné, lorsque ses bras l'avaient lâché, la ferme de ses ancêtres, abandonné cette bonne vieille ferme et ses quelques champs, comme avaient fait beaucoup d'autres vieux. Il était d'ici, de Condamine. Il y a des Condamine ou des La Condamine un peu partout en France, les habitants ne savent en général pas pourquoi et la plupart s'en foutent, mais pas lui, François Séverac. En fait ça venait du latin condominium *qui devait vouloir dire, selon les sources savantes et autorisées, « groupement de gens ». C'était bien le cas de ce village, encore aujourd'hui, un vieux groupement de gens, et même vingt ans auparavant, on aurait pu dire un vieux groupement de vieilles gens.*

C'était la France qu'on dit volontiers profonde sans bien savoir non plus quel sens ça a : la profondeur toute simple du puits ? La profondeur de la pensée qui, justement, rencontrerait la vérité au fond du puits ? Ou le fin fond du trou du cul du monde ? Mystères de la sémantique qu'il valait mieux ne pas élucider. Ici ce pouvait être la France du fond de l'Histoire, des croyances et des légendes en tout cas ! François en discutait ce soir avec un jeune, un type qu'il rencontrait là quelquefois et qui avait des idées avancées, très avancées, c'était le moins qu'on pouvait dire. Un jeune excité quoi, mais sympathique ! Et François qui votait à droite, ça ne le dérangeait pas plus que ça, ces idées d'extraterrestres ; ça lui plaisait assez, même. À écouter en tout cas en buvant un coup…

Pourquoi Condamine n'était-il pas devenu un vieux groupement de vieilles gens comme tout le laissait à penser ? Pourquoi ce village isolé, s'il avait perdu son école, n'avait pas vu partir son épicerie et son café bar, tenus d'ailleurs par la même patronne, n'avait pas encore vu disparaître son bureau de poste (mais on en parlait et ça n'allait donc pas tarder…) et voyait encore un peu de monde, de la jeunesse même, déambuler dans les rues les soirs d'été ?

Pourtant, François pouvait en témoigner, les jeunes du cru étaient bien partis, il y avait belle lurette, on avait appelé ça l'exode rural. Pourtant les habitants de souche avaient presque tous passé l'âge de procréer et s'il n'y avait plus de départs pour la ville ou vers d'autres cieux soi-disant plus cléments, il y en avait encore régulièrement, des départs, mais vers là-bas, en passant par l'antique pont de meunier qu'on disait romain, vers le cimetière, de l'autre côté du torrent. François y avait déjà une palanquée de copains mais il n'était pas du tout pressé de les rejoindre, il préférait boire des coups et discuter avec le jeune excité. Son nom c'était Olivier, Olivier Monge, un nom bien de chez nous, y'avait pas à dire. Il avait fait des études et il parlait bien, ce qu'il disait n'était d'ailleurs pas con. François, qui avait été jusqu'au certificat, ça lui rappelait son instituteur quand il leur racontait la Révolution avec Robespierre, Saint-Just, Danton et les autres qui avaient coupé les têtes et s'étaient fait raccourcir à leur tour, sauf un qui s'appelait Marat et qu'une bonne femme avait poignardé dans son bain, putain!

Ce qui avait sauvé le village, c'était deux vagues d'immigration, comme on dit. La première datait d'il y avait quarante ans à peu près. François, lorsqu'il en parlait avec les autres vieux, parlait des « chevelus » : tout le monde comprenait, même si les intéressés ou ce qu'il en restait n'avaient plus guère de cheveux aujourd'hui. Ils s'étaient mis à élever des bêtes, toutes sortes de bêtes de l'abeille à la chèvre ; pas de vache, ce devait être trop gros et puis l'élevage de la vache ça s'invente pas et ça fait du boulot! Au début, ça avait été un peu compliqué, on leur reprochait leur mode vie, leurs mœurs, on les disait drogués, obsédés par le sexe, échangistes même! Aujourd'hui ça faisait rigoler. Lui, François, à l'époque, ça l'avait déjà fait rire. Il les trouvait vraiment rigolos, une équipe de rigolos, dans tous les sens du terme. Depuis il avait appris à les prendre au sérieux : il faut dire que ceux qui étaient restés, malgré les apparences du début, ils avaient pas ménagé leur peine. Ils voulaient vivre là et, contrairement à ce que disaient les mauvaises langues, ils l'avaient mérité. Et puis, pendant longtemps, ils avaient rempli l'école. François dont les enfants étaient déjà grands et partis à Toulouse et qui, à cette époque et même avant, préférait le café, reconnaissait volontiers que l'école, on avait beau dire, c'était le cœur du village. Plus d'école, plus de cœur, plus de vie !

La deuxième vague, c'était Olivier Monge et ses copains. Eux, ils avaient choqué personne, tout au moins en arrivant. C'était des gens propres sur eux, ils avaient pas du tout l'air d'être constamment dans la lune comme les chevelus à leurs débuts, ils avaient au contraire des manières civilisées, des regards francs et directs. Enfin, ça, c'était du point de vue général, l'appréciation du début.

Ensuite, le doute s'était insinué surtout chez certains, les éternels pisse-vinaigre qui plus tard – et notamment quand ces jeunes avaient eu des ennuis – avaient soutenu que ces regards étaient trop directs, trop francs, spéciaux quoi, passionnés et farouches, limite allumés. N'importe quoi ! Encore une fois des mauvaises langues qui parlaient de ce qu'elles ne connaissaient pas…

Lui, François Séverac, il n'avait pas parlé d'eux à tort et à travers et pour ne rien dire ; lui, il les connaissait. Dès qu'ils s'étaient pointés au village, il en avait été curieux. Dès le départ, il y avait eu quelque chose dans leur manière d'être, d'arriver là à plusieurs, polis, sérieux, discrets et soudés, qui sentait bon le mystère et l'aventure. Évidemment il y avait de quoi se méfier – avec les étrangers, il y a toujours de quoi se méfier – mais ils avaient été corrects. Ils avaient loué une grande bâtisse, une ancienne magnanerie qui avait fait hôtel au début du siècle (en fait du siècle dernier…) et puis deux maisons de village, en plein centre, pour les deux couples avec enfants. Ils se réunissaient presque tous les soirs à la magnanerie. De quoi vivaient-ils ? C'était ce que s'étaient demandés et ce que se demandaient encore les pisse-vinaigre, avec plein de sous-entendus.

Là encore, François Séverac avait vite eu la réponse, pas la peine de s'énerver ou de se ronger les sangs : ils n'avaient pas tous un boulot, d'accord ! Mais certains travaillaient avec l'internet, comme on fait aujourd'hui. Ils faisaient toutes sortes de choses, d'après ce qu'Olivier lui avait dit : des tracés pour les géomètres, des plans pour les architectes, des programmes, des sites. Lui n'y comprenait rien mais il savait que ça pouvait rapporter largement assez pour vivre, en tout cas ici. Ils avaient tous des ordinateurs portables, alors les autres devaient écrire, des contes pour enfants puisqu'il y en avait un qui dessinait, des articles pour les journaux, des romans, des nouvelles, allez savoir, il paraît que ça aussi ça rapporte…

Ce dont François Séverac était sûr en tout cas, c'était qu'ils partageaient tout, personne gardait pour lui, tous à la même enseigne ! Olivier Monge le lui avait dit clairement et lui-même voyait bien comment ils faisaient à l'occasion des courses chez l'épicier ou dans les fermes. Ils étaient à égalité, c'était aussi ce que lui avait laissé entendre Olivier Monge. Quoique, il y en avait une qui semblait être au-dessus du lot. Constance Sicardi, c'était son nom. Les journaux et la radio parlaient d'elle, paraît-il ; lui, François Séverac, il lisait pas trop les journaux et la radio c'était seulement une présence à la maison. En tout cas, à l'âge qu'il avait, il connaissait son monde, il était pas né de la dernière pluie question sentiments, et il aurait mis sa main au feu que l'Olivier, il en était amoureux de cette Constance, et c'était peut-être pas le seul…

Un soir qu'ils avaient bu tous les deux et qu'ils étaient restés seuls face à face, il s'était lâché et avait demandé à Olivier Monge si « des fois » il pourrait assister à une de leurs réunions. L'autre avait souri spontanément mais – avait-il semblé à Séverac – d'un sourire quand même un peu crispé aux entournures.

– Non, c'est pas possible, François, pas possible…

Il l'appelait par son prénom : François, et lui ça lui faisait plaisir. Les autres jeunes, même les anciens chevelus qui avaient tout de même de la bouteille, lui balançaient du « grand-père » du « pépé » ou, pire, du « papy » et, allez savoir pourquoi, cette familiarité-là lui déplaisait.

– Pourquoi ça, pas possible ? avait-il rétorqué.

– Mais, parce que ça t'intéresserait pas ! Et puis, pour être franc avec toi, les autres seront jamais d'accord. Ça serait que moi, tu sais…

– Vous avez des secrets, c'est ça ?

– Tout le monde a des secrets, François.

– Tu fais encore le jésuite. Tu veux pas répondre ? Je te comprends, va. Mais je sais bien ce que vous avez derrière la tête. Vous aimez pas ce monde, comme il va, la vie qu'on vit, enfin… la vie que vivent certains. Vous avez tout ça dans le collimateur. Alors, entre vous : tous pour un, un pour tous. Vous faites la société secrète, c'est ça ? Ça rappelle le maquis, sauf que, tout de même, vous prenez beaucoup moins de risques et les autorités d'aujourd'hui, elles sont beaucoup moins méchantes…

– On prend moins de risques, tu as raison ; mais les autorités, comme tu dis, elles sont plus méchantes que tu crois…

On avait encore bu un coup, le dernier, mais on n'avait plus échangé la moindre parole. Ce n'était pas de la défiance, au contraire, ça ressemblait à une sorte de communion. Une communion entre piliers de bar, il est vrai.

***

Chapitre Premier

2010 ! Bon Dieu, l'année commençait sous les meilleurs auspices, vraiment ! Georges W. Bush et sa clique de néolibéraux avaient disparu dans la trappe de l'Histoire et la première puissance mondiale, leader incontesté de l'Occident et capable, en trois coups de cuiller à pot, d'envoyer une armée d'une puissance de feu inégalée dans n'importe quel coin du globe, était dirigée par un sang-mêlé, humaniste, intelligent et sympathique. La plus terrible crise que le capitalisme ait jamais connue avait été surmontée – à ce qu'on disait. Elle était derrière nous selon nos dirigeants qui avaient vraiment été à la hauteur et qui, désormais, brûlant apparemment ce qu'ils avaient adoré, n'hésitaient pas à stigmatiser le système avec un lyrisme plutôt émouvant, alors même qu'ils avaient laissé quartier libre aux nouveaux alchimistes, ceux de la finance, tout aussi charlatans que leurs prédécesseurs du Moyen Âge. Les plus grands économistes qui n'avaient rien vu venir leur emboîtaient le pas, ce qui inspirait vraiment confiance. Tout était donc pour le mieux dans le meilleur des mondes. Sauf que tous ces milliards de dollars qui étaient partis en fumée et se trouvaient en fait dans la poche des spéculateurs – car rien ne se crée, rien ne se perd, tout se transforme – il faudrait bien les trouver pour combler le trou ; mais ça, on ne le disait pas aux gens, on ne leur disait pas que ce serait long, très long, comme la durée d'un emprunt souscrit par un vieux dispendieux et que ses enfants sont contraints de rembourser, qu'il faudrait aussi pour cela du travail, du sang et des larmes. On ne leur disait rien, on ne leur annonçait rien, et surtout pas qu'on allait faire le nécessaire pour récupérer les sous là où ils étaient partis, par exemple en supprimant carrément les paradis fiscaux. Sauf que les terroristes étaient toujours là, et les antiterroristes aussi, qui en profitaient pour réduire comme peau de chagrin les espaces de liberté chèrement gagnés par nos ancêtres. Sauf que les États-Unis d'Amérique étaient toujours les États-Unis d'Amérique, hégémoniques, paranoïaques et soucieux de leurs seuls intérêts, ce que d'ailleurs bien d'autres pays pouvaient difficilement leur reprocher. Voilà ! Ça avait l'air de tourner rond mais ça ne tournait pas rond du tout. On était en réalité en plein marché de dupes et les dupes n'avaient pas forcément envie qu'on leur mette le nez dans le caca…

Et moi, et moi, et moi ? Comme disait la chanson de Dutronc.

Eh bien moi, j'étais en roue libre. Un placard doré. Il y avait déjà pas mal de temps qu'en haut lieu, et c'était descendu jusqu'ici par une sorte de phénomène de capillarité inversé, on avait décidé de mettre sur la touche les types comme moi. Des dinosaures venus d'autres temps, des temps où les mots de démocratie, justice et indépendance des juges avaient encore un peu de sens, où on ne les employait pas à tort et à travers, pour ne rien dire ou, pire, leur faire dire le contraire. Des temps d'avant, dont on était nostalgique (qui l'eût cru ?), des temps d'avant le règne actuel de l'hypocrisie la plus dévergondée.

Je n'étais pourtant pas un *has been* à proprement parler, du moins je m'efforçais de m'en convaincre, mais dans les faits il y avait un peu de ça. Certains de mes amis, et peut-être n'avaient-ils pas tout à fait tort, disaient que la situation dans laquelle on m'avait confiné n'était pas des pires, ce n'était pas celle d'un journaliste affecté du jour au lendemain aux chiens écrasés et remisé dans quelque bureau étroit loin du tumulte rédactionnel, ni celle d'un cadre d'entreprise privé des signes extérieurs de son statut, notamment du premier d'entre eux, une secrétaire ; non, dans la justice, les choses ne se passent pas comme ça, pas encore. Mais il n'empêche, ça n'allait pas en s'améliorant, ça se gâtait même, tout allait de mal en pis.

Billie, ma femme, une pédopsychiatre qui évoluait dans des sphères intellectuelles autrement plus élevées que celles de la justice, tout au moins celles de maintenant, me relançait régulièrement pour que je redevienne juge des enfants. Je l'avais été quelques années auparavant et j'aurais pu supposer qu'elle m'incitait à une sorte de régression, un truc qu'on pratique, paraît-il, en psychanalyse. Mais non, ce n'était pas ça. Le fin mot de l'histoire, à mon avis, c'est que ça lui avait plu : juge des enfants, c'était plus proche de sa spécialité. Ça lui permettait, je m'en souviens, de mettre son grain de sel, y compris dans ma vie professionnelle. Billie est comme ça…

Pour m'inciter à franchir le pas, elle disait que, puisque par les temps qui couraient l'indépendance et le pouvoir des juges se réduisaient comme peau de chagrin, autant être un juge anodin, considéré comme inoffensif et donc oublié par le pouvoir en place. Mais ce n'était pas vrai, même les juges des enfants n'étaient pas oubliés par le pouvoir ; les enfants – nos enfants – étaient considérés, potentiellement en tout cas, comme de dangereux fauteurs de trouble, il fallait les mettre hors d'état de nuire et c'était, mot pour mot selon le discours officiel, la mission essentielle du juge des enfants, celle que lui avait confiée la nation. D'ailleurs, ceux qui y manquaient étaient dénoncés par les flics, cloués au pilori, rendus aussitôt responsables de l'augmentation de la délinquance dans le quartier sensible dont ils s'occupaient. C'était un discours facile, généralement bien accueilli, et ça payait donc un maximum : ça permettait de noyer le poisson sur les vraies causes de la délinquance…

En tout cas, la protection judiciaire, un truc qui marche, qui a toujours marché, mais qui coûte cher, c'en était fini. Désormais les juges devaient se comporter comme le docile prolongement de la police, le bras armé du gouvernement, et sanctionner, enfermer, éliminer ! Les enfants, pas nécessairement les nôtres (quoique ?) mais les enfants perturbateurs, les enfants de justice, jusque-là on les avait trop coucounés et voyez le résultat !

Bon Dieu, quelle époque ! Une société qui s'attaquait à ses enfants…

Et puis Billie était bien gentille mais ma fierté, qu'est-ce qu'elle en faisait ? J'étais bien sûr tenté de laisser tomber, j'étais parvenu à un âge où le confort n'a pas de prix, mais je ne me voyais pas céder si facilement face à l'adversité, renoncer à mes vieilles idées, rendre les armes sans avoir un peu combattu ou au moins résisté. Billie avait tendance à considérer les hommes, son homme en tout cas, comme les gosses dont elle avait la charge, plutôt les garçons d'ailleurs, parce que les filles, paraît-il, ce n'est pas pareil. De ce point de vue, elle était assez sexiste. Elle cherchait donc habilement à me convaincre tout en me donnant bonne conscience. Elle oubliait tout de même que s'il restait, même de nos jours, une caractéristique plutôt masculine, c'était bien le goût du combat, fût-il vain d'ailleurs. Je le lui dis. Elle réfléchit. Enfin… elle fit semblant de réfléchir parce qu'à mon avis, dès le début et même avant, elle savait tout ça, elle avait tout compris. Il me semble que la plupart des femmes sont comme ça avec leurs enfants mâles et aussi avec leurs hommes. Elles font tout pour les préserver des dangers même au prix de leur fierté et, en cas de rebuffade, s'efforcent de leur distiller des arguments pour se défiler, des arguments souvent insidieux, mais aussi efficaces à la longue. Ça finit par marcher, parfois, mais ce n'est pas bien glorieux pour l'homme…

Moi, il me semble que, paradoxalement, la plupart des femmes (dont Billie !) aiment plutôt les hommes fiers et courageux. Les combattants. En général…

En tout cas, ma situation n'était guère brillante depuis plusieurs années déjà, depuis qu'on avait spécialisé certains juges d'instruction ce qui permettait d'en écarter d'autres, dont moi, bien entendu. Mais là, ça prenait des proportions inquiétantes. Le vieux procureur Morel, celui qui m'avait habilement fait écarter du service financier, me filait tout de même en douce certaines affaires un peu intéressantes quoique souvent difficiles ou carrément désespérées, des règlements de comptes par exemple ; il n'était pas dévoué corps et âme à la droite pure et dure installée au pouvoir, il pensait pouvoir naviguer un peu sans trop de risque. Mais il était malheureusement parti, frappé par la limite d'âge, comme on dit.

On en avait profité pour le remplacer par un vrai serviteur, un type zélé ; autant dire que celui-là, non seulement il me privait des affaires intéressantes mais en plus il m'emmerdait dans les autres, un vindicatif qui ne m'aimait pas, qui n'aimait pas ce que j'étais et qui rêvait de me coincer, de me faire tomber dans un piège pour ruiner ma réputation. Peut-être même rêvait-il pour y parvenir de me faire foutre de la came dans la poche ou un truc de ce genre. Ça fait un peu parano de dire ça, je le reconnais, mais à force on se dit que ces types sont capables de tout. Ensuite il pourrait dire : vous voyez bien, non seulement les juges rouges cherchent des noises aux gens honnêtes comme les patrons et les notables, non seulement ils sont plutôt bienveillants avec la racaille, mais en plus ce sont des délinquants eux-mêmes !

Quant au président du tribunal qui aurait dû être là pour nous défendre, c'était lui-même un ancien procureur: il avait remplacé une femme de pouvoir, une technocrate dingue de statistiques mais tout de même respectueuse d'une indépendance minimum de ses juges. Maintenant un ancien procureur, un ami du pouvoir, un courtisan, la boucle était bouclée ! Et avec tout ça je m'emmerdais, je m'emmerdais ferme dans mon placard soi-disant doré. Au fond, c'était ça le pire !

J'étais donc dans l'attente, l'arme aux pieds, une attente que je savais désespérée, comme ce héros de Buzzati dans *Le Désert des Tartares*. Seule une petite lumière clignotait dans ma tête, une petite lueur bien faible. Je songeais au hasard, à la chance. Je n'avais jamais gagné au Loto, d'ailleurs ça ne risquait pas parce que je n'avais jamais acheté le moindre ticket, mais globalement j'étais plutôt un type chanceux, jusque-là en tout cas, alors…

***

Chapitre II

Elle participait à toutes les manifestations, des plus massives aux plus clairsemées, pourvu qu'elles penchent du bon côté, à tous les événements protestataires, illégaux parfois, dans les rangs des pires extrémistes, souvent même *persona non grata* parmi les rebelles de bonne facture à qui elle volait d'ailleurs la vedette. Dans son coin de la France profonde, les journalistes locaux qui la suivaient avec attention mais avaient le tort de ne pas la prendre au sérieux, la surnommaient la pasionaria du Quercy. C'est qu'elle était belle, bon Dieu, et prononçait des discours qu'on disait enflammés mais qui étaient surtout convaincants, appropriés et même habiles.

Il lui arrivait malgré lui, malgré ce fossé qui les séparait désormais, de se dire avec fierté qu'elle lui devait un peu ça. Elle était bien meilleure que lui, en fait. Elle inquiétait ses amis, qui auraient bien voulu la faire taire. Pour sa carrière, c'était devenu un boulet et il savait bien que, s'il n'avait pas été si proche de cette fille-là – ce qu'on lui reprochait jusqu'alors à mots couverts – il serait déjà ministre ou au moins secrétaire d'État. Il n'avait jamais tranché le lien et savait qu'il ne le trancherait jamais. Il ne voulait même pas oublier et, bêtement, il y revenait à la moindre occasion, comme ce soir, avec cette photo qu'il avait en main, prise par un paparazzo – c'est ce qu'il lui avait dit – une photo argentique aux couleurs déjà tristement passées, un peu comme toutes ces années finalement.

Souvenirs… C'était à Rome, en mai ; 2002 ou 2003, il ne savait même plus ! Ils descendaient tous les deux, lui indolent, elle rayonnante, marche après marche, venant de l'église française de La Trinité-des-Monts, l'escalier qui les menait à la place d'Espagne, là, tout de suite en contrebas. Ils allaient côte à côte, main dans la main. Ils attiraient les regards et le savaient. Un joli couple – la petite surtout, si gracieuse, choisissant son angle à chaque pas comme une danseuse. Il était fier. Il y avait du monde partout, assis sur les marches usées, accoudé contre les murs de soutènement des terrasses ; des jeunes, des gens mûrs, des vieux, venus du monde entier. Et en bas la place, comme à son ordinaire, grouillait d'une foule insouciante.

C'était ça, Rome, l'insouciance. Les touristes, rois de la ville éternellement conquise, laissaient leurs soucis à la maison et venaient s'ébattre là, légers comme des enfants. Lui qui était peu amateur d'art, d'histoire et de littérature, une ignorance assumée, bien dans le ton de son parti, ne s'ennuyait pas pour autant, il batifolait au contraire avec béatitude dans ce bain de culture. Il admettait sans la moindre honte que la petite, une enfant très avancée pour son âge il est vrai, était bien plus cultivée que lui. D'ailleurs, depuis deux jours, elle était infiniment plus à son aise parmi ces hauts lieux, ces vestiges, ces souvenirs et ces merveilles qui composaient, en marge et au-delà des habitants de Rome et de ses touristes, le troisième monde de la cité, le monde antique, un monde bien plus vivant et mystérieux, forcément, que tout ce que peut imaginer un homme ordinaire, un homme comme lui, un inculte et content de l'être.

Le spectacle qu'ils donnaient à voir tous les deux pouvait tout aussi bien, dans cette Italie déjà berlusconienne, être celui d'un type distingué à la quarantaine sportive accompagné d'une Lolita. Constance, qui n'avait alors que treize ans, faisait plus que son âge et avait en effet des attitudes et des gestes bien proches de l'équivoque. Lui s'en inquiétait un peu mais la laissait faire. Il en était même, malgré lui, content, ça le flattait. Elle le commandait aussi, poussant son avantage, car avant de venir, comme une bonne élève qui ne se lasse pas de réviser, elle avait encore approfondi sa culture. Pendant huit jours sa chambre à Marseille avait été envahie par les livres partout éparpillés ; son lit en était couvert. Des livres d'art, d'architecture et d'histoire pleins d'images virtuelles et de photographies en couleur, chacune d'elles rappelant quelque chose même au plus ignorant. J'ai déjà vu cette perspective, cette façade, cette fontaine, cette église, ce tableau, cette sculpture quelque part, mais où ? Peut-être nulle part finalement ; peut-être était-elle déjà là, inscrite en moi, un archétype, une chose d'avant, dans un recoin perdu au plus profond de mes gènes, devenue immuable comme une marque de l'espèce ?

Albert Sicardi, l'homme politique sérieux, l'élu, le représentant de la nation, participait lui aussi de cette insouciance et de cette légèreté romaine, loin des journalistes, loin de ses électeurs, aux côtés de Constance, son seul amour, encore une enfant. Il devenait un adepte de la vie molle, cette existence déliquescente que dénonçait précisément le nouveau chef de son parti, un agité et pas seulement du bocal selon la gauche : travaillez plus au pays des vrais gens, des gens qui se lèvent tôt ! Bien que, méditerranéen, il fût réservé sur cette doctrine annoncée, il s'agitait lui-même beaucoup, depuis bien longtemps, et jamais il n'aurait cru parvenir à mettre tout ça – toute cette agitation, cette mise en scène de tous les instants, cette vie politique trépidante – entre parenthèses, à l'oublier parfois, ainsi que ses soucis intimes.

Il avait tout de même, en quittant Fumicino dans un taxi, songé un instant à sa femme. Elle, puisqu'il avait décidé d'aller en Italie au pays des vestiges, elle avait choisi d'en profiter pour faire un saut à Paris ou presque, un saut au pays des rêves, ses rêves à elle : à Disneyland ! C'était une malade, pour lui ça ne faisait plus aucun doute. Elle trimballait le syndrome de Peter Pan, une maladie si gentiment nommée. Lui-même, comme souvent les proches, en pâtissait, de cette maladie, bien plus qu'elle en vérité. Longtemps, dans leur chambre commune et jusque dans le lit conjugal, il avait subi avec consternation cet encombrement d'ours en peluche, de Mickeys, de Donalds et puis cette vitrine pleine de poupées Barbie, une collection grotesque qui avait tout de même, au fil des années – et c'était pour lui le seul point positif – pris une sacrée valeur.

Au début, il ne pouvait le nier, ça ne lui avait pas vraiment déplu ce côté femme-enfant, d'autant qu'elle était alors faite comme ses poupées, au moule ! Aujourd'hui, ça lui pesait de plus en plus, ça n'avait vraiment plus rien de plaisant, ni même de vraisemblable. Elle avait vieilli, comme tout le monde, mais pas dans sa tête, malheureusement. Elle s'était empâtée irrémédiablement et n'avait conservé son aspect Barbie que dans ce qu'il avait de péjoratif : un visage tiré, des formes artificielles, des lèvres épaissies au silicone, tout un modelage industriel qui lui faisait horreur. D'ailleurs il avait déserté depuis plusieurs années la chambre aux trophées de pacotille et s'était réfugié dans son bureau qu'il avait transformé, à l'inverse, en cellule de moine. Cette femme ne tournait pas rond et ça se voyait de plus en plus. Alors qu'au début il avait cherché par tous les moyens à la soigner, à la faire suivre, y compris par un psychiatre, aujourd'hui, en désespoir de cause, il aurait bien voulu s'en débarrasser, la rayer du tableau, carrément !

Constance, qui lui avait un instant échappé, était allée s'installer dans la barque de la fontaine du Bernin, au pied des escaliers. Elle avait un sacré culot ! Elle prenait appui sur son bras droit et, inclinant la tête, laissait pendre de côté ses longs cheveux. Tout le monde la regardait comme on reluque une starlette. Ça l'avait mis mal à l'aise, lui. Certains prenaient même des photos. Il avait été tenté de les en empêcher : c'était comme par hasard tous des hommes et leurs regards étaient troubles, lui semblait-il. Mais qui aurait pu ici trouver à y redire ? Photographier un monument mythique, n'était-ce pas le droit le plus absolu de tout visiteur ?

Ils s'étaient ensuite noyés dans le flux qui les menait à la piazza del Popolo par la via del Babuino, une rue bordée de commerces de marques et de magasins de luxe. Il lui aurait bien offert quelque chose mais Constance, contrairement aux enfants de son âge, semblait se désintéresser de tout ça. Elle négligeait le spectacle des vitrines et se laissait porter par la vague, le regard braqué vers l'avant, au-delà de la foule, impatiente, se haussant par moments sur la pointe des pieds pour tenter de voir sur quoi tout cela débouchait. Et cela débouchait sur la fameuse place qu'ils traversèrent pour aller au pied du Pincio, le jardin qui devait leur permettre de boucler leur périple en passant devant la villa Médicis. Là, en haut de l'escalier, il y avait une place, une place dans un jardin et, au centre de cette place de jardin, il y avait un groupe d'enfants encadré par quelques adultes, des moniteurs sans doute, qui entourait une forme indistincte mais multicolore et mouvante. Soudain, alors que Constance faisait désespérément des pointes de danseuse et se démantelait le cou pour essayer de voir, tout ce petit monde s'écarta de la forme, la libérant comme on libère un animal rétif, et des centaines de ballons s'élancèrent dans le ciel de Rome. Constance, la surdouée, la lolita de l'instant d'avant, la petite starlette de la fontana della Barcaccia, émerveillée, battit des mains avec les autres, comme une enfant de quatre ans.

Ce fut, pour le député, un instant de pur bonheur. Il se sentait libéré d'un grand poids. Longtemps, cette maturité qu'arborait sa fille l'avait glacé et avait nourri ses angoisses de père. Le sérieux de certains enfants, il y a des parents qui y trouvent leur compte de même qu'ils se réjouissent d'une adolescence qui s'écoule comme un fleuve tranquille. Lui, en homme simple et pratique, cette avance lui avait fait peur, il y avait trouvé quelque chose de monstrueux, à tel point qu'il avait fait des pieds et des mains, contre l'avis de sa mère et un peu contre son avis à elle, pour qu'elle consulte un pédopsychiatre. Il s'en souvenait, elle avait à peine dix ans et c'était comme si c'était hier. Il était bien tombé. C'était une femme, une femme séduisante en plus, mais pas le genre à badiner. Elle avait été très professionnelle, pas du tout sensible au fait qu'il fût député. Elle l'avait vraiment rassuré : « très intelligente, très volontaire, mais pas surdouée –

avait-elle conclu – pas anormale quoi, simplement… précoce dans la révolte. Pas dans la révolte à vrai dire, pas encore, dans le combat plus précisément, un dur combat pour une fillette, voyez-vous, un combat contre l'enfance. Pourquoi ? Impossible de répondre à cette question pour l'instant, je ne l'ai vue qu'une heure… Il faudrait la suivre. Dans ce cas, un suivi familial serait le plus adapté d'ailleurs… et puis approfondir. »

Il n'y avait pas eu de suivi, trop difficile à imposer et un peu gênant pour lui-même, mais il avait tout de même eu sa petite idée qui l'arrangeait bien : c'était sa mère qui lui disputait sa part d'enfance et qui la lui bouffait, pas besoin d'avoir fait des études de psy pour s'en apercevoir ! Très vite Constance avait manifesté son horreur pour les poupées, les marionnettes, les jeux vidéo et les dessins animés. Une seule chose l'avait intéressée : la lecture. Et comme ni sa mère, ni son père, n'étaient de grands lecteurs, elle avait pu très tôt se procurer tous les livres qu'elle voulait ou qui lui tombaient sous la main, toutes sortes de lectures en fait. Elle s'était construite comme ça, seule, un peu laissée pour compte par son père occupé ailleurs et rejetant sa mère, occupée elle aussi… Mais il n'empêche, lui, son père, il savait bien qu'elle conservait en elle, au plus profond, cette précieuse et indispensable part d'enfance, et ce jour-là à Rome, il en avait eu la preuve !

Ils avaient passé quatre journées entières dans la ville éternelle, des moments volés à ses électeurs car en temps ordinaire il arpentait sa circonscription tous les jours que Dieu faisait, un peu comme un laboureur qui sans trêve travaille sa terre. Il avait annulé une visite dans une maison de retraite, reporté l'inauguration d'un morceau de piste cyclable et s'était fait porter pâle pour une réunion d'un comité de quartier. Il n'en avait eu aucun regret : tant de bonheur ! Il n'aurait jamais imaginé à quel point ces quelques jours passés avec Constance le rendraient heureux.

Elle lui avait pourtant fait arpenter tous les sacrés recoins de la ville, fait admirer des lieux qui ne lui disaient rien à lui et puis d'autres dont il avait entendu parler à propos de films qu'il n'avait pas vus ou au détour d'un discours politique prononcé par un diplomate ou un ministre plus cultivé que lui. Il en avait bavé. Pour elle !

Elle l'avait ébloui en lui racontant, assise avec lui sur une pierre usée du forum, l'histoire de la fondation de Rome avec Remus et Romulus dont, pour une fois, les noms, associés à l'image de la louve, lui avaient dit quelque chose, tout comme, un peu plus tard, ceux de César, Néron, Trajan et Cicéron. C'était une drôle de sensation de se trouver ainsi dans la peau de l'élève buvant avec délectation les paroles d'un professeur de treize ans. Elle s'était d'ailleurs moquée de lui :

— Tu fais de la politique et tu ne sais même pas comment tout ça a commencé !

Il en avait ri de bon cœur :

— Je sens que tu vas m'apprendre !

Et puis, opportuniste, il en avait profité pour lui demander ce qu'elle comptait faire après son bac.

— Après mon bac ?

— Oui, avait-il expliqué, embarrassé, comme études, pour travailler, plus tard, exercer un métier quoi !

À quoi elle avait répondu qu'elle ne savait pas, qu'elle était sûre de faire des études, ça oui, pour apprendre car elle aimait apprendre, mais pour le reste…

— Brillante comme tu es, lui avait-il dit, s'échauffant lui-même, tu pourrais faire Sciences Po (pour lui, l'école des sciences politiques était le *nec plus ultra*, l'école de l'élite), tu pourrais apprendre la politique, tout ce que je n'ai pas appris, moi ; et, va savoir ? Me succéder un jour, et du coup faire mieux, beaucoup mieux…

Elle avait fait la moue :

— Faire Sciences Po, je dis pas, mais te succéder, sûrement pas !

Il avait encaissé ces paroles sibyllines et les avait mises sur le compte de l'innocence. Mais, même à treize ans, pouvait-on parler d'innocence à son propos ? Il n'avait pas bronché. Ma cocotte, tu comprendras ça quand tu seras grande, s'était-il dit. Puis, revenu à ses fondamentaux : la vraie vie ne s'apprend pas dans les livres !

Voilà le souvenir qu'il ressassait aujourd'hui devant ce cliché vieilli, son plus beau souvenir, le plus doux en tout cas ; parce que tout de même, sa première élection, son installation à l'Assemblée nationale la première fois, c'était des choses qui avaient compté pour lui. De même que ses succès ultérieurs, cette passion des campagnes électorales : gagner à la fin d'un combat rude et indécis, forcément indécis, ça avait vraiment été des sensations fortes, pas données à tout le monde. Et puis le pouvoir, la parcelle de pouvoir que son parti lui concédait, les honneurs, la considération des autres, surtout celle des envieux, les ors de la république, les flatteurs, les courtisans, tout ça lui avait procuré et lui procurait encore une jouissance indicible, au-delà du raisonnable d'ailleurs, il en avait parfois conscience.

Et alors qu'il était entré dans la catégorie des poids lourds du parti, des ministrables même, d'après ce qui se disait, le lien avec Constance, sa fille, s'était peu à peu distendu. Elle avait fait Sciences Po comme il l'avait souhaité, et brillamment comme il l'avait prédit ; mais au lieu de la rapprocher encore de lui, de créer de nouvelles affinités entre eux, ça l'avait éloignée au contraire, irrémédiablement. Elle avait puisé dans ses études, ses découvertes, ses passions, ses amitiés aussi, toutes sortes de raisons de le critiquer d'abord puis de le rejeter, de rejeter tout ce qu'il était en vérité, tout ce qu'il représentait. Qu'était-ce que ce sentiment né à ce moment-là ? Ça ressemblait à du mépris, de la haine même quelquefois, avait-il pensé. Il avait bien compris de quoi il retournait, elle n'avait pas manqué de le lui dire d'ailleurs, au début, lorsqu'elle daignait encore lui parler.

C'était l'époque où le nouveau chef de son parti, brûlant les étapes d'une évolution mortifère déjà bien entamée, avait érigé en système électoral l'hypocrisie, le faux-semblant, le pur mensonge même. Et lui avait suivi bien sûr, comment faire autrement ? Tout son avenir politique – le sien et celui de ses collègues – était suspendu à la réussite du chef.

Elle, après avoir grenouillé quelque temps avec des groupes interlopes à Paris, ensuite à Aix et à Marseille, était partie vivre dans un village du Massif central, une sorte de communauté active. Plus aucune nouvelle sauf à l'occasion par la presse et aussi par d'autres moyens dont il n'était pas fier et que lui permettait sa position. En tout cas, plus aucun contact ! Des nouvelles, il en avait aussi par ses propres amis, spécialement le ministre de l'Intérieur qui faisait surveiller comme le lait sur le feu la mouvance de Constance qualifiée d'ultra gauche. « Fais quelque chose ! Ta fille et ses amis vont mal tourner si ce n'est déjà fait. Ils filent un mauvais coton et encore on ne sait pas tout. Il ne faudra pas t'étonner si un jour on la retrouve derrière les barreaux ou pire encore, avec son groupe d'illuminés et leurs complices de l'internationale terroriste ! »

Mais que pouvait-il faire ? Il n'avait plus aucune prise sur elle, et quant à sa femme, cette créature de dessins animés, elle n'avait jamais eu, au-delà de la petite enfance, aucune accointance avec sa fille dont aujourd'hui elle faisait mine d'ignorer l'existence. Un jour, un collègue député qui se plaignait de ce que son propre frère se présentait aux élections municipales sur une liste socialiste, lui avait dit, cet imbécile : « Putain, des fois, je sais pas si tu te rends compte, mais on n'est pas aidé par sa famille ! » Il n'avait rien trouvé à répondre à ça.

Il fut interrompu dans ses réflexions par la voix de sa femme qui venait d'en bas : « Tu viens dîner ? » Quelle mouche la piquait ? Dîner ensemble ? Quelle drôle d'idée ! Il y avait bien longtemps... Une tête de clown apparut dans l'entrebâillement de la porte – c'est comme ça qu'il la voyait, un clown monstrueux, comme dans Batman. Elle venait le relancer jusque dans son antre au dernier étage. Voilà qui était nouveau et... pénible. Elle devait avoir appris elle aussi pour Constance et, dans son délire, avait dû être saisie d'un retour d'affection, si tant est qu'elle ait jamais éprouvé la moindre affection pour sa fille.

La tête disparut et il entendit ses pas s'éloigner. Il revint à ses préoccupations. Constance débarquait à Marseille pour participer à un grand meeting contre leur politique, contre le virage du président vers l'extrême droite dont on leur reprochait d'adopter les thèses. Une réunion unitaire de toutes les forces de gauche. À un moment délicat, un moment où, du fait de la crise financière de l'année précédente, les gens commençaient à vraiment souffrir. Et c'était pas fini, il en avait lui-même conscience ; il faudrait bien payer la note de tous ces milliards perdus... Partis en fumée, mon œil ! On avait accepté Constance dans ce meeting et elle devait même y prendre la parole. Ces gens de gauche ne se rendaient pas compte de ce à quoi ils s'exposaient avec elle, c'étaient vraiment des naïfs !

Mais bon, en cet instant il s'en foutait bien de tout ça. Lui, ce qu'il voyait, c'était que Constance, celle qu'il avait emmenée à Rome lors de ce délicieux voyage, celle dont il sentait encore des années après la petite main tiède dans la sienne, sa fille, sa petite qu'il avait tant chérie, qui n'avait à l'époque que lui, son père, pour tout horizon, dont il était secrètement si fier encore aujourd'hui, était quelque part par là, pas bien loin, et qu'il ne la verrait pas.

***

Chapitre III

Marseille, 2010, le Roucas Blanc

Elle était là, tout près, enfin… à deux ou trois kilomètres à vol d'oiseau. Il devait y avoir du monde. La salle, prévue pour les plus grands concerts, devait être pleine à craquer, il n'en doutait pas. Par les temps qui couraient, les mécontents relevaient sacrément la tête. Des socialos, bien sûr, mais aussi des écolos, des communistes, des gens de la nouvelle gauche, les trotskystes du Nouveau Parti Anticapitaliste et d'autres, encore plus à gauche qui d'ordinaire n'avaient pas droit de cité. Peut-être avait-elle pris la parole, peut-être parlait-elle en ce moment même. Elle devait s'exprimer en dernier. On lui avait réservé, bien à regret, dans ce concert des gauches, une petite place. Elle, elle représentait l'extrémité de cet arc-en-ciel unitaire, plutôt contre-nature selon lui. Mais enfin tout ce beau monde avait décidé, à Marseille, de frapper un grand coup, une gigantesque coalition des contres. Il y avait fort à parier que les orateurs socialistes, les premiers à s'exprimer, avaient été hués par une bonne partie du public, ce public complètement hétéroclite.

Elle devait avoir un paquet de supporters disséminés dans la foule, les gens de sa mouvance savaient s'infiltrer partout et c'était eux qui d'ordinaire faisaient le plus de bruit. Des gens organisés, sans scrupule, violents si nécessaire, des bolcheviques totalement dévoués à leurs idéaux et portés à la haine du capitalisme et donc des capitalistes ; enfin… c'était comme ça qu'il les voyait, lui, député de droite, ou plutôt c'était comme ça qu'il aurait dû les voir et que les voyaient ses amis.

Lui, sur ce sujet, il avait évolué en secret. Il était aujourd'hui dans la confusion la plus totale. Sa fille bien aimée était en effet des leurs. Il aurait pu se convaincre qu'elle avait été victime de ses mauvaises fréquentations, embrigadée, influencée comme le sont quelquefois des rejetons de bonne famille par une secte. Mais il savait bien que ça ne tenait pas la route. Il connaissait sa fille, il l'admirait, elle n'était pas du genre à se laisser entraîner, à subir. À tout prendre, elle aurait plutôt été à classer dans la catégorie des gourous. Bref, c'était bien plus une femme d'influence qu'une femme sous influence.

Pour couronner le tout c'était une intellectuelle, une fille avisée et rationnelle. Elle avait appris, discuté, mûri tout ça, et dans un cadre qui n'avait rien de révolutionnaire : Sciences Po ! Tout sauf un repère d'agitateurs ! Et à supposer qu'elle ait fait des rencontres un tant soit peu déterminantes, c'était certainement elle qui en avait profité pour recruter des disciples et pas l'inverse ! Elle n'avait rien non plus d'une fanatique. Elle savait peser le pour et le contre. Il l'avait vu grandir, elle avait toujours été généreuse et charitable, trop généreuse et charitable à son avis !

Au début, alors que sa réflexion n'en était qu'à son balbutiement, elle avait même tenté de l'entraîner, lui, son père, car elle l'aimait et n'hésitait pas à lui reprocher son parcours, un parcours politique de mensonges et de faux-semblants. Elle avait cru dur comme fer à sa faculté de revenir dans le droit chemin, de s'amender en quelque sorte ; pas longtemps, mais elle y avait cru. Ils avaient alors de longues discussions, souvent nocturnes car le jour ils étaient tous deux très occupés. Elle disait des choses vraies, dans l'absolu, mais il lui opposait son pragmatisme à lui, il la qualifiait de rêveuse, d'utopiste et souriait de ça, comme un vieux sage qui, tout de même ému par la magnifique folie de la jeunesse, n'en cherche pas moins à canaliser cette fougue. À la fin de ces discussions, alors que la fatigue avait raison de lui et, qu'épuisé par ces controverses, il se bornait à hocher la tête d'un air bienveillant et désabusé, c'était elle qui avait des gestes tendres et protecteurs, ceux qu'on réserve à un élève qui, encore rétif, va bien finir par comprendre et suivre enfin le chemin de la vérité.

Bien sûr il ne l'avait pas suivi, ce chemin-là, et si Constance l'avait envisagé, c'est qu'elle était bel et bien une utopiste ! Pour lui, même à supposer qu'il ait été un tant soit peu convaincu, ç'aurait été tout abandonner, entrer dans les ordres en quelque sorte : magnifique, sans doute, mais impensable ! D'ailleurs il n'y avait pas d'exemple d'homme politique de droite, établi et dans la force de l'âge, touché soudain par la grâce de ce bon vieux Léon. C'était plutôt l'inverse, tout jeune on commençait par Trotsky et, trente ans plus tard, on finissait au gouvernement…

Et puis un jour elle s'était durcie. Au fur et à mesure que devenaient évidents les promesses non tenues et les mensonges grossiers de la majorité à laquelle il appartenait, il n'avait plus eu droit qu'aux reproches. Le regard de la jeune fille sur son père était devenu acéré, méprisant même, haineux parfois. Ç'avait été une période très dure pour lui. Finies les discussions, épuisés les gestes affectueux. Lui était encore là, à sa disposition, l'esprit et le cœur ouverts, mais elle s'était détachée, irrémédiablement. Elle l'avait alors évité, jusqu'au jour où elle avait cessé d'aller le voir, comme elle le faisait régulièrement, dans le pied-à-terre qu'il louait à Paris pas bien loin de la chambre d'étudiante qu'elle occupait, elle, seule, lui semblait il. Quant à la maison de Marseille, elle n'y avait plus jamais remis les pieds.

Un jour, ce devait être six ou huit mois avant la fin de ses études, elle avait renvoyé sans commentaire le chèque mensuel qu'il lui adressait. Le mois suivant, il avait tout de même réitéré : retour à l'envoyeur, de nouveau. Il n'avait pas insisté. Elle devait avoir trouvé un job, ce qui ne l'avait pas empêchée de réussir brillamment son examen de fin de cycle. Il avait été obligé d'interroger l'institut d'études politiques pour l'apprendre. Sa lettre de félicitations était, elle aussi, demeurée sans réponse.

Après cela elle avait quitté son écran radar, plus aucun écho. Cette rupture radicale avait été l'occasion d'un rapprochement avec sa femme. Il ne le souhaitait pas, mais il avait vu dans le désarroi de cette mère-enfant sa propre misère et ils avaient mis en commun, pendant une brève période, leur tristesse et leur appréhension. Il s'était ensuite étoudi dans la politique, les jeux politiciens. Son parti avait un leader et il avait su habilement s'en approcher avant la victoire. Il n'était pas du premier cercle mais il n'était pas loin. Tout laissait à penser qu'il aurait au moins un strapontin dans le premier gouvernement; déjà quelques sous-fifres lui faisaient la cour, c'était un signe. Mais celui qui devait être nommé ministre de l'Intérieur ainsi que celui que tout le monde appelait déjà le Conseiller, des idéologues du premier cercle, eux, et qui avaient des amis du même tonneau à placer, lui avaient savonné la planche: pensez donc, un type qui ne tenait pas sa propre fille, une enragée ! Ses espoirs s'étaient alors volatilisés. Il comptait pourtant s'étourdir dans le travail; des fonctions gouvernementales, ça vous accaparait vingt heures sur vingt-quatre d'après ce qu'on disait…

Cet échec lui mit une idée en tête, de celles, bien commodes, qui en cas de dilemme vous justifient et vous sauvent: il s'efforça d'en vouloir à Constance. Non seulement elle avait été injuste et singulièrement ingrate avec lui, mais en plus elle lui portait tort, elle brisait sa carrière et elle ne pouvait l'ignorer. C'était une idée qui, dans le discours en tout cas, passait très bien. Un discours qui aurait été de bon ton dans son entourage, parmi ses amis et d'ailleurs bien au-delà. Il passait comme une lettre à la poste, c'était une évidence, ça coulait de source. Malheureusement, alors qu'il était le seul à avoir besoin d'y croire, il était également le seul à y être réfractaire.

Que dire ? Il l'aimait et ne pouvait s'empêcher de penser que dans l'absolu elle n'avait pas tort. Mais lui n'était évidemment pas épris d'absolu, tout le monde ne peut pas l'être. C'était là toute la difficulté. Bon Dieu, il aurait dû la pousser à faire médecine ! Elle serait aujourd'hui quelque part en Afrique, dévouée aux enfants, aux pauvres, aux malades, il lui aurait donné un coup de main et en plus il aurait fait d'une pierre deux coups, une fille dans l'humanitaire, ça aurait boosté sa carrière…

Il eut honte d'avoir eu cette pensée-là. Mais les pensées ça ne se commande pas ! Il revint à la dure réalité, il aurait voulu la voir, seulement la voir ! Il avait bien songé à se déguiser pour aller au meeting incognito, mais il devait y avoir un service d'ordre important, des flics – dûment chapitrés par leur ministre qui voyait des terroristes à tous les coins de rue. À l'entrée du Dôme, les gens devaient être fouillés, palpés, regardés à la loupe ; il n'aurait plus manqué qu'on le démasque en tirant sur sa moustache postiche par exemple. Il aurait été à jamais ridiculisé. Or, en politique, si le mensonge, la trahison et la malhonnêteté passent, le ridicule tue !

***

Paris, novembre 2007

C'était une séance habituelle entre les deux hommes. Le président était tout à sa satisfaction. Il avait le vent en poupe, vraiment en poupe. En face, après la défaite, tout le monde se déchirait et certains lui faisaient des appels du pied. La presse était allée presque unanimement au secours de la victoire. Ça, son conseiller le lui avait prédit, de même que les défections du camp d'en face, mais le président avait oublié ces prévisions ou plutôt se les attribuait ; c'était de bonne guerre de la part d'un chef. Mais, sans en avoir l'air, c'était le premier piège, celui de la vanité, et le conseiller qui était tout sauf un fou du roi maniait allègrement son corollaire : la flatterie. Il n'était pas le seul, loin de là !

Depuis quelques minutes toutefois, un observateur attentif aurait constaté, de la part du conseiller, une baisse de régime, il avait manifestement un souci pour vider l'abcès. Il cherchait une ouverture dans cette autosatisfaction un peu écœurante. Il profita de ce que le président abordait ses rapports idylliques, semblait-il, avec son homologue américain devenu un ami, un vrai, pour faire enfin avancer ses pions :

— Vous lui avez parlé de notre petite affaire ?

— Quelle affaire, Vernier ? dit le président qui n'aimait pas qu'on lui dicte l'ordre du jour, son ordre du jour.

— Eh bien, notre collaboration, vous savez bien. Vous deviez lui dire que ce qu'il demandait n'était malheureusement pas possible, mais que nous pouvions lui donner un lot de consolation…

— Ha oui! Il a été déçu. Vraiment déçu. Je le comprends d'ailleurs. Mais comment faire autrement? D'autant qu'en Europe tout le monde a refusé, même les Anglais, c'est dire. Alors il a fini par admettre. Quelle chance il a, tout de même! Diriger un pays où la loi est sacrée, comme la liberté et les droits des gens, la protection de l'individu, tout ça… et pouvoir s'offrir quand même un Guantànamo sans avoir de comptes à rendre! Ce que j'aime dans ce pays, Vernier, voyez-vous, ce qui fait vraiment la différence, c'est qu'on y vénère la force, la puissance et donc le succès. Qu'on remet les loosers à leur place au lieu de perdre son temps à les plaindre et son argent à les aider. Le résultat c'est qu'en soutenant uniquement les meilleurs on dope la réussite, on favorise l'enrichissement et on punit les timides, les hésitants, ceux qui se posent des questions, tous ces parasites qui passent leur temps à réfléchir et qui au bout du compte ne font rien sauf critiquer et donner mauvaise conscience aux autres…

Le conseiller songea que le président n'était pas le genre à qui l'on pouvait donner mauvaise conscience comme ça. Pas facile! C'était un type qui était tout à sa réussite, seule sa réussite personnelle comptait. Il n'avait pas d'idée. Il avait une vague culture libérale, un simple vernis, aimait l'Amérique parce que, précisément, c'était par excellence le pays de la réussite, menait volontiers une politique de droite, à l'américaine si possible, mais pouvait tout aussi bien prendre à l'occasion une mesure de gauche si ça pouvait lui rapporter quelque chose. Pas d'états d'âme!

Lui, le conseiller, était un idéologue. Nationaliste, il n'aimait pas les États-Unis. Il aimait la France, une certaine France. La France de la terre, de la race, des frontières marquées par le sang, du travail, de la famille et de la patrie ; une patrie qui devait être soumise à un chef, à une élite pratiquant des valeurs ancestrales. Il voulait dire d'avant la Révolution, ce cataclysme honteux qui avait bouleversé le vieil ordre. Il ne le disait pas, mais il admirait Maurras, Drieu La Rochelle et même Céline, et ce dernier pas seulement parce que c'était un grand écrivain !

Le président s'en foutait, lui, de ces gens-là. Il n'avait sans doute jamais lu une ligne de leurs œuvres. Le président, son rêve ou plutôt son but (parce que ce n'était pas un rêveur), était simple : c'était de faire de la France politique une nouvelle Amérique. Deux partis, l'un qui a tous les droits : non seulement le mensonge, la dissimulation, la corruption par l'argent – des masses d'argent – mais encore l'espionnage interne, les magouilles de grande envergure, la guerre juste ou injuste mais nécessaire. Des droits naturels car c'est le seul et unique défenseur des valeurs américaines, des intérêts américains et de la prééminence de l'Amérique dans le monde. Le parti des pionniers, des conquérants, des gens qui ont des couilles, quoi ! En France, ce parti serait le sien, évidemment.

L'autre parti, nécessaire parce que la démocratie l'impose, regroupe là-bas les minorités raciales, les intellectuels loosers, les gens sans ambition. Et ce second parti, par sa nature, une nature inconciliable avec les intérêts américains et le leadership historique des États Unis, se doit de demeurer strictement pauvre et vertueux, la puissance et la richesse de ses membres et notamment de ses chefs étant contraires aux soi-disant valeurs qui sont censées l'animer. On ne peut, en France comme aux États-Unis être riche et de gauche, il y aurait là un paradoxe scandaleux ! Voilà ce que pensait dur comme fer le président et il ne voyait dans ce constat et ce raisonnement aucun paradoxe, aucune anomalie. Le président, c'était tout sauf un esprit compliqué !

Et ce n'était certainement pas le conseiller qui l'aurait contrarié et détourné de cette manière de penser. Lui, il se disait que cette approche allait dans le bon sens, dans le sens d'un retour progressif à la France éternelle. La France profonde ce n'était pas l'Amérique, rien à voir ! L'autre se foutait le doigt dans l'œil.

Tout compte fait, ce conseiller, malgré les apparences, n'avait guère d'estime pour le président. Pour lui, c'était un pion, un sacré bon pion pour parvenir à ses fins, aux fins souhaitées ardemment quoique de manière parfaitement occulte par lui et ses amis !

Cependant tout ça c'était des idées. On pouvait se sacrifier pour ses idées, certains l'avaient déjà fait et le conseiller voyait plutôt ça d'un bon œil, mais ce n'était pas son intention à lui, il avait encore une longue mission à accomplir. Et là, maintenant, il avait un souci, un gros souci, il avait quelque chose à partager que l'autre avait l'air d'oublier.

— À propos, dit-il, pour mettre au point les détails financiers de la petite compensation dont nous avions parlé, j'ai rencontré monsieur Duverney…

— Ah, Duverney, le président Duverney, mon ami Duverney… il devait être de bonne composition, le marché du pétrole est en pleine bourre en ce moment, les prix montent, les prix descendent, ça doit faire des putains de marges à ramasser…

— Je ne lui ai pas posé la question. Nous nous sommes vus pour autre chose, vous savez bien, le petit lot de consolation pour la Maison Blanche, comme vous l'avez appelée.

— Ah oui. Bon, il vous a donné ce que vous lui demandiez et vous allez mettre ça sur pied… Peut-être est-ce même déjà sur les rails, n'est-ce pas ? Je vous connais bien et je vous fais confiance Vernier, inutile d'entrer dans les détails…

Mais Vernier, au contraire, voulait entrer dans le détail. Ce qu'il voulait, lui, c'était bénéficier d'une garantie, d'une protection, d'une couverture, d'un parapluie quoi ! Un bon parapluie, pour pouvoir l'ouvrir en cas de merde, on ne sait jamais ! Il reprit :

— Nous avons décidé de monter une petite officine…

— Taratata… Vernier, ne me faites pas perdre mon temps. Comme vous le savez il est précieux et moi-même je le gère à flux tendu. Je vous ai déjà dit que je vous laissais carte blanche là-dessus. Du moment que ça fait plaisir aux Américains, le reste je m'en bats les couilles !

–… avec le général Kisling, insista rapidement le conseiller. Vous connaissez les Américains avec leurs noms de codes, on l'a intitulée la « cellule grise ».

– Vous n'avez pas installé ça en France au moins ?

– Non, non, à Barcelone, monsieur le président. La couverture c'est une société de transport international…

– Ça va, Vernier, laissez tomber maintenant. Carte blanche, bordel, je vous ai dit carte blanche !

Il n'y avait rien à ajouter à ça, pas moyen ! Mais le conseiller l'avait en travers de la gorge. Il était coincé entre d'un côté les Américains et le président et de l'autre ses propres amis, drôles d'amis, tout compte fait. L'inquiétude n'allait plus le quitter il le savait, une sourde inquiétude en pensant à ça, une inquiétude récurrente, constante même. De jour comme de nuit et pendant des mois, peut-être des années, cette cellule grise n'allait plus le lâcher, elle allait devenir son cauchemar. Lui, l'homme de l'ombre, l'éminence grise – encore du gris, putain de couleur morbide ! – allait être sur des charbons ardents. Il n'aimait pas ça, il n'avait jamais aimé ça. Il avait toujours pu l'éviter ; jusqu'à présent…

*

François Séverac considérait que les événements les plus marquants, ceux qui bouleversent la vie, se produisent le plus souvent au moment où on les attend le moins. Et qu'y avait-il de plus propice de ce point de vue que la nuit ? Il y a des gens qui apprivoisent la nuit, les artistes, les fêtards noctambules par exemple, ou qui l'exploitent, justement : les trafiquants, les voleurs et les assassins. Les paysans comme lui, François Séverac, se sont toujours défiés de la nuit. La nuit, par la force des choses, ils dorment en toute innocence, à la merci des forces de l'ombre. Voilà pourquoi ils s'enferment volontiers, se barricadent à l'occasion, font confiance à leurs chiens et même parfois à leurs oies, comme les Romains. À Condamine, il y avait longtemps qu'aucun événement notable ne s'était produit, ni le jour ni la nuit ; à part quelques orages dévastateurs dont on finissait par se remettre. François Séverac s'en félicitait comme tout le monde, même si, n'étant plus guère concerné, il lui arrivait malgré lui d'aspirer à quelques bouleversements de nature à pimenter sa vie. La vie d'un retraité est si monotone ! Les vieux ont quelquefois ce travers-là, ils ne peuvent plus faire grand-chose, ils n'ont plus guère de prise sur les événements et du coup ils deviennent un peu irresponsables... Leurs mauvaises pensées sont leur revanche.

Cette nuit-là il dormait comme un bienheureux, fatigué par une longue promenade et trois verres de vin au café. Il n'élevait plus aucun animal, n'avait d'ailleurs jamais élevé d'oies, ne s'enfermait pas mais avait confiance en ses deux chiens qui tournaient une partie de la nuit et dormaient d'un œil le reste du temps. Des chiens de la campagne parfaitement conscients de leurs responsabilités. Il s'était couché avec sa femme Albertine vers onze heures, après la télé. Du temps où il travaillait dans les champs ou à l'étable, il se couchait beaucoup plus tôt pour éviter de s'endormir devant le petit écran, mais maintenant avec l'âge et l'oisiveté, il avait de moins en moins sommeil. Albertine, elle, prenait un médicament que lui avait prescrit le médecin, un truc qui faisait dormir mais pas seulement... Une drogue quoi, qui faisait oublier aux vieillards leurs angoisses. François Séverac n'était pas contre, après tout il n'y avait aucun mal à se droguer à cet âge, surtout de cette manière-là, propre, digne et avec l'aval de la médecine ; pourtant, lui, c'était pas son truc. Lui, il voulait être lucide, sauf certains soirs où il était amené à boire un peu plus que de raison. Mais l'alcool, c'était la tradition, celle des ancêtres, on en connaissait par cœur les effets et, la plupart du temps, on les maîtrisait. Et puis il ne buvait jamais seul !

L'événement surprit tout le monde, même les chiens, par la force des choses, puisque, s'étant déclenché au village à près de deux kilomètres de là, il ne se matérialisa à la ferme que par la sonnerie du téléphone. Au bout du fil, il y avait Nicolas Coujard, le brigadier-chef de gendarmerie.

– Père Séverac ?

François Séverac n'aimait pas qu'on l'appelle comme ça, mais c'était la manière de Coujard, tout à la fois enfant du village et représentant de l'autorité. Et puis à cette heure et dans ce contexte, il n'y avait pas à ergoter, d'autant que ça permettait de lever le doute sur l'identité du perturbateur. Il opina du chef ce que l'autre ne pouvait voir mais ce qui ne l'empêcha pas de poursuivre :

— Vous pourriez passer au bourg ? On a besoin de vous !

— T'as vu l'heure qu'il est ? Et pourquoi on aurait besoin de moi ?

— Je peux pas vous le dire, père Séverac. Je vous appelle vous parce que je sais sur qui je peux compter mais je peux pas vous en dire plus au téléphone…

Qu'est-ce que c'était que ce merdier ? François Séverac se grattait la tête, incrédule. Il avait devant lui le vieux visage d'Albertine, hébété par la pilule du bonheur.

— Il faut que j'y aille, lui dit-il. Et, au téléphone : j'arrive !

Malgré ses quatre-vingts ans, François Séverac se déplaçait le plus souvent à vélo pour aller au village. Il n'y avait que deux kilomètres à faire et c'était du plat. Mais à cette heure et vu l'ambiance, il n'hésita pas à aller chercher sa bétaillère dans la remise. Il y laissa même monter un chien, on ne savait jamais.

Bon Dieu ! Dans la rue principale il y avait une douzaine de bonshommes en treillis noirs et cagoulés. On se serait cru… Mais il n'eut pas le loisir de penser plus loin, on, lui fit signe d'avancer jusque devant la mairie où il gara sa bétaillère tout contre la camionnette de la gendarmerie. Coujard s'approcha et, prenant appui sur la portière, passa sa tête par la vitre ouverte :

— C'est une opération de police judiciaire, dit-il un peu gêné, la police antiterroriste, ajouta-t-il comme pour s'expliquer. Ils font en ce moment des perquisitions chez tous les « jeunes » et ils vont tous les emmener. Le problème, c'est qu'il y a les gosses. Il y en a quatre. Alors comme ils vous connaissent, ces gosses, vu que, d'après votre copain Monge (en prononçant ces deux derniers mots, il fit mine d'étouffer sa voix et jeta un œil derrière lui), vous les avez déjà gardés à la ferme,

j'ai pensé à vous, voilà ! Ils sont dans la salle des mariages, un peu secoués je dois vous le dire...

– Putain, Coujard, c'est la guerre ! Y aurait pas eu un coup d'état dans la nuit ?

Le gendarme alla chercher les gamins et François Séverac descendit de sa camionnette pour les attendre. Il vit passer un type devant lui, à visage découvert. Le gars, un nerveux, ne le calcula même pas, tout à son affaire. Il était ému et inquiet, il n'en menait pas large, il se demandait dans quel état il allait trouver les gosses et puis tout ça lui faisait songer encore une fois à d'autres temps, il était alors tout jeune. Des histoires de gosses recueillis aussi, pas la même chose bien sûr, mais quelquefois les images sont si fortes...

Ils avaient entre quatre et dix ans. La plus âgée avait pris sous son aile le plus jeune qui était son frère, du coup les deux autres suivaient. Le problème, c'était la bétaillère, il n'y avait pas assez de place devant et il n'était pas question de les séparer. Il fallait donc tous les enfourner derrière comme de la marchandise ou, précisément, du bétail. Ça aussi, ça faisait drôle... Heureusement il y avait le chien, c'était le seul à manifester son bonheur et, nom de Dieu, il réussit à en communiquer un peu aux gosses. En roulant tout doucement, deux kilomètres seulement à l'arrière de la bétaillère, avec le chien pour compagnon, c'était finalement pas la mer à boire. François Séverac casa son petit monde tout contre la cloison qui séparait le compartiment arrière de la cabine, ferma soigneusement les deux portières et, après s'être installé au volant, embraya en douceur.

Il appréhendait la réaction d'Albertine, mais il avait tort. Elle écouta à peine ses brèves explications, fit une réflexion sur le temps de la barbarie qu'on croyait révolu ici et puis se mit en mouvement, généreuse, efficace et pleine de tendresse pour ces malheureux enfants. Il la retrouva telle qu'elle était avant, dans la force de l'âge. Il eut même une bouffée d'amour juvénile pour sa vielle femme.

***

Chapitre IV

Marseille, 2010, rue Paradis

De manière générale je ne m'intéresse pas trop à la politique, surtout à la politique politicienne comme on dit, qui, soit m'exaspère, soit m'ennuie profondément. En plus, en tant que juge, il est préférable de n'être pas trop actif de ce côté-là, on a vite fait de vous placer dans une catégorie, celle des juges rouges par exemple, et de prétendre que votre manière de juger est idéologique et donc partiale et donc scandaleuse. Ça fait désordre. Je savais toutefois qu'il y avait ce soir-là à Marseille, à la grande salle du Dôme, une grand-messe unitaire de la gauche. Dans sa globalité la gauche reprenait dans le pays du poil de la bête. Mais ça n'en faisait malheureusement pas une coalition sérieuse de nature à changer les choses dans le pays. En réalité chacun restait sur son quant-à-soi, y compris à l'intérieur des partis. Dans le plus puissant d'entre eux, les ambitions individuelles – de gens ringards, de chefs de clans, de jeunes loups – l'emportaient sur tout le reste, c'est-à-dire les questions qui m'intéressaient, moi. Au premier chef les libertés, l'équilibre des pouvoirs, la maîtrise de la police, la fin du clientélisme, du népotisme et de la mainmise sur la justice et les médias. En ce sens, j'apparaissais comme un intellectuel élitiste et prétentieux. C'est ce que me disait Billie lorsqu'elle avait des comptes à régler avec moi, d'ailleurs sur de tout autres sujets bien plus ordinaires. Ça lui faisait un prétexte pour me disqualifier, parce qu'au fond, sur ces sujets-là, elle était plutôt sur la même longueur d'ondes que moi. Mais bon, la rhétorique des psys est quelquefois bien pire que celle des avocats et j'étais bien placé pour faire la comparaison.

Billie, qui n'était pas plus engagée que moi, avait été approchée par une de ses copines qui militait sérieusement dans un parti de gauche, je ne savais pas lequel. Tout ce que je savais, c'est que c'était plutôt à gauche de la gauche. Moi, ça ne me dérangeait pas. Cette fille, que j'aimais bien et dont j'enviais parfois la liberté et la détermination, lui avait proposé d'assister à cette grand-messe, pas nécessairement pour participer, mais parce que ça promettait d'être fun. C'est ce qu'elle avait dit.

Moi, le bruit, le monde, la foule, les bousculades, je ne trouvais pas ça fun du tout. D'un autre côté, ça m'embêtait de laisser les deux filles aller toutes seules dans ce capharnaüm. Comme je ne voulais pas non plus m'afficher là-bas, ça me faisait un sacré dilemme à résoudre. En plus les orateurs étaient de grands classiques qui n'allaient certainement pas se mouiller pour faire le spectacle. Cette union sacrée – qui me semblait, à moi, de circonstance – était fragile et ils devaient craindre de rompre le charme. A priori, pas de scoop à prévoir, ni même la moindre vague.

Il n'y en avait qu'une, à vrai dire, qui titillait ma curiosité. C'était la seule extrémiste et elle n'était décidément pas une adepte de la langue de bois, c'était le moins que l'on en pouvait dire. D'ailleurs, elle avait plusieurs fois fréquenté les geôles de la république pour des histoires d'occupations d'usines, de manifestations interdites et de fauchages sauvages de maïs transgénique. Elle avait même fait partie des interpellés de cette fameuse rafle des flics antiterroristes contre les soi-disant saboteurs de TGV qui avait fini en eau de boudin. Elle vivait en communauté dans un village du sud du Massif central. Bref, cette fille intéressait, c'était la rebelle de service ; les gens, par milliers, qui n'osaient pas l'ouvrir, finissaient par se reconnaître en cette pasionaria.

Elle commençait donc à faire parler d'elle, un peu pour la radicalité de ses engagements, ce qui n'aurait certes pas suffi à passionner les foules, mais aussi dans un autre registre, beaucoup plus porteur celui-là, parce qu'en plus d'être douée et courageuse, elle était sacrément belle. Cette beauté, ce franc-parler, cette agitation constante, le mystère qui entourait les activités occultes qu'on lui prêtait et un parfum de scandale avaient de quoi faire frémir, pour ne pas dire plus, les journalistes people et leurs lecteurs avides. Parce que, pour couronner le tout, ce singulier mélange de Louise Michel et de Mata Hari était de bonne famille, la fille d'un député du coin, Sicardi, un député carrément à droite, lui. Rigolo, non ?

C'est ce que j'expliquai à Billie en lui annonçant que, si elles étaient toujours décidées, elle et sa copine, j'étais prêt à les accompagner. Billie, que ce genre de manifestation n'excitait pas plus que moi, ne me sembla pas non plus disposée à m'offrir sur un plateau le spectacle d'une belle égérie en pleine action, car selon elle, machiste de base, il n'y avait que ça en réalité qui m'intéressait. Bien entendu, ce ne fut pas textuellement ce qu'elle me dit. Ce qui était clair dans son discours, c'est qu'elle trouvait lamentables les motifs pour lesquels je me serais soudain décidé à les accompagner. Alors même que lors de ce meeting il allait être débattu d'une question essentielle : comment se débarrasser d'un pouvoir calamiteux, tout l'intérêt que j'y trouvais, moi, c'était d'aller voir les filles, enfin… une fille qui, elle, était là, probablement plus que tous les autres, par pure conviction. Franchement, il aurait mieux valu, pour elle et pour son engagement, qu'elle fût quelconque et insipide ! Pour le reste, c'est-à-dire sa volonté de m'éviter le spectacle d'une femme d'action présentant ce second avantage d'être belle et excitante ce qui aurait pu alimenter mes fantasmes, il s'agit d'une déduction de ma part car, formellement en tout cas, elle ne dit rien de tel ; mais je la connais…

De toute façon elle avait tort de se faire du souci : je vivais au jour le jour avec une femme d'action – et en tout cas de pouvoir – jolie et excitante, et je n'avais aucun goût pour les femmes de trente ans et moins, ou plutôt j'avais perdu ce goût-là, à mon âge, ce qui somme toute est bien naturel. Mais je ne lui en ai rien dit, je suis de ceux qui pensent que dans un couple certaines choses doivent demeurer dans le flou. D'ailleurs elle ignorait l'âge de Constance Sicardi.

Toujours est-il que j'avais gagné, Billie téléphona à son amie pour lui répondre que non, ça ne lui disait rien, la foule, les discours convenus et tout le reste. Qu'elle préférait se faire un cinéma, le dernier Almodovar par exemple.

J'étais un peu déçu, j'aurais préféré une soirée en amoureux. C'était samedi et les garçons, Jules et Jim, avaient la permission de minuit ; nous aurions eu l'appartement pour nous tout seuls, j'aurais allumé la cheminée, sorti une bonne bouteille, préparé un petit dîner et vogue la galère… Bon Dieu, quand ce n'est pas les gosses, c'est les copines ! Je me demandais si j'allais aller au cinoche avec elles. Je l'aimais bien cette fille, mais j'en étais un peu jaloux ou quelque chose comme ça. Et puis, à tout prendre, j'aimais mieux vivre les histoires d'amour que de les voir sur grand écran.

Finalement je restai à la maison, allumai ma petite cheminée – notamment en prévision du retour de Billie – et pensai, à demi allongé dans mon canapé et un cigare au bec, à ce meeting, à ce qu'il avait de surréaliste et d'hétéroclite. Il y avait des partis de gouvernement, ensuite des partis qui faisaient la promotion de leur doctrine politique – en sachant pertinemment qu'elle ne pourrait pas, avant longtemps, être mise en œuvre – et une troisième catégorie représentée par une fille qui ne proposait rien si ce n'était l'anarchie et le chaos, du moins je le supposais. Chacun allait prendre la parole, dire des choses et ceux qui allaient proférer les plus gros mensonges, préparer les plus grosses arnaques, étaient les plus sérieux, alors que l'anarchiste de service, cette belle fille, allait probablement flirter avec la vérité vraie, celle que l'on doit taire parce qu'elle fait fi des intérêts et de la nature réelle des hommes. La vie, faite de compromis et même de compromissions, n'était pas pour ces gens-là. Mais on ne dira jamais assez à quel point ils sont utiles, à quel point, sans eux et leurs cris d'orfraie, les profiteurs les plus débridés domineraient le monde comme, par le passé, ils l'ont déjà fait, comme ils le font ailleurs et comme, aujourd'hui encore, les nôtres, revenus de leurs émotions, sont bien près de le faire.

Je rêvassais à tout ça sans trop me prendre la tête, écoutant un CD de vieux blues, des blues archaïques, les premiers, qui m'apportent la même émotion que certains chants gitans ou andalous ou certaines complaintes interprétées par des femmes méditerranéennes, des Pouilles, de Sicile, de Corse, de Grèce. Les paroles sont sans importance, seuls comptent pour moi le ton, la voix, la musique et le rythme, cette lancinance qui vous fout le bourdon en même temps qu'elle vous comble. C'était Billie qui m'avait concocté cette compilation. Un truc que je n'aurais jamais fait moi-même, par paresse sûrement, ou encore parce que je ne trouvais pas ça assez utile… Je dois dire que je lui en étais reconnaissant. Il y a des moments de grâce dans la vie : une pénombre bienvenue à peine compromise par l'éclat changeant des flammèches, une gorgée de vieil armagnac, une bouffée de havane juste derrière et Betty LaVette avec sa voix de lionne dans les basses et de tigresse au-dessus…

Je dus m'endormir ensuite car le disque avait fait un tour sur lui-même, au moins, lorsque Billie rentra. Elle était pleine de vie, rayonnante et ravie de son film d'Almodovar qu'elle entreprit de me raconter. Pour un psy, surtout un psy féminin, Almodovar est une mine d'or…

***

Chapitre V

Marseille, salle du Dôme

C'est son tour. Elle s'approche du micro. C'était bien ce qu'il avait deviné lorsqu'il ne la voyait que de loin, elle est belle, une beauté rare, il en a le souffle coupé, ce vieux Gasque qui n'a pourtant rien d'un homme à femme, ou d'un voyeur. Elle a une démarche assurée mais légèrement ondulante quand même, rien à voir avec l'oratrice des écolos, une jolie fille pourtant, mais finalement insignifiante sur le plan de la grâce, du charme et à plus forte raison sur le plan… sexuel. Là, dans ce meeting, ce à quoi il n'y avait bien entendu rien à redire, on n'était pas dans une revue au Crazy Horse ! Celle-là pourtant, la nouvelle, la dernière, l'apparition, on dirait une vedette du show-biz à l'occasion d'une fête de charité. Sans provocation, non, mais, tout bien considéré à la limite, comme si tout avait été savamment calculé. Elle porte des chaussures à talons, mais de la hauteur juste nécessaire à mettre en valeur le galbe de ses jambes, provoquant ce léger déhanchement dans la démarche, le déhanchement qui attire l'attention sans sembler le vouloir, celui qui ne va pas manquer de donner mauvaise conscience au militant mâle venu ici pour autre chose, tout de même, qu'admirer la plastique d'une égérie de l'ultra gauche.

Pareil pour Émile Gasque, cette culpabilité. Il est en mission, lui, et pas tout seul. On les a placés au deuxième rang ; vraiment sympas les organisateurs ! Il est vrai qu'il est connu comme le loup blanc et qu'on n'a rien contre lui : c'est un ancien des « Renseignements Généraux » devenu aujourd'hui agent de la DCRI, puisqu'on a supprimé les RG. Il a à sa gauche Malika, sa collègue, son équipière habituelle quand il faut y aller à deux, une jeune qu'il aime bien, celle qui, il y a deux ans, a remplacé l'autre, putain, l'autre ! Il sent qu'elle lui jette un coup d'œil de temps à autre depuis que la beauté a commencé à s'approcher du micro. Elle semble sourire, Malika, un sourire malicieux, elle doit se foutre de sa gueule, c'est bien son genre !

Quelle aisance ! Et pourtant il y a quelque chose qui cloche dans ce spectacle. Ah oui, elle n'est évidemment pas seule sur scène, les autres orateurs sont restés là, ont repris leurs places, assis en rang d'oignons, et l'on ressent, chez eux, malgré les sourires de circonstance, une terrible réticence. Ils ont parlé avant elle et certains, peut-être, le regrettent-ils maintenant : putain, elle a la parole en dernier, la garce ! Avoir la parole en dernier, c'est un avantage que l'art oratoire connaît depuis qu'il existe, un avantage déterminant. C'est pour ça que, lors des débats, les politiques et bien d'autres se battent comme des chiffonniers pour avoir le dernier mot ; et c'est aussi pour ça qu'en justice, la défense, voire l'accusé, ont la parole en dernier. Là, ce qui s'est passé, c'est que les autres n'ont pu s'entendre sur cette question et qu'en désespoir de cause, pour se neutraliser les uns les autres, ils ont laissé la place à Constance, une météorite parmi les planètes. Mais maintenant qu'elle fait cette entrée en scène, cette entrée de diva, on se pose des questions : que va-t-elle dire ? Pourquoi l'a-t-on invitée, d'ailleurs ? Qui est à l'origine de cette connerie ?

Tout le monde avait pensé qu'après tous ces discours le public serait gagné par la lassitude. Cette chronologie est une erreur ! C'est ce que se dit, le premier – avant même que Constance ait ouvert la bouche – ce cacique décrépit qu'était l'envoyé du parti socialiste. Un secrétaire national, tout de même ! Lui, on l'a dépêché à cette grand-messe à Marseille, justement parce qu'il est en fin de course, inoffensif, devenu inoffensif. Mais il se rend compte de l'erreur avant tout le monde. Il a fait de multiples campagnes électorales, organisé et tenu des quantités de meetings, il a été deux fois ministre ou presque et il est vieux, sans ambition désormais, mais plein d'expérience. Il y a deux sortes de meetings, se dit-il, ceux auxquels les militants se rendent en traînant les pieds ; et là, effectivement, il vaut mieux parler en premier parce qu'au bout d'un moment… et puis ceux, devenus rares il est vrai, qui voient une salle non préparée, fraîche au départ, s'échauffer naturellement au fur et à mesure des interventions. Il semble au vieux cacique que, là, on est plutôt dans la seconde configuration. Et puis la fille, pour ce qui est de l'apparence tout au moins, est sublime, réellement sublime. C'est une chose que tous les hommes vont apprécier, forcément. La moitié du public tout acquis à sa cause, avant même d'avoir prononcé un seul mot, c'est pas mal ! Pour les femmes, évidemment, tout dépend de ce qu'elle va dire et de la manière dont elle va le dire. Si elle a une manière de femme, c'est-à-dire directe et sans ostentation, même si elle est un peu maladroite, elle a gagné, surtout chez les féministes. Or, des féministes, il n'y a que ça à gauche, dans les meetings en tout cas.

Émile Gasque est quant à lui complètement sous le charme. Lui, il s'en fout de qui va gagner quoi ou de qui va convaincre qui, il fait son boulot qui est de renseigner le préfet et par là le gouvernement : des renseignements objectifs, sans passion, des rapports volontairement ennuyeux, c'est sa spécialité. Malika essaye bien de lui imposer quelques fantaisies supplémentaires, du genre l'élégance ou la grossièreté de l'un ou de l'autre. Elle voudra sûrement dire un mot de cette entrée en scène, cette entrée muette mais superbe. Ça ne sera pas inutile, parce que là, lui, il en vient à perdre le fil, il en vient même à oublier son souci, cette sorte d'apparition surgie du temps passé, cette vision qu'il a eue en pénétrant tout à l'heure dans la salle : un revenant noyé parmi la foule !

Constance sait où elle se trouve et ce qu'elle a à faire. Elle a préparé ça avec intelligence et minutie. Elle sait aussi qu'elle est une bête de scène, elle s'en doutait depuis un moment, mais là elle vient d'en avoir confirmation ; elle sent la salle, son étonnement, ses réserves, ses vibrations, et elle trouve ça bon, très excitant et même au-delà. Curieusement, les plus rétifs sont ceux de son camp, mais c'est normal, elle les connaît, ils sont comme elle, pas du genre à se faire rouler dans la farine, même par un camarade, ou par une camarade en l'occurrence. D'ordinaire elle se présente aux réunions et aux meetings – ceux de son parti, de sa mouvance ou de son groupuscule, comme on voudra – en jean et T-shirt ou blouson de cuir ; c'est selon la saison. Ce soir, ça doit leur faire drôle de la voir en chaussures à talons, bas noirs, tailleur noir aussi, un peu court, avec, en haut, un petit cardigan sous un blouson ouvert, laissant entrevoir la naissance de ses seins. Cela n'échappe à personne, elle en est sûre, car derrière elle il y a un grand écran et le cameraman ne doit pas se priver de faire des gros plans.

Les spectateurs sont divisés, certains regardent plutôt l'écran et le détail, ils sont directement en prise avec son regard, d'autres s'intéressent plutôt à sa silhouette, lointaine mais naturelle et élégante. Peu lui importe, elle a soigné les deux perspectives, surtout ne pas oublier l'écran ; c'est souvent le détail qui tue ! Aussi n'arbore-t-elle pas ce sourire béat qu'ont adopté les autres, avant elle. Elle se forge un visage avenant mais sérieux. Ses bras sont pendants le long de son corps, ses mains sont inertes, pour l'instant. Le mouvement viendra plus tard, crescendo. Et puis voilà qu'elle attaque :

— Je ne suis pas venue vous dire que les gens souffrent, on vous l'a dit avant moi, la compassion est à la mode. Et d'ailleurs vous le saviez déjà. Je suis venue vous dire, moi, qu'il y a des gens désespérés, oui, désespérés ! La souffrance, ça se domine, surtout lorsqu'on pense et qu'on vous fait croire qu'elle n'est que passagère. Ceux qui souffrent se disent que, peut-être, grâce à vous (elle se tourne vers les précédents orateurs) cela va changer, un jour ou l'autre, que ce n'est qu'une question de temps et donc de patience. Moi, je suis venue vous parler du désespoir, des gens désespérés. Ceux qui avaient déjà peu de chose, qui l'ont perdu : leur travail, leur dignité, quelquefois la maison qu'ils croyaient posséder et qui appartenait en fait à la banque. Ceux qu'on faisait jusqu'alors semblant de considérer comme des citoyens et qui, avant la mainmise de la droite, se sentaient reconnus et même respectés pour ça. Aujourd'hui, alors que la plus gigantesque escroquerie du siècle vient de nous apparaître et que l'on va demander aux péquins que nous sommes de rembourser la note en quelques annuités, on ne sait pas tout à fait combien, d'autres se retrouvent hors du jeu, oubliés, on ne les aide plus, on ne les regarde plus, ils vivent dans la rue comme des bêtes et la police les malmène. Ceux-là, bien sûr, leur désespoir suscite un peu de pitié en passant, quelques actes de générosité, mais, tout compte fait, ils ne sont pas inquiétants, on s'en désintéresse, c'est à peine s'ils existent encore. Mais moi, je voudrais vous parler aussi ce soir d'autres désespérés, ceux qui ont une petite lumière dans la tête, ceux qui veulent exister encore…

Ainsi commence Constance et la salle est silencieuse, les gens sont mal à l'aise, les sourires béats ont quitté les visages de l'aréopage des caciques. Finies les congratulations, les gestes de fraternité, la belle solidarité des gens de gauche. Où veut-elle en venir, bon Dieu ?

— Ceux-là se sentent aussi perdus et oubliés, reprend Constance, mais pas seulement : ils ont compris qu'on leur a menti, qu'on leur a fait de fausses promesses, qu'on leur a joué l'air des lampions. Le pays, la nation, la gloire, la résistance, la fraternité, la solidarité ; on leur a doré la pilule pour avoir leur vote, on s'est moqué d'eux et ils le savent et ils en sont humiliés. Ils n'ont plus rien et ils sont en colère. Ils sont prêts, prêts à tout. Ceux-là, ils peuvent tout se permettre, je vous le dis, ils sont en état de légitime défense, même s'ils commettent des crimes, nul n'a le droit de les condamner car ne sont condamnables que ceux qui les ont poussé à bout. Ceux-là sont le peuple qui se soulève contre le vol, l'oppression et le faschisme rampant que nous connaissons tous et que vous, vous craignez de dénoncer. Et, comprenons-le bien, ils se soulèvent aussi contre eux-mêmes car les révoltés d'aujourd'hui feront les terroristes de demain ! Ceux-là, je vous le dis solennellement, nous, nous sommes à leur côté !

Comme Constance s'est tue devant la salle médusée, une femme se lève et dit :

— C'est un appel au terrorisme ?

Elle est huée aussitôt, pas pour ce qu'elle a dit, mais pour cette interruption : au diable les briseurs de charme ! Et Constance, dès que le silence est revenu, répond :

— Non, camarade, pas encore. Mais c'est un appel à la résistance !

Et, parce que son temps de parole est épuisé, elle conclut ainsi son intervention, de cette manière abrupte et sibylline. Comprenne qui pourra ! Mais presque tout le monde a plus ou moins compris. Elle ne peut guère aller plus loin sous peine d'être poursuivie pour incitation à la violence, c'est ce que se disent les spécialistes de la politique, les membres de l'aréopage ; très fort, très subtil, très inquiétant aussi. Ils ont commis une grave erreur en l'invitant, elle a gâché et compromis leur grand-messe, la salope !

Même les plus convaincus et les plus impliqués des militants réunis là, quel que soit leur parti, ne peuvent s'ôter de l'idée que cette jeune femme est la seule à parler vrai. Ce qui ne va pas, c'est que son discours, volontairement ambigu sur ses objectifs, est dérangeant : où est la frontière entre la démarche politique et l'activisme terroriste ? Elle semble bien prôner la légitimité de la révolte, du combat et donc de la violence. Chacun sait bien que ces désespérés dont elle parle subissent eux-mêmes la violence du pouvoir en place et de ceux qui le soutiennent. Une violence diffuse, encadrée, constamment justifiée, une violence, selon eux, inhérente à la vie, inévitable et dont personne, surtout pas eux, n'est responsable. Une violence nécessaire, presque… De cela, tous les partis représentés ce soir-là ont bien conscience, mais ils préfèrent laisser ça dans l'ombre. D'ailleurs, s'ils reprenaient le pouvoir, cette violence-là subsisterait, ils le savent, sauf que leur intention est d'y porter remède, selon le cas, un peu, beaucoup…

Et elle se dirige vers les coulisses, elle ne va pas s'asseoir avec les autres. Incorrecte, en plus ! Dans la salle ses amis se lèvent et applaudissent, ils ne sont pas nombreux mais bien disséminés. D'autres gens se lèvent aussi, peu à peu, pour applaudir. Ils sont émus, touchés soudain, sans bien en avoir conscience, par l'esprit révolutionnaire, un vieux sentiment enfoui dans leur conscience de gens de gauche. Ils se sentent paradoxalement rajeunis. Certains communistes, des écolos, la plupart des membres du Nouveau Parti Anticapitaliste et même quelques autres, policés et contraints jusque-là par leurs instances dirigeantes, jettent soudain leur gourme. En cet instant de grâce, ras le bol du politiquement correct ! La confusion est à son comble, il va falloir évacuer la salle, non pas que l'on craigne des débordements, il y a là des vieux de la vieille, des militants chevronnés, disciplinés, qui savent comment s'y prendre, mais parce qu'il faut en finir, ça ne tourne pas tout à fait comme on l'avait imaginé, pas du tout comme on l'aurait souhaité, même !

Émile Gasque est toujours sous le charme et il suit des yeux la silhouette souple et élégante jusqu'à ce qu'elle disparaisse dans les coulisses. Il ne manque pas un seul de ses pas, jusqu'au dernier, comme celui d'une danseuse à la fin du ballet. Malika, quant à elle, a senti ses mains lui échapper, ses bras s'élever tout seuls dans les airs, moins une et elle applaudissait, elle aussi ! Elle se reprend, elle songe aux techniques de séduction des foules dont on lui a parlé : des techniques élaborées, faciles à décrypter pour une spécialiste comme elle, paraît-il, et qui ont dû être mises en œuvre, là, forcément, mais à son insu et par une petite jeune femme solitaire et isolée. Elle est fière d'être femme, ce soir, alors qu'elle est en service commandé, mêlée à cette foule désormais en désordre, dans ce capharnaüm de fin de spectacle.

***

Avignon, janvier 2008

Ils avaient planqué un peu dehors, un peu dans la voiture aux verres fumés. Un peu, très peu, au bar presqu'en face, pendant quatre jours et quatre nuits, à tour de rôle, à trois. Les trois-huit en quelque sorte, comme à l'usine. Le gars, Ibrahim – à force d'en parler il leur était devenu si familier qu'ils l'appelaient par son prénom – ne s'était montré qu'au bout de quarante-huit heures. Il était entré dans l'appartement pour ne plus en sortir. Le tuyau était bon. C'était ses deux complices qui faisaient les courses, deux jeunes en tenue des quartiers pourris : chaussures Nike, survêtements Lacoste, capuches dans le dos, casquettes à l'envers, ils devaient, pour couronner le tout, parler en verlan, les enculés ! La nuit, ils ne restaient pas là en principe et un soir, Gomez – qui n'était pas du genre à lésiner sur les heures supplémentaires contrairement à tous ces feignants de fonctionnaires qui coûtaient si cher à la France, même dans la police – en avait suivi un. C'était pas prévu, mais il n'avait pu résister à cette envie. Celui-ci créchait dans une cité du sud d'Avignon, bien au-delà des zones commerciales.

En temps normal, avec leurs potes, ils devaient déferler le week-end sur le centre-ville pour vendre de la came frelatée, faire les bagnoles, taxer les enfants et arracher les sacs aux vieilles. Ces deux racailles étaient allés encore plus loin que les autres, ils avaient carrément déclaré la guerre à la France, au moins c'était clair ! Ils avaient intérêt à savoir la faire, la guerre, parce que Gomez, c'était un guerrier, un vrai, et ça l'aurait pas dérangé d'intervenir là-haut, dans l'appartement, avec les trois à l'intérieur. Trois terroristes dont deux apprentis, ça lui faisait pas peur. D'ailleurs, lorsqu'il avait suivi celui-là, le petit pédé à la casquette à l'envers, en passant dans une rue pas éclairée, entre un entrepôt de supermarché et un garage fermé pour cause de faillite, ça l'avait démangé de lui sauter sur le râble et de lui faire une boutonnière fatale, au jeune niakoué. Mais évidemment il y avait les ordres, le commandant rigolait pas et le plan c'était de mettre la main sur leur ami Ibrahim. Pourquoi ? Gomez en savait rien, il saurait plus tard ; peut-être ou peut-être pas. De toute façon, pour lui c'était sans importance.

Il devait être relevé dans trois heures par le commandant lui-même. Ça aussi, c'était bien : le chef en chiait autant que ses hommes, et sans broncher, comme au Vietnam dans la touffeur des rizières et comme au Djebel dans l'air vibrant et desséché. Gomez, il aimait bien faire référence aux anciens, même si lui-même en avait pas mal vu un peu partout en Afrique. Non seulement ça lui plaisait, ce côté mythique, mais en plus, parler de sa propre expérience, ça n'aurait rien eu de patriotique. Les anciens, ils défendaient la France, alors que lui, même si au bout du compte, de son point de vue en tout cas, c'était dans l'intérêt du pays, il n'avait été qu'un mercenaire. C'était tout de même pas sa faute si, lorsqu'il s'était engagé, la France n'avait plus un morceau de terre à défendre parce que des cons avaient tout lâché ou tout bradé !

Sa situation était maintenant plus claire, le commandant, qui le connaissait de longue date et savait à qui il avait affaire, l'avait recruté pour faire partie de la « cellule grise » : drôle de nom ! L'adjectif surtout était pas bien plaisant mais c'était un nom de code ; les noms de code – Dieu sait qu'il en avait connu ! – ils étaient tous plus cons les uns que les autres, alors pourquoi pas « cellule » et pourquoi pas « grise » ? Il lui avait expliqué les objectifs une fois pour toutes. Évidemment, c'était pas tout à fait aussi clair que de défendre sa patrie, sa terre et ses possessions comme avaient fait les anciens, mais Gomez il croyait aussi à la race, à la race supérieure, la sienne, la blanche, bien qu'il fût lui-même un peu bronzé et qu'il ait eu les cheveux bruns et un peu « souples ».

Pour lui le monde était simple, d'ailleurs tout était simple, c'était ces enfoirés d'intellectuels qui cherchaient à tout compliquer : il y avait les blancs, les Français étaient les mieux, quoique les Allemands aient prouvé qu'ils étaient pas mal non plus, un peu lourds et un peu excessifs bien sûr, mais tout de même de putains de combattants ; et il y avait les autres, les bougnoules, les pires, fourbes et cruels, les bamboulas qui, sauf quand ils avaient bu ou s'étaient excités d'une manière à eux, étaient des innocents, et puis les Viets – ce qui, selon Gomez, englobait l'ensemble des Asiatiques – C'étaient les meilleurs ennemis, à la fois les plus forts (surtout les Japs), les plus nombreux, les plus dangereux et les plus intelligents. Gomez, il craignait par-dessus tout les Viets.

Voilà quelles étaient les pensées de Gomez alors qu'il faisait des allées et venues le plus discrètement possible, ce qui n'était pas simple, dans la rue des Teinturiers à Avignon, une rue tout près du centre-ville mais qui, si l'on en jugeait par la facture des immeubles un peu minables, avait dû être une rue populaire, ouvrière même, au départ. On aurait pu croire que ces pensées le distrayaient de sa mission, mais il n'en était rien, c'était des pensées habituelles, ressassées, qui n'affectaient donc en rien sa concentration. D'ailleurs il vit venir de très loin le commandant. Il le reconnut à sa démarche, une belle démarche d'officier, pas vraiment martiale mais élégante. Il ne lui trouvait que des qualités, il l'admirait, il avait aussi de l'affection pour lui, il se serait coupé en quatre… Cette vue lui procura donc du bonheur, Gomez le réalisa et, sans trop savoir pourquoi, en eut un peu honte. Il poursuivit son chemin et ne fit demi-tour qu'arrivé au bout de la rue pour aller à sa rencontre. Ils se croisèrent et le commandant lui glissa à mi-voix un message bref mais qui le ravit :

– Tu décroches, mais retour à 2 heures. Tino sera là aussi et on plonge !

C'était une bonne nouvelle, une putain de bonne nouvelle… Finie cette attente qui lui mettait les nerfs à vif. Il fut à deux doigts de répondre pour signifier son enthousiasme, mais il se contint. C'était un homme qui savait garder sa maîtrise, en toutes circonstances ! Il prit nonchalamment la direction de la place de l'Horloge ; il y aurait bien un bar ouvert où traîner jusqu'à 2 heures. Il allait se taper un cognac pour fêter ça, puis des jus de fruit ou plutôt des cafés pour patienter en fumant des clopes : c'était pas le moment de se retrouver dans les brumes de l'alcool, pour ça on verrait après. En Afrique, on leur filait des amphètes et c'était sacrément efficace mais le commandant, les drogues, c'était pas son truc, il était pour la nature et les valeurs traditionnelles, celles des anciens justement ; et ça, à lui, Gomez, ça lui déplaisait pas.

*Il faisait froid. Quelquefois en Avignon il pouvait faire très froid. Le commandant Villejuste mit ses mains dans ses poches, un réflexe. Il fallait éviter d'avoir les mains glacées dans des occasions comme celle-ci, c'était comme avant de toucher une femme, la peau nue d'une femme. Il sourit. Il n'y avait pas de mistral pourtant ; il aurait préféré, tout compte fait, quitte à se geler encore plus. Le mistral, ça fait du bruit, ça noie les autres sons… En passant il jeta un œil sur l'appartement, la cible. C'était un immeuble ancien et miteux, comme tous les autres dans cette rue, qui devait avoisiner le siècle. Il ne trouvait vraiment aucun intérêt à ce quartier qui, bien qu'il ait connu un renouveau du fait de sa proximité avec le centre de la ville, sentait encore la médiocrité ouvrière du début du XX*e *siècle. Villejuste n'aimait pas beaucoup les ouvriers, les petites gens et la petite histoire, celle qu'on enseigne bêtement aujourd'hui à cause des Le Roy-Ladurie et autres Lévi-Strauss, un juif celui-là.*

Le ravalement avait été fait deux ou trois ans auparavant, un cache-misère imposé par la ville et le célèbre festival, le festival ! Le rez-de-chaussée était occupé par un vaste garage si l'on en jugeait par la taille des deux grands vantaux en bois. Toute la rue était à peu près bâtie comme ça : en bas, garages, échoppes d'artisans ou petits commerces – en Avignon on n'habitait pas les rez-de-chaussée à cause du Rhône qui, avant d'être domestiqué, y faisait régulièrement un petit tour – en haut les logements. La consultation du cadastre et du registre du commerce avait appris à Villejuste que leur immeuble cible était la propriété d'une société civile immobilière dont les porteurs de parts étaient trois hommes d'affaires, deux Libanais et un soi-disant Français dont le nom les avait fait tiquer (Français, mon œil ! avait dit Gomez). Il comportait trois appartements, un par étage en comptant les combles. Aucun n'était loué et aucun n'était occupé sauf celui du second, depuis quelques jours, par l'ami Ibrahim.

Villejuste avait ensuite envoyé Tino, dit Louis XVI parce qu'il était un virtuose de la serrure, faire une petite visite aux couloirs et escaliers. Rien de bien surprenant : une volée de marches pour aller à l'étage, un petit couloir avec au fond la porte d'entrée du premier appartement, une seconde volée de marches pour se rendre au deuxième avec le même petit couloir pareillement distribué, puis un escalier raide et vermoulu qui menait aux combles. Les portes d'entrée étaient munies de loquets et vieilles serrures à grosses clefs avec en plus pour l'appartement – supplément dérisoire selon Tino – un verrou à un seul point d'ancrage. Tino dit Louis XVI, un homme de l'art pourtant, avait déconseillé tout travail sur la seconde serrure : une perte de temps selon lui car cela faisait toujours du bruit – surtout qu'elle était vieille et rouillée – un bruit infime peut-être, mais, avec les gens méfiants, ce sont les plus lourds de conséquences, et leur petit doigt leur disait qu'Ibrahim, bête noire des Américains, devait être particulièrement méfiant. Rien ne valait, pour l'effet de surprise, une bonne porte enfoncée. Du premier coup, bien sûr.

Le commandant faisait confiance à ses hommes, à Alfred Gomez et à Tino Bonacorsi en tout cas. Le premier parce que c'était un soldat et qu'en plus il avait des convictions et le second parce que, lui, le colonel Villejuste – qu'on nommait toujours « le commandant » puisque c'était à ce grade que Gomez l'avait connu – l'avait sauvé, avait fait un miracle, lui avait évité une vie entière derrière des barreaux, en tout cas une énorme tranche de vie.

Au moment même où Tino Bonacorsi, le plus jeune membre du « gang des insulaires » – ainsi désigné parce que les journalistes y avaient vu des Corses, des Siciliens et des Sardes – allait en prendre pour vingt ans, il s'était présenté à lui aux Baumettes, lui avait affirmé qu'il était envoyé par son père qu'il avait bien connu, un militaire aussi, lui avait raconté une histoire de promesses faites sur un lit de mort, une histoire d'amitié, une histoire d'hommes, lui avait parlé de liens du sang, d'honneur, de fierté retrouvée. L'émotion étant à son comble car le père de Bonacorsi venait à peine de mourir, il avait ensuite été question d'une alliance ou plutôt d'une allégeance fondée sur un pacte sacré.

En contrepartie, il avait réclamé pour lui un dévouement indéfectible ; pour tout dire il avait négocié avec lui, d'homme à homme. L'autre, dans la situation où il était et confronté à l'ombre de ce père qu'il n'avait même pas pu assister sur son lit de mort, était tombé sous le charme, dans le panneau aussi, avait été carrément envoûté et puis, tout de même, avait compris qu'il avait tout à gagner dans cette affaire, lui qui croyait l'instant d'avant avoir tout perdu ! Ensuite, tout avait été très vite, comme dans un rêve car jusque-là il n'y avait pas vraiment cru. On avait organisé son évasion lors d'un transfert, rien de plus facile pour le commandant, une opération de commando avec un surveillant complice qui avait juste commis une erreur, une petite erreur, et qui allait d'ailleurs être sanctionné par un blâme, rien de plus normal dans l'administration ; sauf que le surveillant s'en foutait du blâme qui, selon la formule de son avocat, allait faire une petite tache dans son dossier de fonc-

tionnaire : lui, il avait agi pour des gens dont il partageait les idées et en plus il allait être grassement payé !

Enfin, le résultat des courses c'était que Tino Bonacorsi, parfaitement pris aux pattes par une instruction bien ficelée, bon pour les assises donc, et bon pour une longue réclusion criminelle, avait disparu : on ne le retrouverait pas ! C'était rarissime, on finissait toujours par retrouver la trace d'un évadé ! Lui, non ! Il avait assuré ses arrières, ou plutôt, le commandant avait assuré ses arrières. Il avait changé de tête, il avait changé d'identité et était devenu le vassal, la garde rapprochée, l'homme lige ou l'exécuteur des basses œuvres, comme on voudra, du « commandant » Villejuste qui l'engagea juste après Gomez dans la « cellule grise ».

Avec cette histoire d'Ibrahim, le commandant exécutait des ordres. Ça lui était naturel, c'était un militaire. Pour autant, ça ne l'excitait pas outre mesure de travailler pour les Américains, mais il y avait d'autres perspectives. La « cellule grise » une fois constituée, une fois financée, ses amis, ses chefs, se faisaient fort de l'exploiter à d'autres fins…

L'aventure avait commencé il y avait quelques mois. Un ami, un conjuré, un membre de la « Ligue » l'avait sollicité de la part d'un autre ami, un autre conjuré, placé au plus près du pouvoir. La Ligue était un club très fermé, une société secrète à vrai dire, dont le nom ne fait aucunement référence, comme on pourrait croire, à la moderne ligue communiste révolutionnaire mais bien plutôt, en remontant dans le temps, au célèbre mouvement dominé par le fameux duc Henri de Guise, « plus grand mort que vivant » selon la formule royale. Villejuste, épris d'Histoire, était membre de la Ligue, un membre modeste, mais surtout un serviteur. Il savait que le conseiller du président en était aussi. Il avait rapidement compris ce qu'on attendait de lui et qui était d'ailleurs tout à fait dans ses cordes. Il avait aussi compris qu'on lui donnait des moyens, des moyens considérables, comme il n'en avait jamais eu pour les missions qu'on lui avait assignées en Afrique, et surtout qu'il pourrait en disposer librement sous le seul contrôle des ligueurs, ses amis. C'était là qu'il avait entrevu les fameuses perspectives. Pour une fois, la première dans sa carrière, il ne dépendait pas d'un service officiel. Il avait été libre de recruter ses hommes, sauf un qu'on lui avait imposé, un flic débauché de la DCRI, un type qui certes exécutait ses ordres mais qui, lui semblait-il, n'était pas vraiment franc du collier. Il est vrai que sa conception, à Villejuste, de l'autorité, était singulière ; il fallait lui être dévoué corps et âme et même, si possible, l'aimer : ça n'allait pas nécessairement de soi !

Avec tout ça le temps avait passé, celui de l'action était venu. Il aperçut Gomez qui remontait la rue et, en se retournant, avisa Tino qui débouchait d'une transversale à l'autre extrémité. Il ne doutait pas un instant que, dans dix minutes, Wagner allait garer le gros Cayenne juste devant la porte d'entrée de l'immeuble et qu'il n'y aurait plus qu'à y déposer le colis et se jeter dedans à sa suite. Villejuste était un type prévoyant, minutieux, et son plaisir, son seul vrai plaisir sans doute, c'était ça ; voir se mettre en place avec une précision d'horloger les plans qu'il avait concoctés, constater ce petit miracle : la traduction dans les faits d'une stratégie pensée par un homme seul, lui-même, un peu comme un rêve qui devient réalité.

Les trois hommes se retrouvèrent devant la porte, en un tournemain Tino fit jouer la serrure. Bien qu'elle fût usagée elle ne fit même pas un petit grincement : les serrures lui obéissaient au doigt et à l'œil, il était avec elles précis comme un chirurgien et doux comme un amant. Le commandant se précipita dans l'escalier, ses deux hommes à sa suite : Gomez et Tino, dans l'ordre d'ancienneté. Leurs chaussures, de sport pour les hommes et à semelle de crêpe pour le chef, survolèrent les marches. Parvenu en haut de l'escalier, le commandant s'effaça, les deux hommes percutèrent la porte dans un ensemble parfait, l'impact de leurs épaules juste sous le verrou. Après un craquement qui martyrisa le silence, elle s'effondra à l'intérieur : Gomez était déjà dans l'appartement, le commandant avait sauté par-dessus Tino tombé à genoux, il vit Gomez neutraliser le jeune qui était encore là, des écouteurs dans les oreilles, il plaqua aux jambes l'autre – Ibrahim forcément – qui avait un pistolet en main. Le coup partit mais l'instant d'après Ibrahim hurlait, la tête collée méchamment au sol, tout le poids de Tino sur lui et un bras en position anormale – sauf pour un contorsionniste – maintenu derrière le dos par le même Tino. Il hurlait! Ça ne dura pas longtemps car Gomez lui enfila une vilaine aiguille dans son bras dégingandé et il souffla presque aussitôt comme un bien - heureux.

— Pas de casse ? demanda le commandant.

— Nenni, dit Gomez qui avait déjà pris le corps d'Ibrahim par les épaules alors que Tino s'emparait des pieds.

La Porsche Cayenne était là. Le commandant ouvrit la portière, Gomez entra, le corps à sa suite, puis le commandant. Tino fit le tour et prit la place dite du mort. Un mort, il y en avait un, il était resté là-haut, les écouteurs toujours dans les oreilles. Peut-être écoutait-il un requiem, c'est ce que laissa entendre Gomez.

Le commandant n'avait pas prévu ça, il était contrarié mais n'en laissa rien paraître.

— Tu as récupéré le couteau ? se contenta-t-il de demander.

— Oui commandant, répondit Gomez, alors que la voiture quittait déjà l'enceinte médiévale.

Le commandant redressa le corps de l'homme assis entre Gomez et lui et dont la tête, au gré des changements de direc - tion, bringuebalait comme celle d'un pantin. Wagner pilotait pourtant avec prudence et dextérité, on ne pouvait lui enlever ça. Le commandant était finalement satisfait, c'était la première opération de la cellule grise. Il suffisait maintenant de passer discrètement en Espagne pour livrer le colis aux Américains. Ça ne devrait pas poser de gros problèmes. Pour la France, il avait une vraie/fausse carte de la DCRI, et pour l'Espagne, un numéro de téléphone à appeler en urgence en cas de pépin avec les autorités. De toute façon, il comptait sur sa bonne étoile ; pour quelles raisons aurait-on arrêté une Porsche Cayenne, une belle voiture qui sentait bon son cadre sup ou son entrepreneur nanti ?

Première opération ! Pas vraiment pour la bonne cause, d'accord, mais les moyens étaient là, les hommes aussi ; et des opérations, il y allait en avoir d'autres, et pas toujours pour les Américains ! Le commandant soupira d'aise en plaçant un coussin entre sa tête et celle d'Ibrahim. Ce crâne qui allait de droite et de gauche et venait quelquefois le heurter, ça commençait à l'agacer !

***

Chapitre VI

Marseille, quartier du Roucas Blanc

Toutes ces idées, et au fond le désir fou de se rendre sur place pour ne serait-ce qu'apercevoir sa fille au Dôme, même de loin, du fond de la salle, comme une ombre, s'agitent dans la tête du député. Il est là, désœuvré, retiré dans son bureau aux allures monacales, depuis bientôt trois heures. Il est avachi dans son fauteuil et fixe devant lui, sur cette table exclusivement vouée au travail, le seul objet futile. Cet objet, pourtant sans valeur, il y tient. Il avait été jadis placé là par Constance, avec l'autorité affectueuse de l'enfance. À l'époque, elle seule pouvait se permettre un tel sacrilège à l'intérieur du bureau interdit. C'était une petite Vénus pleine de grâce émergeant de sa coquille, la féminité même telle qu'il aimait à la concevoir. C'était somme toute une reproduction classique, comme rabâchée et qui n'aurait dû avoir valeur que de souvenir puisqu'elle avait été ramenée du voyage à Rome. Mais lui qui n'était pas difficile, y voyait tout le mystère de l'art et il en était ému. Son épouse en la découvrant s'était exclamée, minaudante, déjà affectée par le syndrome qui la rendait aujourd'hui si encombrante : « On dirait la fée Clochette sans ses ailes ! » La conne ! À l'époque où la vie était encore légère, lui et Constance en avaient pourtant souri. Comme on peut se tromper ! Dans le marasme où il est plongé, ce souvenir est une plaie. Il n'empêche, la petite Vénus émergeant de sa coquille, c'est toujours pour lui un spectacle réconfortant, il suffit de gommer le souvenir de sa femme, de garder la statuette en point de mire et de se concentrer sur elle qu'il identifie plus ou moins consciemment à sa fille. Au bout d'un moment son regard s'envole, se perd, s'en va bien au-delà, il se met à méditer, il gamberge en fait. Il se dit qu'il est désormais d'une grande lucidité sur ses erreurs, l'esprit agile, cartésien et bouillonnant mais le cœur inerte. Car il sait bien que malgré les efforts qu'il serait prêt à consentir, les choses auxquelles il serait prêt à renoncer – mais son courage a des limites – rien ne parviendrait à combler le fossé qui le sépare désormais de Constance. Rien sauf un miracle. Et les miracles…

Toutes ces idées s'agitent dans sa tête, alors qu'il fixe la petite Vénus d'un regard brouillé, qu'il songe à son histoire, qu'il abandonne peu à peu ses velléités, et finalement le temps passe…

C'est alors que le téléphone sonne. Il sursaute bien sûr. Son regard quitte, à regret, la statuette.

— Oui, dit-il..

— On a vu ta fille ce soir, hmmm…

Des bruits de langue suivent, évocateurs. Il raccroche.

Second appel. Une voix de femme, assurée mais aimable :

— J'ai vu Constance, votre fille, au meeting. J'ai pensé à vous. Elle va bien, en bonne santé, resplendissante même, si je puis me permettre… J'ai pensé que, contrairement à ce qu'on raconte, ça vous ferait plaisir d'avoir des nouvelles, c'est pour ça que je vous appelle…

— Vous avez eu raison, mais qui êtes-vous ?

— Quelle importance ? Je vous connais, c'est tout. Bonsoir, monsieur.

Et le déclic. Albert Sicardi se sent bien seul, à nouveau.

Troisième appel :

— Ta fille, cette salope de gauchiste, on va se la faire, elle a l'air bonne. On va se la faire, tu vas voir, et dans pas longtemps !

Coupure.

Encore un appel malveillant et… anonyme. Il y est habitué. Dans la politique… mais il n'empêche. Sa petite fille… Il ne peut maîtriser cette sensation d'écœurement. Il est inquiet aussi. Ça passera !

Quatrième appel :

— Sicardi ? C'est Grignon ! J'ai vu ta fille au meeting. Je voulais te dire qu'elle est en pleine forme, pas rabougrie comme on croirait de ces jeunes qui vivent en communauté, pas maladive du tout. À vrai dire, elle pète le feu. Une belle girelle, et douée avec ça, plus douée que nous ! Je sais qu'elle t'emmerde, mais si ça peut te rassurer, nous aussi elle nous emmerde, et bien bien. Elle a mis le ouaï, là-bas. Bon, mais faut être philosophe, c'est la jeunesse. Enfin… c'est pas pour ça que je t'appelle. C'est parce que, bien que je sois pas dans le secret des dieux, je sais bien que t'aurais payé cher pour être à ma place. Je sais bien aussi que, côté paternel, tu te languis d'elle, au fond.

— Tu as raison. Merci Ant… (Il se reprend, il ne va tout de même pas se laisser aller à l'appeler par son prénom ; tout de même, un sénateur communiste !) Merci, Grignon !

— Salut Sicardi !

Et puis plus rien, plus d'autre appel ce soir. Deux appels abjects, deux autres réconfortants, ça s'équilibre. Il va falloir dormir maintenant, avec toutes ces idées vaines en tête, tout ce poids sur la poitrine.

***

Paris, mai 2008

Ça ne se passait ni à l'Élysée, ni au siège de la Nouvelle Ligue, si tant est que l'on puisse parler d'un siège pour désigner les quelques bureaux au nom d'un banquier autrichien où étaient entreposées les archives indispensables aux activités de cette société secrète ; ça ne se passait pas non plus dans un bar ou restaurant quelconque, ni dans une boîte de nuit – ce n'était pas le genre de la maison – mais dans un petit appartement dans le 7e, rue du Dragon, qui ne servait qu'aux rendez-vous de ce genre.

L'avantage de cet appartement, c'est qu'il était dans le même immeuble que le charmant studio de la fille du conseiller, Corinne Vernier, étudiante en troisième année d'architecture. Vernier, depuis qu'il était le conseiller du président et surtout depuis qu'on s'était rendu compte de l'influence qu'il avait sur lui, était un homme non pas traqué comme une véritable star de la politique, c'est à dire constamment attendu et suivi par une meute de porteurs de micros, appareils photos et caméras ; non pas même régulièrement abordé par quelques journalistes intéressés, mais en revanche pisté. Les journalistes d'investigation qui ne lui voulaient pas tous du bien s'intéressaient discrètement à sa petite personne. Il le savait, bien qu'il fût incapable d'un quelconque repérage de ce genre. Il le savait et s'en méfiait car sa vie n'était pas d'une transparence parfaite…

Mais là, aucun souci ; il s'était dirigé vers l'immeuble où logeait sa fille et y rentrait maintenant. Une petite visite de papa ! Sans intérêt, choux blanc pour les curieux mal intentionnés ! Il entrait dans cet immeuble et était sûr qu'on lui foutrait la paix. Il aurait été ministre ou haut dignitaire du parti présidentiel, passe encore, ça aurait pu intéresser la presse people : un bon papa qui va voir sa fille régulièrement... Une fille jolie ? Non, mais gracieuse ! Quelques photos subtilement cadrées et un poil retouchées et ça aurait fait l'affaire : deux petites pages en couleur dans Match *ou dans* Gala. *Là, rien de tel, tant mieux ! Le conseiller pénétrait dans l'immeuble où logeait sa fille... Étudiante en architecture ? Merde, rien à gratter ! Dès que la porte se refermait derrière lui, ces professionnels de la curiosité prenaient le large et, déçus, se désintéressaient de la question.*

Ils avaient tort, ces journaleux petits qui se croyaient futés !

Peut-être n'était-il pas suivi tous les jours, il ne fallait pas non plus être paranoïaque, mais ce jour-là il l'était, et doublement, par un pigiste qui travaillait pour le Canard *et... un agent de la CIA, mazette ! Ce n'était pas un agent de grande envergure, mais la CIA s'intéressait par pure routine à l'entourage du président français. Ça s'était toujours fait. De Gaulle, Pompidou, Giscard... On le savait, voilà qui était aujourd'hui quasiment officiel parce que, le temps ayant passé, on avait maintenant accès aux archives de l'Agence, aux archives frappées par la limite d'âge. On avait beau nous dire que c'était de l'histoire ancienne, que ça ne se faisait plus, le temps de la guerre froide étant passé, il n'empêche, on imaginait plutôt que ça avait dû croître et embellir. Dans quelque temps d'ailleurs, les archives éclosant un peu comme des œufs, on l'apprendrait pour Mitterrand et ainsi de suite.*

L'agent de la CIA qui pistait le conseiller était bien français, de mère américaine mais français. Il se sentait d'ailleurs bien en France et se félicitait donc de son affectation, mais il adorait l'Amérique, le pays admirable, le pays des grands espaces, le pays de cocagne où, sur fond de romans, de films et de séries télévisées, se déroulait sa vie rêvée. Ainsi, content tout compte fait de sa vie réelle, presque comblé, il travaillait pour les Américains, les plus forts, les meilleurs, les gardiens du monde libre.

Il avait vite repéré le journaliste – espionner, c'était tout de même un métier, son métier, un métier de soldat nécessitant somme toute des qualités et des réflexes militaires : « voir sans être vu » comme vous l'apprennent dès que vous faites vos classes tous les adjudants instructeurs du monde. Dès que la porte se fut refermée sur leur désillusion commune, il décida de ne pas rester sur cet échec et de changer de cible, de suivre ce type qui l'intriguait. Y aurait-il un autre service sur le coup ? Pendant tout le trajet jusqu'au siège du Canard, *il prit, plein d'espoir et avec le savoir-faire qu'on lui avait inculqué, des photos du bonhomme, un maximum, de quoi faire un book ! Il ne comprit l'inutilité de tout ça qu'en parvenant au but.* Fuck*! L'immeuble de ce torchon, de ce repère de gauchistes !*

Ce fut donc dans un environnement parfaitement sécurisé que Goulard-Marty, le « grand maître » de la Nouvelle Ligue, pianota quelques instants plus tard le code d'entrée de l'immeuble où résidaient, en sus de la fille du conseiller présidentiel, quelques artistes de petite notoriété et deux ou trois familles de bobos. L'opération tactile ayant été couronnée de succès, il pénétra dans le bâtiment. Il escalada ensuite un escalier étroit recouvert d'un vieux tapis tenu par des barres de cuivre et sonna à la porte de l'appartement du deuxième gauche. L'ouvreur de porte n'était autre que le conseiller. Malgré sa position officielle, il reçut le grand maître avec déférence. Il est vrai que ce n'était pas n'importe qui. Non seulement il présidait la Nouvelle Ligue (bien que le terme « président » eût été banni et qu'on lui ait préféré celui de « grand maître ») mais il était aussi son précurseur, son père, son artisan, son fondateur.

Ça avait commencé par un club. Des intellectuels de droite avaient imaginé – pour faire pièce à l'hégémonie des intellectuels de gauche, maîtres du jeu depuis 1968 – créer eux aussi une officine, une sorte de think tank *avant la lettre. Il y avait là des néolibéraux, précurseurs de ceux qui allaient faire, trente ans plus tard, vaciller le monde. Il y avait des gens venus de la gauche qui s'étaient aperçus que, de ce côté-là, la concurrence était trop rude. Il y avait des nostalgiques de la droite d'avant-guerre qui se terraient avec leurs idées depuis le désastre de Vichy et qui voyaient là l'occasion de relever la tête. Ils étaient vieux, amers, méchants mais soutenus par une petite relève, du sang neuf qu'ils auraient bien voulu se voir transfuser. Il y avait des anciens de l'OAS, militaires ou activistes qui, après avoir écrit leurs mémoires, rongeaient leur frein. Il y avait de « nouveaux philosophes » qui avaient en effet des arguments au vu de la manière dont tournaient (et avaient tourné) les régimes communistes de l'Europe de l'Est en général et de l'URSS en particulier. Il y avait même des membres un peu excités de la droite classique alors aux affaires mais dont les années étaient comptées.*

Ça avait marché quelque temps, ce club, avec les quelques têtes pensantes qui s'agitaient, laissant les autres dans l'ombre. Les médias parlaient beaucoup d'eux, certains prenaient de l'importance et on leur prédisait un avenir brillant. Mais les horizons, les doctrines et les objectifs de tous ces gens étaient tellement éloignés et divergents qu'ils avaient fini par en venir aux mains. Les purs esprits que rebutait évidemment la violence avaient pris la poudre d'escampette, les modérés avaient préféré aller se faire voir ailleurs, plus précisément du côté de la droite gouvernementale, quoique certains, avec un sens de l'anticipation méritoire fussent allés s'acoquiner à gauche (pas très à gauche, mais tout de même). Bref, le cénacle avait implosé.

Toutefois, sous l'égide de Goulard-Marty et quelques autres, le noyau dur était resté en place. Il était composé d'hommes décidés et accrochés à leurs convictions, essentiellement des doctrinaires. Mais ces gens qui voyaient loin et étaient au fond prêts à tout, avaient compris que les feux de la rampe ne leur étaient pas favorables, qu'il fallait même les éviter. Ils avaient donc choisi la clandestinité et créé la Nouvelle Ligue, une société secrète. Goulard-Marty qui avait été le deus ex machina *de cette métamorphose, fut alors reconnu et plébiscité bien qu'il ne pût justifier de la moindre parcelle de sang bleu ou du plus petit quartier de noblesse. Il était reconnu, respecté et même craint par tous les membres de la Nouvelle Ligue qui étaient un peu partout infiltrés, y compris dans les plus hautes sphères de l'économie et de l'État, comme Vernier, le conseiller du président qui, après avoir joué les ouvre portes, se livrait en cet instant aux plus obséquieux salamalecs.*

L'appartement avait tout d'une bonbonnière, c'était pourtant, avant d'être récupéré par un prête-nom de la Nouvelle Ligue, une garçonnière occupée alternativement aux heures ouvrables par trois cadres supérieurs de la plus importante compagnie d'assurances d'Europe qui n'étaient d'ailleurs pas insensibles aux idées de la Nouvelle Ligue, cette société secrète, seulement un peu trop secrète pour eux. Ils avaient, outre des accointances, des amis communs, et c'était ainsi que ça s'était fait, la bonbonnière était passée du rôle de garçonnière ou de maison de rendez-vous au statut de lieu de rendez-vous, mais cette fois entre des conjurés, des doctrinaires, des hommes de pouvoir. Finis les murmures, les ronronnements, les gémissements, les fausses plaintes, les feulements, les hauts cris même qui escortent et manifestent le plaisir, même contraint ; désormais des conversations strictes et monocordes, des mots retenus et des silences propices à la réflexion.

Les deux hommes, le conseiller et le grand maître, étaient maintenant installés dans le même canapé qui, bien qu'en parfait état et fort coquet, devait en avoir vu bien d'autres. Ils étaient cependant distants, chacun à une extrémité, et se faisaient face. Le conseiller, nerveux, attaqua :

— Je vais être franc avec vous, mon cher Goulard, cette cellule grise m'empêche de dormir !

— Je ne vous comprends pas, Vernier, c'est un instrument formidable et, de votre part, une idée formidable aussi. La Ligue devra d'ailleurs vous en être éternellement reconnaissante. Rendez-vous compte, ces gens-là ont une couverture imparable, l'aide aux Américains et donc la défense du monde libre ! Et, les

trois-quarts du temps ou presque, ils travaillent pour nous !

— C'est justement ça, mon problème ! Ce que vous appelez couverture – et c'est vrai que c'en est une pour la Ligue – ne me couvre pas du tout, moi ! En cas de pépin, si le pot aux roses est découvert, c'est moi qui trinque ! On ne s'embêtera pas à faire la différence entre les activités au service des Américains et celles au bénéfice de la Ligue, on dira : activités illégales, barbouzeries scandaleuses, contraires à tous les principes démocratiques et tutti quanti !

Le grand maître n'avait jamais eu le conseiller en grande estime. C'était un type intelligent, très intelligent, un fabuleux manœuvrier, il avait su se placer au plus près de celui qui allait devenir président, il s'était même imposé à lui comme unique mentor. Il était aussi un ligueur convaincu, on ne pouvait pas lui retirer ça. Mais c'était un pleutre ! Pour lui, être homme de l'ombre – et le grand maître l'avait compris trop tard – ça servait surtout à se préserver, à se garantir, à s'abriter derrière les autres. C'était vraiment pénible, à chaque fois, de le rassurer, de l'encourager, de lui maintenir la tête hors de l'eau, sans compter le danger qu'il représentait pour la Ligue : voilà un type qui ne résisterait pas longtemps à un interrogatoire un peu musclé ! Dieu l'en préserve, Dieu nous en préserve, se disait-il.

— Écoutez, répondit-il, au lieu d'en être réduits à utiliser de jeunes néonazis à moitié illuminés qui, eux, risquaient bien de nous foutre dans la panade, nous avons la chance d'avoir un soldat, un spécialiste, un type qui a un vrai sens de l'honneur et du sacrifice, qui utilise quelques hommes triés sur le volet et qui sait, à l'occasion des opérations les plus compromettantes, déléguer les basses œuvres à des hommes de main complètement coupés de l'organisation. Et vous, vous craignez qu'on puisse remonter à nous, à vous ? Ce n'est pas sérieux, Vernier. Reprenez-vous ! Quant à votre situation, franchement elle ne me paraît pas du tout exposée. Et puis pour remonter à vous il faudrait remonter au président lui-même. Or, avec les moyens dont il dispose pour se garantir, c'est invraisemblable, to-ta-lement invraisemblable !

— Justement, détrompez-vous ! Le président, s'est arrangé pour tout faire peser sur moi. Il ne veut entendre parler de rien : « Débrouillez-vous, Vernier ! » Voilà ce qu'il me dit à chaque fois que la question revient sur le tapis, ou plutôt à chaque fois que je tente de la faire revenir sur le tapis. En réalité, je l'ai bien compris, il compte sur moi pour jouer le rôle de fusible en cas de pépin !

— Pensez-vous ! Vous vous faites des idées : si un jour il accepte que vous soyez un tant soit peu mouillé, il est cuit ! Il a beaucoup plus à perdre que vous, mon ami, pensez-y ! Tout ça, ses attitudes de vierge effarouchée, ce sont des spéculations pour la forme, pour la forme, rien de plus !

— Il y a autre chose, reprit le conseiller qui ne paraissait nullement rassuré par ces bonnes paroles. Êtes-vous bien sûr de me tenir au courant de toutes les opérations que vous commandez à la cellule grise, toutes ces Nom de Dieu d'opérations occultes ? Nous avions convenu que rien ne se ferait sans que j'en sois averti et j'ai bien l'impression que ce n'est pas toujours le cas !

— Vous m'insultez, Vernier. J'ai pris un engagement et je m'y tiens, c'est une question d'honneur et je ne tolère pas qu'on remette mon honneur en cause, je ne le tolère de personne pas plus des autres que de vous !

— Ce n'est pas ce que je voulais dire, intervint le conseiller. Je suis désolé, je me demandais seulement si ces gens-là ne travaillaient pas quelquefois en freelance *ou même pour leur compte. J'ai eu vent de faits divers qui ressemblaient fort à des opérations commando du même genre que celles de vos, de nos… sbires.*

— Ce ne sont pas des sbires, Vernier, ce sont des soldats ! Des soldats d'une cause, d'une grande cause, la nôtre. Le jour où l'ordre, notre ordre, sera revenu dans ce pays, ils devront être reconnus comme des héros et récompensés. Je compte d'ailleurs un peu sur vous pour ça, lorsque le temps sera venu. Mais pour ce qui est des faits divers dont vous me parlez, bien que je sois sûr qu'ils n'ont rien à voir là-dedans, ça m'intéresserait que

vous m'en donniez les détails, je pourrais alors leur faire faire des recherches, ils sont aussi très forts dans le renseignement. Vous savez, Vernier, ils n'ont pas le temps de se livrer à des conneries. Ils travaillent beaucoup pour les Américains, ça occupe une grande partie de leur temps, ils ne chôment pas : recherches, filatures, arrestations de terroristes, éliminations même.

— Éliminations ?

— Eh oui, quelques-unes, de types vraiment dangereux, prêts à passer à l'acte. Vous ne le saviez pas ? Vos amis américains vous cacheraient-ils des choses ? Dans ces cas-là, regrettables je le reconnais, nos hommes n'agissent que sur leur ordre, je vous le garantis.

— C'est-à-dire que... j'ai un peu perdu le contact... Ce sont des histoires de services secrets en fait, ça n'a pas de raison de remonter à moi, et si ça remontait à moi il faudrait que ça remonte aussi au président, alors...

— Je puis vous dire que c'est rare, uniquement en cas d'extrême nécessité. Nos hommes n'aiment pas ça non plus, personne n'aime ça. En tout cas, vous voyez qu'ils ont tout de même autre chose à faire que vos petites histoires de faits divers, ces affaires d'intimidation ou de chantage à la petite semaine ; parce que je crois comprendre de quoi vous parlez...

Le conseiller transpirait, il se sentait mal, il aurait voulu mettre un terme à cet entretien, prendre l'air, oublier tout ça, oublier. Dans quelle galère il s'était foutu, bon Dieu !

— À propos, vous n'avez rien à leur demander, mon cher ami ? reprit le grand maître. Pas de difficultés internes à régler, pas de leçon à donner à l'un ou à l'autre, comme la dernière fois ? Je ne vous demande pas si vous voulez éliminer quelqu'un puisqu'il semblerait que ce ne soit pas votre tasse de thé...

Le conseiller n'apprécia guère le ton moqueur du grand maître. Ça le fit au contraire frissonner. En arrivant ici, il avait en effet dans l'idée de demander quelques petits services à la cellule grise mais cette envie lui était passée. Radicalement passée !

Non, rien, je vous remercie, dit-il en jetant un coup d'œil appuyé sur sa montre.

***

Chapitre VII

Marseille, Le Jarret

Constance, qui passe aux yeux du monde, d'un certain monde en tout cas, pour une égérie gauchiste, extrémiste et jusqu'au-boutiste, est de fait une fille lucide, encore plus lucide que son père aujourd'hui mais, contrairement à lui, elle est rude, intransigeante, accrochée à ses principes comme une arapède à son rocher, ainsi qu'on le dit à Marseille. Pour la première fois, en acceptant de participer à ce meeting unitaire du Dôme, elle a dérogé. Ça la met mal à l'aise maintenant que tout est fini. Pourtant, comme de nombreux politiques avant elle, elle se trouve des excuses.

Elle pense toujours que même en politique la fin ne justifie pas les moyens mais elle se dit que les bons pères jésuites avaient du bon sens et que la diplomatie, avec ses compromis, ses arrangements et ses concessions est l'essence même de la politique. Le tout est d'agir non pas pour des intérêts égoïstes, mais pour des idéaux (pour la plus grande gloire de Dieu, auraient dit les jésuites...). D'ailleurs, dans cette affaire, elle a seulement accepté d'être pour un soir confondue avec des partis officiels, alors que sa mouvance se réserve d'agir « hors du cadre de la loi si nécessaire », et elle s'est aussi un peu déguisée, au sens propre comme au sens figuré. Tout de même, le résultat est un succès, un succès indéniable qui doit faire grincer des dents et peut-être, du côté de la droite, « en faire chier plus d'un » selon la formule d'Olivier Monge, son alter ego masculin qui, plutôt soucieux et renfrogné, chemine en ce moment même à ses côtés alors que, régulièrement, des gens s'approchent et viennent la féliciter ou lui serrer la main en silence et d'un air à la fois profond, mystérieux et entendu.

Tout ça ne convient guère à Olivier Monge, manifestement. Lui, l'idéologue, il songe à ce putain de culte de la personnalité, ce truc qui, dans le passé, a fait tant de mal à la cause du peuple. Et il se dit qu'il faudra en débattre à la prochaine réunion. Il ronge son frein.

Elle, elle voit bien ce qu'il y a de factice et de puéril dans cette ferveur qui l'entoure depuis sa sortie du Dôme. N'empêche, il y a là un sens. Cela veut dire qu'il y a des gens partout, plus nombreux qu'on ne pense, prêts à venir à eux (à elle se dit cependant Olivier Monge en serrant les dents), prêts à partager leurs idées, une partie de leurs idées tout au moins et pour le reste, à eux de jouer ! Il suffit donc de les repérer, de les fédérer et pour ça d'apparaître dans le paysage, de faire parler de soi et aussi de parler soi-même, partout où c'est possible. La preuve en est faite ce soir, malgré la mauvaise humeur d'Olivier.

À quoi servait de se concentrer à quelques dizaines dans un village reculé du Massif central pour discuter à n'en plus finir de stratégie révolutionnaire et envoyer à l'occasion quelques commandos de bras cassés dans les points chauds du pays pour soutenir les luttes. À quoi servait de porter des coups aux symboles du pouvoir en place, avec tous les risques que cela comportait pour les militants, alors qu'avec l'aide des médias officiels, les autres avaient tôt fait de retourner l'opinion et de les faire passer, eux, pour les casseurs, les gaspilleurs, les fils à papa et finalement les ennemis publics. Et puis, songe encore Constance qui pense à son père, le mal absolu n'existe pas, pas vraiment, ou alors à la marge, tous les gens de droite ne sont pas des salopards ! Elle marche, elle serre la main d'une femme radieuse, pas toute jeune, qui lui dit trois ou quatre mots, gentils sans doute, mais qu'elle ne comprend pas. Peu importe, elle sourit, elle est euphorique ce soir, c'est probablement pour ça qu'elle se sent bienveillante à l'égard de tout le monde. Elle jette un œil sur Olivier toujours aussi bougon, un enfant bougon, elle se sent maternelle, elle a envie de le serrer contre elle, et puis, une pensée poussant l'autre, d'être ailleurs avec lui, de le caresser, de l'agacer, de l'éveiller et plus encore ; elle n'est pas de bois et ça leur est déjà arrivé dans le passé, deux ou trois fois, dans le secret d'une chambre d'hôtel ou dans un coin perdu de campagne, l'été. Rien à voir avec l'amour toutefois, rien de bien exaltant non plus, c'est un maladroit, davantage préoccupé par son plaisir que de celui de l'autre, n'empêche...

En fait, à la réflexion, elle a juste envie de bras qui l'enserrent, ceux de son père, pourquoi pas ? Celui-là revient la hanter, elle l'éloigne, elle le chasse – surtout pas lui, surtout pas lui, en ce moment ! Ils sont maintenant parvenus sur le Jarret, côté droit, un flot continu de voitures éclairées, de motos, de scooters, les isole dans un vrombissement incessant. Ils sont attendus pour la nuit dans une petite rue du quartier de la Plaine, plus très loin maintenant. Deux Peugeots s'immobilisent près d'eux, on la hèle. Les voitures, banales, portent cependant le logo de France 3, juste de gros autocollants. Olivier, bien qu'il soit tout à sa rancœur, remarque ça, qui échappe complètement à Constance. Elle, elle est perdue dans le bouillonnement de son succès et aussi de ses doutes sur ce succès. Olivier se dit que, décidément, la télé-fric a fait son temps, l'argent ne coule plus à flots puisqu'on en est réduit aux autocollants, même plus les moyens de confier la bagnole au carrossier-peintre. Il pense à mal, comme d'ordinaire, mais là, il aurait pu penser à plus mal encore, dommage...

Lc type qui a hélé Constance ouvre la portière de la première voiture et sort. C'est un homme de quarante-cinq/cinquante ans, un peu classique pour un journaliste de télé : cheveux courts châtain clair, yeux bleus, un mètre quatre-vingt au moins, à l'allure athlétique et portant sur une chemise blanche une veste de costume à défaut d'une cravate. Pour ce qui est de la manière, il est en revanche tout à fait dans le ton. Il est tout sourire et salue aimablement Constance, sans lui serrer la main. Il lui explique tout de suite qu'il dispose d'un créneau de sept minutes pour interviewer un orateur de ce soir et qu'il a pensé à elle.

— Ici ? dit-elle.

— Non, en studio. Je vous emmène.

Olivier intervient :

— Je t'accompagne.

Le journaliste a un temps d'hésitation, un temps infime, vraiment infime. Pourtant Constance le ressent, mais elle ne sait comment le décrypter. Le journaliste aurait-il eu dans l'idée de la draguer, après ? Peut-être l'a-t-il même choisie pour ça. La déontologie de la presse aujourd'hui, c'est un peu comme le reste…

— D'accord ! répond le journaliste à Olivier, montez dans l'autre voiture avec mon assistant. Avec tout le matériel, il n'y a plus de place dans celle-là.

Puis :

— Allez, on y va !

Les voitures démarrent, se glissent avec aisance et sans complexe dans le flot de la circulation, priorité à l'information, se dit Olivier Monge, sarcastique, non sans admirer malgré lui le culot et le savoir-faire des chauffeurs. Parvenues devant la Timone, elles plongent vers Castellane par le boulevard Baille. Ça roule ensuite en passant d'une file à l'autre, plein pot, au mépris des règles, comme des ambulances, des pompiers ou des flics. On a vite fait de se retrouver, après avoir tourné autour de la fontaine monumentale, sur le premier Prado. Mais là, parvenue au rond-point, la voiture suiveuse qui jusque-là collait au cul de l'autre, la laisse tourner vers Sainte-Marguerite et continue tout droit.

Dans la première, on discute en se tenant aux accoudoirs, Constance ne s'est rendu compte de rien. Il n'en est pas de même dans la seconde :

— Bordel, qu'est-ce que vous faites ? dit Olivier.

Le chauffeur ne répond pas. Il a sorti un drôle d'engin, comme un tube, un truc qu'Olivier n'a encore jamais vu et qu'il n'a pas le temps de détailler. Une monstrueuse décharge le tétanise, son corps exécute un violent soubresaut, s'effondre ensuite sur lui-même, se tasse et glisse sous le tableau de bord. Il avait négligé d'attacher sa ceinture…

Tino poursuit sa route, il a rendez-vous avec Wagner au cap Canaille. Dans la Gineste, il prend un chemin de traverse, tout y est désert à cette heure. Il se gare, fait le tour de la voiture et, ouvrant la portière du passager, tire le corps qu'il laisse là, par terre, inerte, et repart: *buenas noches!*

Si tout va bien, il sera le premier au cap Canaille et il n'aura pas longtemps à attendre.

Après, feu d'artifice et grand plongeon.

***

Chapitre VIII

Marseille, Vieux Port

Émile Gasque et Malika étaient installés devant une table au fond de la salle du Transbordeur, un café branché sur le Vieux Port. En sortant du Dôme ils n'avaient pu se décider à rentrer au bureau pour rédiger leur rapport, et leur chef de service, le commissaire Pardo, était bien capable de le leur réclamer dès demain à la première heure. Celui-là, il passait son temps à lécher le cul du préfet et, du coup, ça leur retombait régulièrement dessus. Mais finalement, malgré l'heure tardive, ils n'étaient pas si mal, tous les deux dans ce fond de bar. Ils étaient amis malgré leur différence d'âge, et peut-être un peu pour ça d'ailleurs. Ils étaient solidaires et chacun aimait bien la manière de travailler de l'autre. Le garçon leur avait apporté deux bières et ça tombait bien parce qu'ils avaient tous les deux une sacrée soif. Ils étaient là, avides, les yeux fixés sur la mousse fuyante et la buée ruisselante. Ils étaient tranquilles, aucune table n'était occupée alentour. Émile avait sorti son vieux calepin à spirale et Malika son PowerBook qui la quittait rarement.

Aujourd'hui ils dépendaient de la Direction Centrale du Renseignement Intérieur, mais on leur demandait exactement le même boulot que lorsqu'ils étaient aux bons vieux Renseignements Généraux avant la fusion avec la DST. Ça ne leur avait pas plu, cette fusion. Ce n'était pas que les RG avaient bonne presse, mais franchement, en province en tout cas, ils faisaient partie du paysage et entretenaient de bons rapports avec tout le monde, notamment les gens qu'ils étaient chargés de surveiller. Avec les anciens, ça n'avait pas changé bien sûr – tiens, c'est les deux des RG, ils font leur boulot de flics, ils le font bien, gentiment, sans arrière-pensées, pas de lézard avec eux… – mais pour ce qui était des nouveaux, il paraissait difficile d'envisager de tisser des liens du même tonneau ; des gens qui travaillaient pour la DCRI, ça renvoyait à de vieilles histoires, de sombres histoires, notamment du temps de la guerre d'Algérie, et du coup on les regardait de travers. Ça faisait partie des petites rancœurs qu'ils partageaient tous les deux, Émile Gasque et Malika, parce que les autres, dans le service, ils semblaient s'en foutre. Et puis il ne faisait pas bon discuter de tout ça en public, on avait vite fait de passer pour un contestataire…

Ils étaient aussi liés par autre chose…

— Tu sais qui j'ai vu ? dit Émile Gasque.

— Non…

— Wagner.

— Wagner ? Mais où ?

— Dans la foule, à l'entrée.

Malika faillit renverser son verre de bière qui déborda, laissant tomber quelques gouttes sur son pantalon ; elle n'y prêta aucune attention. Wagner ! Elle frissonna. Ce type infect, ce type qui avait manqué, alors qu'elle venait à peine de quitter l'école de police, lui faire tout abandonner, rebrousser chemin après des années de bataille contre sa condition, son milieu, sa famille. Tout laisser tomber : son désir de s'en sortir, d'être quelqu'un, un serviteur de la république, policier pourquoi pas ? Une jeune fille, maghrébine, à Marseille, officier de police, gardienne de l'ordre et de la loi, alors qu'à cette époque encore on ne comptait pas les cas de tabassages d'Arabes en garde à vue dans les sous-sols de l'Évêché ! Wagner ! Son premier coéquipier aux

RG, raciste, sexiste, pervers et plus encore…

— Qu'est-ce qu'il foutait là ? Ça fait des années qu'il a quitté Marseille, et puis tu m'as bien dit que quelque temps après sa mutation à la DST, il avait été rayé des cadres ? On a même bu le champagne…

— Oui, oui, bien sûr, mais je l'ai vu, que veux-tu que je te dise, je l'ai vu comme je te vois, je ne peux pas m'être trompé ! Maintenant… il était peut-être pas en service commandé…

— Alors quoi ? C'est sûrement pas par conviction qu'il est venu assister au meeting !

— Sûrement pas, tu as raison…

— Qu'est-ce que t'en penses, Milou ? T'as bien une idée.

— Qu'est-ce que tu veux que j'en pense ? J'en pense rien, voilà ! Je me dis simplement qu'il doit y avoir une raison et que cette raison elle a rien de rassurant, c'est sûr !

Il n'y avait rien de plus à dire, la petite séance de travail entre les deux collègues, les deux amis qui se serraient les coudes, se tenaient au chaud tous les deux, était gâchée, irrémédiablement gâchée. Ils rédigèrent un rapport neutre et distancié, laissant tout de même entendre que le plus franc succès était revenu à celle qu'on attendait le moins, la gauchiste issue de cette mouvance qu'au ministère de l'Intérieur on nommait l'ultra-gauche, l'ennemi intérieur que, dans leur paranoïa, les hauts fonctionnaires du ministère et du cabinet du ministre assimilaient à Action directe, à la bande à Baader, aux Brigades rouges même, allez savoir ! Le rapport ne disait pas ça, pas du tout, il était objectif et à le lire entre les lignes, on pouvait même y détecter une pointe de sympathie pour cette jeune femme qui avait fait vibrer la foule. Mais bon, ça n'avait guère d'importance car ce genre de rapport était rarement lu entre les lignes…

***

Chapitre IX

Aux alentours de Nîmes, sur l'autoroute, le gros 4x4 Porsche Cayenne crevait maintenant la nuit ; mais à une vitesse raisonnable – toujours paraître raisonnable, pas minable bien sûr, mais pas non plus trop voyant… L'ombre était opaque, une nuit sans lune et un ciel couvert. Il était tard, très tard. Il avait bien fallu attendre que tout soit nettoyé, les deux voitures brûlées, et attendre encore le retour de Wagner, le chauffeur, l'homme qui pouvait arborer, en cas de nécessité, en cas d'extrême nécessité, une carte officielle de la DCRI. Il y avait d'autres moyens de se sortir d'affaire en cas de pépin avec les flics ou les douaniers, des moyens du même genre, plus élaborés seulement, et plus risqués aussi, pour tout le monde ; parce que, d'une manière ou d'une autre, ça consistait à se faire connaître, à s'exposer. Il ne fallait pas se mettre en danger bien sûr, le danger étant ici la mise en lumière, mais il fallait surtout éviter de mouiller les autres, ceux qui étaient au-dessus : c'était ça la-consigne-des-consignes dans ce monde de rapaces nocturnes. Pourtant, si les hommes du commandant Villejuste étaient prêts à tout, s'ils avaient tout prévu, même le pire, ils ne se faisaient pas trop de souci ; même le coup de la carte de la DCRI, le premier dans l'échelle des moyens à employer en cas d'extrême nécessité, ils n'avaient jamais eu à l'employer. C'était des professionnels, des vrais, entraînés, aguerris. Deux choses seulement pouvaient les faire perdre : rencontrer plus fort qu'eux ou être victime de la malchance. Les opérations qu'ils menaient depuis la création de la cellule grise ne risquaient pas de leur faire rencontrer plus forts qu'eux, leurs adversaires n'avaient guère de répondant, ils l'admettaient, ils étaient réalistes et… modestes, sur ces coups. Lui, Gomez, avec le commandant Villejuste, en avait vu d'autres… Restait la malchance. Jusque-là, elle n'avait pas pointé le bout de son nez, c'était bon signe, ça prouvait peut-être qu'ils étaient dans le vrai, du bon côté, ils voulaient le croire.

La bagnole roulait, peinard dans la nuit. À ce régime, on n'entendait même pas le ronronnement du moteur, seulement le bruit du vent, un chuintement continu, ouaté, comme la plainte d'une résistance molle. Gomez était à l'avant, à côté de Wagner. Tino devait rentrer par le train demain dans la journée. Le commandant était donc seul, seul à l'arrière avec le corps du délit. Pour tous les autres enlèvements avant celui-là, ils se mettaient à deux, un de chaque côté. Ce n'était pas la crainte d'un réveil inopiné, ça ne risquait pas, le produit qu'employait Gomez était parfaitement fiable, il avait fait ses preuves et pas seulement dans les hôpitaux. C'était une question de maintien ; les autres fois c'était des hommes et l'on tâchait de leur tenir le haut du corps droit, ça paraissait plus naturel. Là, le commandant avait changé de tactique, malgré Wagner qui s'était permis de proposer de fourguer le « colis » dans le coffre, il était seul derrière le siège du conducteur et la fille reposait, le corps allongé en chien de fusil sur la banquette, la tête sur les genoux de l'officier. C'était tout à fait naturel, évidemment – avaient pensé Gomez et Wagner – mais tout de même, ça faisait drôle. D'autant que le commandant n'avait pas semblé insensible au charme de la fille, à sa manière bien sûr, qui était très discrète et qui vous laissait toujours dans le doute. Wagner s'étant permis de soulever un coin de sa jupe soi-disant pour vérifier si elle portait un collant ou des bas, le commandant avait réagi bien plus vivement qu'il ne l'avait jamais fait jusque-là :

— Qu'est-ce que tu fous, Wagner ?

— Rien, mon commandant, c'est juste que…

— Ça suffit, passe au volant et attends l'ordre de départ. On ne te demande rien d'autre !

Ça ne lui ressemblait pas, au commandant. D'habitude il gardait son sang-froid en toutes circonstances. Quand il avait une observation à faire, il avait toujours l'air de ne pas y toucher, il disait son truc dans un langage clair, bref et châtié ; et pourtant, ça faisait mouche ! Il est vrai que Wagner était une pièce rapportée, une pièce imposée et qu'il n'avait jamais trop plu aux autres, ni à lui, Gomez, ni à Tino, ni, on s'en était aperçu, au commandant lui-même. Pourtant personne n'avait moufté ; quand on travaille ensemble, il faut bien faire avec. Il est probable que là, le commandant, sur ce coup de la jupe qui était pas vraiment joli-joli pour un soldat, il avait pété un plomb. Ça devait être ça, c'était sûrement ça. En aparté, après, Gomez avait interrogé Wagner, mine de rien. C'était là que l'autre lui avait sorti l'histoire des bas ou du collant. Il avait ajouté :

— Putain, Gomez, y'avait pas de quoi s'énerver ! C'est un légume et, bientôt, si je ne me trompe, ce sera moins encore… Alors je vois pas le souci !

Gomez n'avait pas répondu. La mentalité de ce mec le débectait, et ce n'était pas la première fois qu'il s'en faisait la réflexion ; mais il savait par expérience que, la camaraderie, ou tout au moins quelque chose qui devait en tenir lieu, était, dans le genre d'entreprise qui était la leur, aussi essentielle que l'obéissance. Il ne pouvait pourtant s'empêcher d'éprouver du mépris pour Wagner ; il y a des choses qui ne se commandent pas…

Tout de même, ça lui faisait vraiment drôle de voir cette jolie tête, sa chevelure relâchée sur les genoux du commandant. Et puis il se demandait ce qu'on allait faire de cette fille ; une gauchiste, une terroriste peut-être ; mais là, comme elle était, on aurait dit une figure d'ange auréolée de ce halo de cheveux, une figure par instant presque irréelle. C'était l'impression que ça lui faisait lorsqu'elle apparaissait dans le miroir du passager au gré des faisceaux de phares émergeant par intermittence de la file d'en face. Gomez en avait rencontré, des terroristes, des niakoués fanatiques, des ennemis du monde libre, des militants de l'Anti-France, jamais il ne leur avait vu cet aspect-là, cette innocence dans le sommeil, cette grâce, cette douceur. Cette plastique aussi, il fallait bien l'admettre, même si cette manière de voir, pourtant objective, le rapprochait insensiblement de celle de Wagner. De ce miroir du passager qu'il avait coutume de mettre en place car deux précautions valent mieux qu'une, Gomez surveillait aussi le commandant, à la dérobée.

Il demeurait, cet homme peu expressif d'ordinaire, parfaitement hiératique. Le regard dans le vague de la nuit, il semblait plongé dans ses pensées. Gomez, sacrilège, surveillait aussi ses mains. Le commandant avait posé sa main droite sur l'épaule de la fille, comme pour pouvoir commodément la retenir en cas de freinage brutal : rien à dire, quoique Gomez eût éprouvé du plaisir à ce contact – indiscutablement, se dit-il –, peut-être le commandant aussi ? La main gauche de l'officier reposait à son côté, sur le bout de la banquette, juste avant la portière. Gomez la voyait mal mais la chevelure de la fille débordait largement et retombait au-delà des genoux de son gardien et sa main gauche y était mêlée, forcément. À plusieurs reprises il avait semblé à Gomez que cette main-là jouait avec les mèches de cheveux. Là encore, ce jeu aurait bien tenté Gomez quoique, tout compte fait, il fût tout à fait innocent…

Qu'allait-on faire de cette fille ? Cette question trottait dans la tête de Gomez. Si on l'avait fait enlever, ce ne pouvait être que pour se débarrasser d'elle. Il y en avait eu d'autres avant elle, six autres plus précisément. Un type de chez eux, de la Nouvelle Ligue qui avait commencé à grenouiller avec le Front National d'abord, puis carrément avec les néonazis et dont on leur avait dit qu'il était à deux doigts de cracher le morceau, tout ce qu'il savait sur la Nouvelle Ligue, pour se venger d'eux, de ses anciens amis. Ces néo-nazis, on les utilisait à l'occasion, mais ils ne faisaient pas partie de la famille, c'était des fous, des fous à lier, capables de n'importe quoi, des nihilistes prêts à enfoncer amis ou ennemis, sans distinction. Gomez, sur cette simple explication, ne s'était pas posé de questions : ce genre de mecs, il fallait s'en débarasser. La trahison était, pour Gomez, le pire des péchés. Il pouvait à la rigueur respecter ses ennemis, quelquefois ; mais les traîtres, eux, ne méritaient aucune considération, aucune pitié, ils devaient être éliminés comme on élimine la vermine, ignominieusement. Sur ce chapitre, Gomez aurait presque suivi des types comme Wagner qui ajoutaient à la simple ignominie, la déchéance, l'avilissement et donc la torture et tout son train.

Un autre type qu'on avait éliminé proprement après l'avoir enlevé tout aussi proprement, c'était un syndicaliste, un syndicaliste de Marseille qui foutait le bordel dans le port. Pourquoi lui ? Gomez ne s'était même pas posé la question ; les syndicalistes, les communistes, toute cette clique, il ne pouvait pas les encadrer, il les aurait tous fait déporter dans des camps, des goulags, en Sibérie, pour y crever, y crever de froid, ils ne méritaient que ça. Ils étaient responsables du déclin de la France, des ennuis de l'occident et de la mort de quantité de camarades, surtout. Ce connard de syndicaliste, tout bien considéré, il ne pouvait que les remercier, pas de camp, pas de goulag, pas de froid. Tué sans bavure et, puisqu'il aimait le port de Marseille, bienheureux qu'on en ait fait ensuite sa sépulture ! Il devait en ce moment reposer par le fond, bien arrimé à un solide bloc de béton, sa pierre tombale.

Quatre autres y étaient encore passés dont deux, des islamistes, qu'on avait enlevés pour les Américains qui n'en avaient plus voulu ensuite. Comme il n'était pas question de les relâcher et qu'on savait bien ce qu'auraient répondu les Amerloques si on leur avait posé la question, l'élimination s'était imposée d'elle-même. On avait fait le job, le minimum, on ne leur avait même pas tourné la tête vers La Mecque, faut pas trop en demander !

Le cinquième, c'était un délinquant, un tueur de flic qui avait été acquitté par la cour d'assises. Erreur judiciaire, avait dit un commissaire de police, membre de la Nouvelle Ligue, qui avait dirigé l'enquête et perdu l'un de ses hommes. Il fallait donc que la justice, la vraie, fasse son ouvrage. La cellule grise y avait pourvu. Justicier ! On aura tout vu ! N'empêche que c'était passé comme une lettre à la poste. La justice, la vraie, avait conclu à un règlement de comptes et avait classé l'affaire.

Le dernier, c'était un terroriste basque, basque espagnol, parce qu'en France, les Basques, si certains sont fanatiques, c'est plutôt de pelote, de rugby et de chasse à la tourterelle. Tout de même, c'était une affaire franco-française, c'était pas les services secrets espagnols qui avaient demandé ça, et les Amerloques, ils s'en foutaient bien du terrorisme basque. Lui, il se demandait toujours pour quelle raison on avait fait ça. Peut-être le type, qui était beau gosse, avait couché avec une femme qu'il fallait pas ? Enfin... c'était les ordres.

À chaque fois, sauf pour le syndicaliste et le tueur, on ramenait le bonhomme à Barcelone, au sous-sol du QG qui avait été parfaitement aménagé pour ça. On les gardait quelques jours, le temps de laisser l'information quitter les unes des journaux, puis l'exécution avait lieu dans ce cul de basse-fosse, une balle dans la nuque. Le corps était ensuite enfilé dans un solide sac plastique, un sac de l'armée américaine – du même modèle que ceux utilisés pour les morts de la guerre d'Irak ou d'Afghanistan ; chargé dans la malle du 4x4 pour être emmené dans une carrière des Pyrénées où on le faisait disparaître après l'avoir recouvert de chaux vive. Ensuite on revenait faire le ménage. Le local était parfaitement lessivé de sorte que le suivant ne retrouve aucune trace de présence avant lui et surtout aucune trace du sort qui avait été réservé à son prédécesseur.

Les « éliminations », c'était pas chacun son tour, mais le commandant désignait à chaque fois celui qui devait s'y coller et une fois, c'était pour le Basque, il l'avait fait lui-même. Pour qu'il ne soit pas dit qu'il répugnait à ces tâches. C'était bien dans sa manière. Seul Wagner était dispensé de ce type de mission, alors même que ça lui aurait pas déplu. C'était délibéré. Le commandant avait dit à Gomez : « C'est une corvée, ça doit être une corvée, tu comprends ; c'est pas une récompense pour faire jouir les pervers, les masturbateurs du crime ! » Voilà l'explication qu'il avait donnée, le commandant, pour expliquer pourquoi Wagner échappait à cette corvée, y avait échappé, jusqu'à présent en tout cas…

Celle-là, c'était pas pareil. C'était une gauchiste, d'après ce qu'on lui avait dit. Et les gauchistes, ce n'étaient pas des communistes, c'était même des ennemis des communistes. Les gauchistes et les communistes, ils ne pouvaient pas se saquer, c'était bien connu. Dans tous les combats qu'il avait menés, il n'avait jamais eu de gauchistes en face. À sa connaissance, ils n'avaient pas de sang sur les mains, ils n'avaient jamais tué de camarades. Selon Gomez, c'était des types un peu rêveurs, des révoltés contre un système que lui-même réprouvait, pas de quoi fouetter un chat. Ils dérangeaient, c'était tout. Éliminer des gens qui dérangeaient, Gomez n'en était pas à ce stade-là. Et puis c'était une fille, une fille blanche, une jolie pouliche en plus. Lui, il ne se voyait pas tuer une fille de sang-froid, c'était un soldat. D'ailleurs, lorsque le commandant leur avait expliqué que les gauchistes, c'était la menace de demain, la menace montante, il n'avait pas eu l'air très convaincu lui-même, et maintenant, alors qu'on aurait juré que sa main jouait négligemment avec les cheveux de la fille comme avec ceux d'une enfant ou même d'autre chose, il ne donnait vraiment pas l'air d'un homme décidé à donner la mort.

Gomez aurait bien voulu connaître le sort réservé à la poupée paisiblement allongée derrière lui, sa jolie tête reposant sur les genoux de son chef et, si le pire était à prévoir, il aurait bien voulu savoir qui s'en chargerait. Ça aussi, ça l'inquiétait.

Il consulta sa montre et, le temps étant venu, il ouvrit sa sacoche pour en sortir une seringue toute préparée. Il était l'heure de renouveler la dose, on ne parviendrait à Barcelone qu'au petit matin et pas question de lésiner, il fallait assurer le coup.

***

Chapitre X

— À mon avis, dit le ministre de l'Intérieur, avant même qu'on ait ouvert la séance car c'était un homme qui était conscient de son importance, il faut ouvrir une information, une information judiciaire ; on ne peut pas faire autrement ! Mais l'ouvrir ici, à Paris, au cabinet d'un juge d'instruction, un juge de la section antiterroriste !

— Je vois où vous voulez en venir, rétorqua la ministre de la Justice, assez d'accord sur le principe mais piquée au vif de voir ainsi fouler ses plates-bandes par le flic en chef. C'est un peu vite dit, bien sûr, mais ça pourrait être une bonne idée, maligne en tout cas. Ça nous permettrait de mener des investigations un peu plus poussées sur la mouvance de Constance Sicardi et toutes les autres qui l'entourent. Ça nous permettrait de filer un coup de pied dans la fourmillière de cette ultra-gauche qui commence à exciter les gens dans les entreprises.

Elle était contente d'elle et, en passant, de son langage de militaire ou de flic. Elle aussi, elle pouvait se mêler de ce qui ne la regardait pas, critiquer le travail des autres et avoir quelques lumières sur les agissements ultra-sensibles des milieux politiques interlopes. Elle aussi, elle pouvait se mêler de protéger l'économie du pays, c'est-à-dire les patrons, contre les agissements des agitateurs professionnels qui, selon le discours convenu, exploitaient le malheur des ouvriers et les entraînaient dans des aventures sans issue. Parce que, tout de même, l'enlèvement et la séquestration, fussent-ils justifiés par une colère légitime, sont des délits, voire des crimes… Et, puisqu'elle avait la parole, elle allait river leur clou à tous ses collègues trop satisfaits d'eux-mêmes et toujours à l'affût de quelque coup médiatique ou de quelques bons points distribués par leur chef, tous ces mâles qui, pour certains, en avaient sûrement moins qu'elle entre les jambes !

Mais le Premier ministre, qu'on avait un peu oublié, mit tout le monde d'accord ou plus exactement d'équerre, comme on dit dans des milieux moins retenus :

— Je vous rappelle qu'il s'agit de l'enlèvement d'une jeune femme, faisant certes partie d'un groupuscule gauchiste, mais à qui, jusqu'à présent, nous n'avons rien à reprocher, et que, tout de même, c'est elle la victime ! Ce que vous proposez serait donc un détournement de procédure, un détournement de pouvoir, une forfaiture si ce mot a encore un sens pour vous, ministres de la république, dit-il, sans élever le ton, comme s'il faisait un simple constat.

Les mines s'assombrirent, les fronts se plissèrent, les mâchoires se contractèrent. Pour les autres, les manières du Premier ministre, un fantoche en vérité, étaient insupportables, des manières de donneur de leçon à la petite semaine !

— Mais enfin, dit le ministre de l'Intérieur, agacé par ces arguties, qu'est-ce qui nous interdit, dans le code de procédure pénale, de considérer ça comme du terrorisme : il n'y a aucun obstacle juridique, aucune sanction, je veux dire, on l'a déjà fait…

Il regretta aussitôt cette dernière observation. D'ailleurs la ministre de la Justice tiqua. Ça lui rappelait des souvenirs, de mauvais souvenirs…

Le Premier ministre intervint, il ne voulait pas que cette réunion tourne à l'aigre et puis il voulait poursuivre sa pensée :

— Nous ne sommes plus dans la période d'état de grâce, je

vous le rappelle. Il fut un temps où on pouvait faire n'importe quoi, y compris des conneries. Aujourd'hui c'est l'inverse, même une bonne décision peut nous valoir les pires ennuis. Les journalistes n'attendent que ça, l'opposition est à l'affût et certains, dans notre propre majorité, refusent d'avaler des couleuvres supplémentaires et sont prêts, au moindre faux pas, à se désolidariser et à faire cavalier seul…

Le ministre de l'Intérieur n'en croyait pas ses oreilles. Pour qui se prenait-il, ce Premier ministre, il avait pourtant dû comprendre, depuis un moment déjà, que, dans la nouvelle configuration constitutionnelle, il n'était rien, en tout cas rien de plus qu'un ministre lambda et peut-être moins encore qu'un ministre important, comme celui de l'Intérieur, précisément. Il était temps qu'il lance sa flèche, celle au curare, celle qui tue :

— Qu'en pense le président ? dit-il.

— Le président n'en pense rien, il a d'autres chats à fouetter en ce moment. Il a envoyé un message à Albert Sicardi en lui disant qu'on mettrait la main sur ces salopards et qu'ils paieraient, ça vous concerne donc tous les deux, ça met la balle dans votre camp. Et il n'a fait aucune déclaration à la presse.

Les deux ministres se sentaient piégés. Eux, ils n'avaient eu aucune information de la présidence. Pour une fois, le président s'en était remis au Premier ministre. Les temps seraient-ils en train de changer ?

Le Premier ministre, assez satisfait d'avoir ainsi cloué le bec des deux autres, en profita pour garder la main et, se tournant vers la garde des Sceaux :

— Peut-on compter sur le procureur de Marseille ?

— Comme sur presque tous les autres, c'est même un des plus fiables.

— Bon, alors, à moins que vous n'ayez une meilleure idée à me soumettre (on voit qu'il était, par nature, grand prince), je pense qu'il faut dans un premier temps lui laisser la maîtrise de l'affaire. Il y a bien à Marseille des pôles spécialisés avec des juges d'instruction sur lesquels on peut compter ?

— Bien sûr, mais uniquement en matière d'infractions financières, de santé et de délinquance internationale. Là, c'est un enlèvement !

— Ha ! Mais votre procureur trouvera bien, avec l'accord du président, un juge d'instruction, comment dirais-je ? Responsable ?

— Je pense, je pense. D'ailleurs, le président du tribunal de Marseille est aussi un homme… responsable, comme vous dites.

Le téléphone portable du ministre de l'intérieur se mit à vrombir. Il décrocha. Sa mine s'éclaira soudain et, tout de suite, le premier ministre puis la ministre de la Justice, à l'esprit moins prompt ou au caractère moins inquiet, comprirent qui téléphonait, un homme qui savait diviser pour mieux régner. La ministre de la Justice encaissa le coup et demeura parfaitement flegmatique. Le Premier ministre, quant à lui, ne put s'empêcher de pâlir.

— Le président, dit le ministre de l'Intérieur d'un air satisfait, souhaite que l'affaire soit passée à la section antiterroriste du parquet de Paris. Puis, s'adressant à la garde des Sceaux : Il vous demande de faire désigner un juge en particulier, il dit que vous saurez de qui il parle.

— Très bien, lui répondit la ministre, toujours aussi flegmatique, mais qui n'en pensait pas moins.

Cette femme, à force de retenir ses émotions, elle nous prépare un bon ulcère, se dit le ministre de l'Intérieur avec délectation.

***

Chapitre XI

Le procureur de la République de Marseille n'était pas à la noce, il était en quelque sorte sur la sellette, précisément dans la position où il avait placé tant de gens durant sa longue carrière. Ce n'était pas bien agréable, il en prenait alors conscience.

Il avait devant lui une victime, un plaignant, un type qui avait tous les droits selon la doctrine en cours : il y en avait marre de défendre les accusés, de ne penser qu'aux délinquants, les victimes devaient revenir au premier plan ! Ça permettait de justifier tous les excès de la police et de fustiger les juges prétendument laxistes. Et cette victime était un député, bon Dieu, qui plus est un député de la majorité. Il se rendait compte qu'il avait commis une grossière erreur, une erreur qui pouvait être lourde de conséquences, en attendant le matin pour avertir Sicardi de l'enlèvement de sa fille. Il avait bien pris soin de rendre compte en temps réel à sa ministre, aussi vite que possible, à peine un quart d'heure après l'enlèvement. Le ministre de l'Intérieur avait d'ailleurs été informé un peu avant par sa police, c'était l'habitude, on n'y pouvait rien. Mais ensuite il avait tergiversé, c'était son tort, il s'en avisait maintenant, un peu tard.

— J'ai pris en urgence, avait-il rétorqué aux premiers reproches du député – mais il avait eu conscience de la faiblesse de son argument – toutes les mesures pour organiser la chasse aux ravisseurs. J'espérais les coincer rapidement. Deux voitures dans la ville, la police avait sa chance… Et puis ensuite il était tard, très tard, et j'ai pensé que ça ne servirait à rien de vous troubler dans votre sommeil, ça n'aurait pas fait avancer les choses…

— Mais je suis son père, son père, bordel ! Vous comprenez ça ? lui avait assené le député.

Il n'avait pas eu grand-chose à répondre, d'ailleurs il était toujours désarçonné devant la grossièreté. Heureusement, il avait téléphoné avant le président, quelques minutes avant. Ouf ! Il n'aurait plus manqué que le chef de l'État en personne fasse contre son gré l'oiseau de mauvais augure et qu'il apprenne dans la foulée que lui, procureur de Marseille, n'avait pas avisé un père, un député, un député de sa majorité, de l'enlèvement de sa fille ! Il était passé bien près du gouffre, il avait failli finir au cimetière de plus en plus fréquenté des anciens parquetiers. Et puis Sicardi aurait pu aussi se plaindre au président de ce retard ; mais il avait été correct, il fallait lui reconnaître ça, ou alors tellement impressionné d'avoir le président au bout du fil que la présence d'esprit lui avait fait défaut.

En réalité, Sicardi avait sans doute des défauts, notamment celui de ne pas châtier son langage, comme tout bon Marseillais, mais ce n'était pas le genre à cafter, ni d'ailleurs à être impressionné par quiconque : c'était précisément ce qu'il était en train de dire au magistrat, en termes à nouveau très crus (on n'était décidément pas loin du fils de pute). Ce qu'il voulait, c'était régler lui-même ses comptes et il s'y employait, c'était le moins qu'on puisse en dire. Ça bardait pour le procureur, lequel, en d'autres circonstances, n'aurait pas manqué de rappeler le parlementaire à l'ordre, à la politesse la plus élémentaire, aux grands principes, à la séparation des pouvoirs même, mais qui là adoptait profil bas. Pas dans ses habitudes, au procureur !

— On peut difficilement faire plus con, concluait le député après avoir épuisé sa verve. Et maintenant, on en est où ? Que comptez-vous faire ? Qu'est-ce que vous avez mis sur pied ?

L'orage étant passé, le procureur se sentit plus à l'aise. Il réintégrait sa position de haut magistrat et surtout de spécialiste face à un néophyte. En plus il allait annoncer un plan qui n'était pas de lui mais qui lui avait été dicté par les plus hautes instances. Il jouait désormais sur du velours. C'était tout du moins ce qu'il croyait…

— Madame le garde des Sceaux m'a demandé de transférer le dossier à la section antiterroriste du parquet de Paris, c'est une décision qui a été prise en accord avec le ministre de l'Intérieur et même le Premier ministre, d'après ce que j'ai compris…

Le député, loin d'être impressionné, réagit au quart de tour :

— La section antiterroriste ? Con de Manon ! Qu'est-ce que c'est que cette magouille ? Je ne vois rien de terroriste dans cette affaire, ou plutôt, je vois très bien. La terroriste, d'après vous (et il englobait bien entendu les ministres dans cette affaire), la seule qui puisse pour l'instant être qualifiée de terroriste, c'est ma fille, j'ai bien compris, vous savez ! Or ma fille, c'est la victime, monsieur le procureur, la victime, vous comprenez ! Je les vois venir, ce qu'ils veulent, c'est profiter de cet enlèvement pour filer un grand coup de balai dans les mouvances de l'ultra-gauche ! Putain, on ne peut pas être plus cynique ! Mais ça ne se passera pas comme ça, je ne suis pas un béni-oui-oui et, à moins que vous préfériez que je fasse part de votre inconscience au plus haut niveau et à la presse d'ailleurs, vous allez faire exactement comme je vais vous dire. Et vous allez vous débrouiller pour leur faire passer la pilule, à vos ministres !

Le procureur était à nouveau dans ses petits souliers. Voilà qu'il allait se trouver entre l'enclume et le marteau. Il ne dit rien, demeura bouche bée. Il attendait la sentence.

***

Chapitre XII

Ce jour-là, dans l'appartement de la rue du Dragon, l'atmosphère n'avait plus rien à voir avec celle des rendez-vous précédents. Le conseiller était tendu, ça, ça ne changeait pas; peut-être même était-il un peu plus nerveux encore que la dernière fois… De toute façon, ce type devait être constamment tendu et nerveux, pensa le Grand Maître, même la nuit pendant son sommeil; son épouse était à plaindre ! À force, son aspect général s'en ressentait; il était de plus en plus pâle, les rides s'étaient multipliées sur son visage et les mimiques d'expression qu'on lui voyait jadis à l'occasion, s'étaient cristallisées ou s'étaient mues en tics. Du coup, ça n'avait plus aucun sens et, pour son interlocuteur, le regarder lorsqu'il parlait, non seulement ne présentait pas d'intérêt pour la compréhension, mais en plus devenait vite agaçant; et même carrément gênant à la longue. Alors qu'il avait eu son heure de gloire dans les médias et qu'on le voyait partout à cette époque, bien plus que les ministres en fait, désormais le président semblait le mettre à couvert. Vernier ne s'en était pas plaint, il savait que ça ne servait à rien de se plaindre au président, mais il devait penser que c'était un coup de son collègue, le conseiller en communication qui, vu cette désastreuse métamorphose, n'avait sans doute pas eu de mal à convaincre leur patron de le faire passer à la trappe médiatique.

Non, ce qui était différent, c'était plutôt l'attitude du conseiller. Il lui avait jusqu'alors toujours manifesté le respect qu'il lui devait, en sa qualité de Grand Maître, par une déférence ostensible. C'était la règle à la Nouvelle Ligue : la hiérarchie y était essentielle, non seulement parce que l'on prenait modèle sur l'Ancien Régime, tout ce côté aristocratique, mais aussi parce qu'une société secrète ne peut survivre que comme ça. Discipline stricte, respect absolu des grades, obéissance aveugle. Peu importait la position qu'occupait chacun des membres dans le monde réel, peu importaient les services qu'il avait rendus et ceux qu'il était en mesure de rendre par sa position ou sa fortune. La Ligue méprisait le monde réel qui pour elle n'était qu'un théâtre d'opérations, un champ de manœuvre dans une guerre quelquefois larvée, quelquefois effective. Or, dans cette hiérarchie de la Nouvelle Ligue, le conseiller n'occupait certes pas une position médiocre, mais il ne faisait pas partie non plus de la crème des crèmes, il n'avait pas le privilège de siéger dans le saint des saints, ce collège de douze membres qui se réunissait régulièrement pour prendre les décisions les plus importantes et qui, notamment, désignait le Grand Maître. Il lui devait donc le respect.

Pourtant, là, pour découvrir ces marques de respect dans le discours du conseiller qui, il est vrai, tremblait de rage et sans doute de peur, il aurait fallu chercher, vraiment chercher, minutieusement, en analysant chaque mot peut-être…

— Qu'est-ce que c'est que ce bordel ? Vous avez perdu la tête ? Enlever cette fille, la fille d'un député, et d'un député de la majorité en plus !

Ça commençait mal, très mal. Pour couronner le tout, le conseiller, contrairement à la règle, se situait délibérément dans le camp du pouvoir, du pouvoir temporel en quelque sorte, et plus du tout dans celui de leur confrérie. Le ton était donné, un drôle de ton ! Le Grand Maître qui avait été vaguement tenté de rappeler le conseiller-ligueur aux convenances, avait pris le parti de laisser tomber. Au diable le vernis des convenances, il était impératif et urgent d'entrer dans le vif :

— Une ultra-gauchiste surtout, Vernier ! Et, faut-il vous le rappeler, c'est précisément vous qui m'avez demandé, comme un service au profit du pouvoir, de taper sur l'ultra-gauche, parce que...

— Je vous ai demandé de les faire surveiller, c'est tout. Je voulais les avoir à l'œil, surtout cette fille qui commençait à faire son trou dans l'opinion ! Ça ne venait d'ailleurs pas de moi, c'était un souhait du ministre de l'Intérieur, l'un des nôtres, je vous le rappelle !

— Mais la cellule grise n'est pas un service ni une officine de surveillance, Vernier. Elle est, par essence et exclusivement opérationnelle, c'est, par nature, un « service action », vous le savez aussi bien que moi, c'est vous son père spirituel !

— He bien soit, mais alors il fallait leur porter des coups, les effrayer, pas procéder à un enlèvement, à un enlèvement spectaculaire en plus et qui affecte tout le monde, y compris la majorité, la majorité du président !

— Porter des coups à des va-nu-pieds, ça n'a aucun sens.

— Mais si, ça leur fait peur, ça les déstabilise... Ces gens-là se montent le bourrichon, ils s'imaginent être résistants, hors la loi, clandestins, ils se gobergent de ça et ils découvrent avec stupeur qu'il peut y avoir plus hors la loi et plus clandestin qu'eux...

— Quand je dis va-nu-pieds, ce n'est pas péjoratif, Vernier, ça ne les empêche pas d'être redoutables, bien au contraire. Vous savez bien comme moi qu'un jour ou l'autre, au bout du compte, tout va se jouer entre eux et nous. Les autres, les soi-disant adeptes de la démocratie, le ventre mou de cette société pourrie, vont s'effondrer avec elle, je ne vous apprends rien. C'est pourquoi il nous faut aujourd'hui repérer les têtes et les couper, systématiquement et sans états d'âme, qu'ils soient tous privés de leader le jour venu. Sans leader, on n'est rien ! Mais ce sont des gens prêts à tout, je vous le concède, des fanatiques de leur cause qui, par conséquent, n'ont peur de rien, un peu comme nous d'ailleurs...

Vernier n'en pouvait plus, il préféra couper le fil, probablement aussi pour n'avoir pas à s'expliquer sur la question du dévouement à la cause qui devrait précisément vous garantir contre la peur. Il se redressa.

— Il n'y a rien à boire ici ? dit-il. Il transpirait abondamment, son visage était luisant de sueur alors que l'appartement n'était pas chauffé, sauf par ses deux voisins, celui du dessus et celui du dessous. Il ne devait guère faire plus de dix-huit degrés.

— Il y a un frigo, là-bas, lui répondit le Grand Maître en désignant d'un geste vague une sorte de bar qui devait masquer une cuisine américaine.

Profitant de ce que Vernier allait chercher sa boisson, le Grand Maître réfléchit à toute vitesse. Il ne comprenait que trop bien ce qui se passait et ça l'inquiétait. L'autre était en train de perdre pied, ça, c'était évident. Il avait pensé pouvoir concilier sans dommage sa place éminente dans la société réelle et son engagement dans la Nouvelle Ligue. C'était un mauvais calcul. Il aurait dû savoir que lorsqu'on est membre de la Nouvelle Ligue, il n'y a aucun compromis possible. Maintenant il le savait, il l'avait compris, et il était tout à fait en mesure d'analyser parfaitement ce qui se passait actuellement, peut-être même se doutait-il du contenu de sa réflexion, à lui, le Grand Maître, en cet instant précis. Le problème avec ce type, ce n'était pas l'intelligence – intelligent, il l'était, ce n'était pas pour rien qu'on l'avait poussé là où il était. Le problème, c'était le courage : ce type n'avait aucun courage, c'était une lope, une lavette.

— Et maintenant, vous comptez faire quoi ? s'enquit le conseiller. Et il semblait que son appréhension transpirait par tous les pores de sa peau. Le Perrier avait sans doute fait son office et son système sudoripare fonctionnait à plein régime, c'en était écœurant.

— Comment ça ?

— Je veux dire, la jeune femme…

— Voyons, Vernier, nous allons faire comme d'habitude. À moins que vous n'ayez une autre idée…

— Comme d'habitude ? C'est-à-dire ?

— Ne faites pas l'innocent, Vernier ! Vous le savez aussi bien que moi. On a commencé avec les Américains.

— Mais non, en principe ce n'était pas ça. Vous deviez simplement livrer ces types aux Américains, les remettre entre leurs mains, c'est ce qui avait été convenu avec eux, entre le général Kisling et moi...

— Pas toujours, pas toujours. Il y a eu des fois, deux fois, où ils nous ont fait savoir, après l'enlèvement, qu'il fallait éliminer le type. C'est d'ailleurs par vous qu'ils nous l'ont fait dire pour le deuxième type. J'avais pris contact avec vous pour vous demander des consignes vu que mes gars se plaignaient de ce qu'il moisissait dans une cave, qu'il fallait s'en occuper et qu'ils n'avaient pas que ça à faire...

Et c'était vrai. Le conseiller ne pouvait le nier : c'était un jihadiste enlevé à Avignon, Kisling avait dit qu'il était primordial de le faire disparaître, que de toute façon il ne méritait que ça, un vrai tueur en série. Il y avait des choses qu'il préférait oublier. Mais, forcément, ça revenait un jour à la surface un peu comme les corps des noyés et aussi les âmes errantes des suppliciés. Tous ces noyés et ces âmes errantes peuplaient d'ailleurs son sommeil depuis quelque temps, pas seulement son sommeil malheureusement ; et c'était, en partie tout au moins, ce qui lui faisait perdre les pédales.

Le Grand Maître ajouta, implacable :

— Et, je vous le rappelle, il en a été de même pour Boulloc, le chef des dockers, le syndicaliste marseillais.

Le conseiller se rebiffa :

— Ah non ! Là j'ai dit : débrouillez-vous, le tout est qu'on ne le revoit pas sur le port.

— C'était une manière comme une autre de prononcer son arrêt de mort, vous ne croyez pas ? D'ailleurs vos consignes ont été appliquées à la lettre. On ne voit plus Boulloc sur le port, il est dessous !

Le conseiller se leva à nouveau pour se saisir d'une pile de serviettes en papier qu'il avait repérée précédemment dans la kitchenette. Il en utilisa trois ou quatre pour s'éponger le visage, la nuque et le cou jusque sous le col de sa chemise. Il ne cherchait même plus à cacher son émotion, cette peur qui le prenait aux tripes et le faisait transpirer comme un porc. Il revint s'asseoir, gardant la pile de serviettes sur ses genoux. Comme il ne disait rien et que le Grand Maître restait de glace, un long silence s'établit dans la pièce. On entendait quelques voitures passer dans la rue en contrebas et un ronronnement intermittent ; peut-être le métro ? Chacun de ces deux hommes savait bien quelle était la question, une question de sentence, une question de vie ou de mort, et aussi qui en était l'objet : une toute jeune femme, une jeune femme belle comme un cœur, paraît-il.

***

Chapitre XIII

Elle le regardait. Elle était couchée sur le côté, en chien de fusil. Une grosse toile lui couvrait tout le corps et, en partie, le visage jusqu'au nez ; un peu comme certains voiles orientaux. Et cela provoquait, chez lui comme chez les autres hommes, à sa connaissance en tout cas, la même émotion trouble. Et elle le regardait. Elle ne bougeait pas, elle n'avait certainement pas bougé depuis son réveil. Elle s'était éveillée comme ça, dans cette position, de sorte que ça lui avait échappé et qu'il n'aurait pu dire depuis quand elle avait quitté le sommeil. Simplement, alors qu'avec ennui il balayait la salle des yeux, il avait rencontré ce regard, des yeux paisibles, limpides, d'un vert liquide.

En reprenant conscience, elle aurait dû bouger. En fin de course, avec ce produit, le sommeil devient agité, on s'énerve, on se retourne, on se plaint ; elle, non ! Et puis pas trace de peur dans ce regard, pas de stupeur non plus. Il ne disait rien, ce regard, il ne voulait rien dire, il ne questionnait même pas, il semblait simplement enregistrer les images, son image à lui, Gomez, puisqu'elle le fixait sans ciller. Elle enregistrait et elle réfléchissait, voilà ce qu'elle était en train de faire, se dit Gomez, et il songea à un ordinateur qui aurait capté les données et assuré leur traitement, le tout en temps réel, comme on dit.

Mais c'était tout sauf un ordinateur, cette fille, bon Dieu ! Avec ses yeux magnifiques et insondables qui ne vous lâchaient pas. Gomez, qui voulait se raccrocher à quelque chose, ça lui rappelait aussi de belles orientales du temps jadis. Des femmes et des filles dont le seul regard rendait fou les hommes imbibés dans les boîtes de nuit du sud. Des corps dissimulés, des chevelures couvertes, seulement des yeux et les ondulations sous le long voile. Mais, il s'en souvenait, il avait à chaque fois été déçu par la découverte. C'était des professionnelles qui faisaient ça pour de l'agent, du commerce quoi ! Et qui dit commerce dit arnaque à un moment ou à un autre. Là, il ne se trompait pas, il était sûr de ne pas se tromper, il savait ce qu'il y avait derrière ce mystère, le mystère de ce regard : de la grâce pure.

Ce cachot avait été aménagé par les services américains, pour eux, pour la cellule grise. Ces gars-là pouvaient tout se permettre, même, et quelquefois surtout, hors de chez eux, ils préféraient. Un escalier descendait dans cette ancienne cave. On y pénétrait ensuite par une porte blindée. La salle était divisée en deux par une cloison barreaudée, des barreaux solides scellés dans le sol et le plafond, avec une lourde porte au centre, à barreaux elle aussi, qui faisait songer plutôt à un portail. La partie du fond, la cellule d'enfermement, comportait au bout une salle de bains rudimentaire avec un robinet, une douche et un WC. Le tout était à la vue de tous, à condition qu'il y ait quelqu'un, car tout ça respirait la solitude et l'oubli du monde. La première salle destinée au geôlier, était celle où se tenait Gomez, assis dans un fauteuil en toile. Il pouvait voir tout ce qui se passait dans la partie cellule. Le prisonnier était observé jusque dans ses actes les plus intimes ; il se lavait, pissait, chiait au su et au vu de celui installé là pour le mater, précisément. Gomez en avait même vu un se taper une branlette ; pas complexé, le mec ! Tout compte fait, il avait eu bien raison, ç'avait été son dernier petit plaisir, la branlette du condamné en quelque sorte, car moins d'une demi-heure plus tard les Américains avaient fait savoir qu'ils n'en voulaient plus, qu'il fallait donc l'éliminer. Gomez avait fait le travail presque aussitôt. Il avait préféré faire ça vite pour éviter d'avoir à gamberger, parce que, le coup de la branlette, ça lui avait rendu ce mec plus proche, plus humain.

Aujourd'hui, en cet instant, ce n'était pas lui, pourtant dans la position du maton, qui paraissait surveiller. Il était plutôt surveillé lui-même par ce regard pur et pourtant énigmatique, insistant aussi et, bon Dieu, pour tout dire, sacrément troublant !

Gomez était un dur à cuire. Il en avait vu des situations tragiques et désespérées, il en avait connu aussi, sur bien des théâtres d'opérations ; mais là, vraiment, il était mal à l'aise, secoué, ému au plus profond par ce regard, même pas vraiment inquisiteur. Il prit sur lui, s'efforçant de ne rien laisser paraître de cette émotion, espérant qu'à la longue la fille finirait par baisser les cils, lasse de ce jeu. Il aurait pu lui adresser la parole, lui dire n'importe quoi. Après tout c'était lui qui tenait le bâton, ça aurait sûrement brisé ce putain de sortilège, mais il doutait de sa voix, il craignait qu'elle ne le trahisse, qu'elle se mette à chevroter comme celle d'un vieillard ou d'un innocent. Dieu savait pourtant qu'il en avait soutenu des regards. C'était la première arme des mercenaires et hommes de main en tout genre ; une arme dérisoire et puérile, bien sûr, mais qui faisait partie de leur panoplie, une de leurs rares coquetteries. Souvenirs des vieux westerns, des duels du Far West qui commençaient par ça : le premier défi. Il y avait bien une technique apprise dans les cours d'école, remède à la timidité des jeunes mâles. Il suffisait soi-disant de regarder, non pas les yeux mais le front de l'adversaire ou de la fille, car c'est souvent cette confrontation-là, avec une fille, qui à cet âge est en jeu – tout comme aujourd'hui pour Gomez, finalement.

Il se prit à regretter son paquet de clopes. Il ne fumait plus. Ça aurait permis de résoudre son problème, au moins en partie. La clope, ça donne une contenance, une putain de contenance, surtout aux mecs comme lui. Toujours cette image de cinéma, cette image du cow-boy, du privé, du flic perdu. Avec un petit verre de whisky ça l'aurait fait, la totale même ! Mais il ne buvait plus de whisky non plus. C'était bien beau ce statut de croisé, de défenseur de l'occident avec l'ascétisme qui allait de pair, mais ça n'était pas très rock'n'roll et ça le privait de certaines armes…

Au fond, ce qui le mettait dans cet état de faiblesse, ce n'était pas la situation, cette confrontation des regards. Ça, ce n'était que l'écume des choses ; dérisoire en fait. Ce qui le troublait c'était bien plutôt une arrière-pensée, une arrière-pensée à laquelle il aurait voulu échapper mais qui s'imposait. Quel était le sort réservé à cette fille ? Prisonnière, otage, mais pourquoi ? C'étaient là des questions qu'il ne se posait pas d'ordinaire, ou si peu et de manière si fugace. Le cocon de l'armée, des services spéciaux ou secrets, d'une organisation qui le dépassait et le protégeait jusqu'alors, était en passe de se fissurer, le laissant comme prêt à éclore, une éclosion effrayante qui allait le mettre à nu, lui, si menu et vulnérable. Qu'allait décider le commandant ? Lui appartenait-il de décider d'ailleurs ? Et alors, qu'allaient donc décider les autres ? Pourquoi, bon Dieu, avant l'enlèvement, ne leur avait-on rien dit des objectifs ?

Et l'autre était là, face à lui, vivante, palpitante. Et son regard disait qu'elle était imbue de cette vie, de cette palpitation de chair, qu'elle y tenait, qu'elle lui imposait ça, femme, comme une défense ultime et un défi à l'homme. Ça lui donnait cette confiance ambiguë et cette certitude aléatoire qu'il semblait lire dans ses yeux.

*

Il devait faire, dans cette cave, une chaleur moite, car respirer était éprouvant et elle transpirait. Mais c'était peut-être aussi l'effet de cette drogue qu'ils lui avaient injectée pour l'amener là. Elle se sentait sale, polluée et pas seulement par cette transpiration. Le fait de ne s'être pas appartenue, pendant plusieurs heures sûrement, la bouleversait. Elle se sentait avilie face à ce type, ces types, car il ne devait pas être seul. Malgré tout elle avait pris son temps en sortant des limbes et elle s'en félicitait. Elle aurait pu se laisser aller, réagir violemment, sursauter, se plaindre, pleurer même, on peut s'attendre à tout de la part de son corps. Il n'en avait rien été – ce n'était pas son genre, se disait-elle. Elle avait eu les bons réflexes devant ses agresseurs.

Celui-là, au début lorsqu'elle s'était éveillée, avait semblé se désintéresser d'elle, préoccupé par autre chose, noyé dans ses pensées. Ce n'était pas l'image qu'elle se faisait d'un kidnappeur. Pour le reste, le physique de baroudeur, le relâchement du corps nonchalamment installé dans ce fauteuil léger, la chemise élégante mais de grosse toile recouverte d'une veste kaki dont l'un des pans dissimulait à l'évidence un holster, et les chaussures en cuir souple mais solide, tout collait bien avec cette image. Mais il manquait le visage impénétrable du type tout à son objectif, aux ordres, inaccessible à ses victimes. Constance voyait bien que, depuis qu'il avait repéré sa présence, son retour à la conscience, il s'efforçait de donner à voir cette image-là, de la peaufiner même, mais elle n'était pas dupe. Et elle avait décidé d'aller contre le cours des choses, d'imposer encore sa marque, même de manière infime, d'être le grain de sable en quelque sorte. Cette image lui plaisait, lui avait toujours plu et, jusque-là, elle lui avait plutôt réussi.

Elle maintenait ce cap, fixant l'autre droit dans les yeux, sans dire un mot, sans se plaindre ni poser de question, ce qui devait nécessairement le perturber : ce n'était tout de même pas une réaction habituelle ! Et, en effet – mais peut-être n'était-ce qu'une impression – l'autre semblait fléchir. Il ne détournait pas la tête, ne baissait pas les yeux. Comme si c'était important d'ailleurs, un type intelligent aurait tout simplement regardé ailleurs ! Mais son visage laissait entrevoir, non pas des tics, mais une crispation qu'elle n'avait pas vue au début, elle était sûre de ça. Le gars semblait vraiment mal à l'aise.

Petite victoire pour Constance, elle en avait bien besoin, mais au fond elle avait peur. Tout ça ne faisait pas disparaître le flot d'angoisse qui montait en elle au fur et à mesure que les effets de la drogue s'estompaient. Elle allait craquer, d'un instant à l'autre, fondre en larmes ou se cacher sous la toile qui lui servait de couverture. Elle se sentit fugacement solidaire de ce type en face d'elle qui lui aussi s'efforçait de tenir le cap, se sentant au bord du gouffre, sauf que le gouffre au bord duquel elle était, elle, était autrement plus profond.

Ce fut alors qu'entra, comme un sauveur, un deuxième homme. Elle le reconnut tout de suite. C'était le faux journaliste de France3.

*

Le colonel Villejuste, dit le commandant, qui, après bien d'autres rôles de composition, s'était fait passer à peine deux jours avant à Marseille pour un journaliste de France 3, détailla la scène du haut de son mètre quatre-vingt-cinq. Gomez s'était instinctivement levé, il était soulagé. Son chef était là, plus paternel et impérieux encore que d'ordinaire. Il ne bougeait pas, son regard avait balayé le décor et demeurait posé sur la fille. Il portait un parka de cuir fauve muni de larges poches dont l'une était rebondie, c'était le genre de détail qui n'échappait pas à un observateur comme Gomez. Il s'étonna *in petto* d'une anomalie si visible. Le commandant finit par en sortir un sac en plastique, ce qui rassura Gomez. Il s'avança ensuite vers la cellule, déverrouilla le cadenas qui bouclait la lourde porte et la repoussa derrière lui. Il fit le tour de la couche où reposait la prisonnière et alla poser ses emplettes dans le lavabo du coin salle de bains. Il y avait une bouteille de savon liquide, deux brosses à dents sous blister, un tube de dentifrice et un joli flacon d'eau de toilette dont Gomez ne put lire la marque. C'était étonnant de voir un tel objet dans cette main. Le commandant s'assit ensuite sur un tabouret de bois posé près du lit. Constance, qui n'avait pas bougé, lui tournait le dos. Il s'était baissé, les mains sur les genoux, dans une position attentiste. Elle finit par se retourner. Gomez s'attendait à ce qu'elle pose des questions, il ne la voyait pas jouer à nouveau la comédie du regard. Avec le commandant, ça ne pouvait pas marcher, il en était convaincu. Et, en effet, elle prit la parole :

— Et maintenant ? interrogea-t-elle.

Elle aurait dû se plaindre, geindre, supplier ou tempêter, ç'était dans l'ordre des choses, mais non ! Bon, elle optait pour une question. Gomez s'attendait aussi à ce genre de réaction, quelque chose comme une interrogation, mais alors hésitante, timide et plaintive, encore. Qu'elle se permît de le faire ainsi, de manière si brève et avec ce ton de défi, voilà qui l'épatait. Il en était estomaqué. Dans cette situation, bien des professionnels de la guerre ou du renseignement n'auraient pas eu ce culot.

— Là, maintenant ? Rien ! dit le commandant.

— Je pensais tout de même avoir quelques éclaircissements, dit Constance. Ce n'est pas que j'y ai droit, je vois bien que je n'ai aucun droit ici. Mais puisque vous êtes venu là vous asseoir, à mon chevet en quelque sorte, après m'avoir apporté de quoi humaniser un peu ma réclusion, je me disais que vous étiez plutôt bien disposé. Et puis, dans la situation où je suis, vous n'avez rien à craindre de moi, je pense... Alors, pourquoi ne pas m'expliquer, me renseigner sur mon sort au moins, à défaut de me dire pourquoi vous m'avez enlevée en pleine rue ?

— Parce que je n'en sais rien, tout simplement. J'exécute. Nous sommes chargés d'une mission. La mission, c'était de vous enlever et de vous enfermer ici, c'est tout ce qu'on nous a dit et nous l'avons fait. Maintenant nous attendons les ordres.

— C'est drôle, dit Constance, vous n'avez pas la tête d'un type qui reçoit des ordres. Vous avez plutôt l'air de celui qui en donne et... qui sait se faire obéir.

— Une bonne organisation humaine, une organisation qui fonctionne, est composée d'échelons, du plus modeste au plus élevé, et chacun de ces échelons obéit à celui qui est placé audessus de lui...

—...et c'est comme ça que fonctionne la société idéale, d'après vous ? le coupa Constance. Ça s'appelle une société totalitaire. Je vois qui vous êtes. C'est effrayant pour moi, mais surtout c'est effrayant tout court.

Le commandant ne releva pas.

Gomez, que ces questions politico-philosophiques n'intéressaient pas, était quant à lui totalement subjugué.

— Vous avez besoin d'autre chose ? demanda le commandant en désignant le lavabo d'un mouvement de la tête.

— D'être tranquille pour prendre une douche, dit-elle d'un air de défi.

— Nous allons rester là. Nous vous tournerons le dos tout le temps nécessaire, répondit le commandant qui se leva pour prendre la direction de la sortie.

Il rejoignit Gomez et les deux hommes se retirèrent jusqu'à la porte blindée, offrant en effet leurs dos à la vue de Constance. Le commandant attendit que la pluie de la douche leur permette de converser à voix basse. Les préparatifs de Constance faisaient gamberger Gomez. Pistant les bruits des pas, des étoffes qui crissaient et qui tombaient, sur le lit probablement, il imaginait malgré lui la scène : elle se levait, se dévêtait, devait être nue maintenant, se dirigeait vers la douche et enfin l'eau s'écoulait sur son corps. Ils auraient pu se retourner à n'importe quel moment. Qu'est-ce qui les en empêchait ? Comment savait-elle que le commandant, pour elle un vulgaire kidnappeur, était un homme de parole ? Ou alors elle aimait jouer avec le feu, jouer y compris de son corps. Perspective sacrément excitante, putain !

— Tu vas rester là jusqu'à sept heures, lui chuchota le commandant. Ensuite, tu seras relayé par Wagner. Ne parle pas avec elle. Ne réponds à aucune question. Je ne veux pas la moindre conversation.

— OK, mon commandant, répondit Gomez. Ne vous faites pas de souci. Je vois bien qu'elle est maligne. Elle va chercher à nous tirer les vers du nez…

— Elle est plus que maligne, Gomez, bien plus que maligne… dit le commandant. Et son regard énigmatique en disait long.

Constance aussi gambergeait alors qu'elle se rhabillait rapidement. Elle se sentait mieux après sa douche et aussi l'embryon de conversation qu'elle avait eu avec cet homme, le responsable de son enlèvement. Ce devait être un facho de la pire espèce. Pourtant ça ne se voyait ni à sa mine, ni à son attitude. On aurait dit un homme civilisé, parfaitement civilisé. Ce devait être un facho, façon aristocrate, un gentilhomme, une espèce ringarde en voie de disparition. En plus, mais elle n'aurait pas dû y penser, il était plutôt bien de sa personne… Il lui faisait songer à son père, en un peu plus jeune. Son père ! Il devait en ce moment même remuer ciel et terre pour la retrouver, elle pouvait compter sur lui, c'était bien le seul sur lequel elle pouvait compter. Elle en fut malgré elle attendrie. Elle avait peut-être été injuste avec lui. Après tout il y avait bien pire de par le monde. Et lui, il l'aimait, une affection viscérale et tendre à la fois. L'amour sauve, c'est ce qu'on dit… Que faisait-il précisément à cette heure ?

***

Chapitre XIV

Constance, Constance, ma petite fille, mon amoureuse, mon héroïne secrète, où es-tu ? En cet instant, où es-tu ? En quel lieu de la ville, en quelle région de France, en quelle métropole ou capitale du monde, en quel point sauvage du globe ? Et dans quelles conditions et en quelle compagnie ? Enfermée, entravée au pied d'un arbre ou libre mais prisonnière de l'immensité de la mer, du désert ou de la jungle tropicale ? Souffres-tu, t'a-t-on asservie ou humiliée ? As-tu au contraire eu raison de tes bourreaux ? As-tu pu te faire entendre, négocier avec eux ? Les as-tu séduits, impressionnés, convaincus même, comme tu sais si bien le faire ?

Peut-être es-tu à l'origine de tout ça, après tout : un superbe coup médiatique. Peut-être est-ce là ton plan, un plan machiavélique – n'as-tu pas étudié Machiavel à Sciences po ? – pas seulement pour faire la première page des gazettes mais aussi pour me faire payer, pour me faire souffrir, pour te venger de moi, j'imagine. Je sais que tu m'en veux, je sais ce que tu me reproches, je le sais bien et au fond, c'est bête, mais j'ai l'impression de mériter cette leçon que tu me donnes, cette terrible leçon, crois-moi ! Ce que tu me reproches, je le sais parfaitement, vois-tu ? Ce ne sont pas des actes précis, de vilaines choses que j'aurais faites, ni des pensées, on ne juge pas un homme sur ses pensées, ni même mes idées, si tant est que j'aie des idées, moi. Ce que tu me reproches, c'est de t'avoir déçue, de t'avoir déçue, voilà ! D'avoir cruellement déçu ton amour.

Si j'avais été attentif et clairvoyant, si je n'avais pas été léger et aveugle, si j'avais su voir qui tu étais en vérité, comprendre qui tu allais devenir : une femme sans concession, un être épris d'absolu, un diamant brut, je te jure que j'aurais viré de bord, abandonné cette voie facile qui est la mienne, celle du conformisme et des petits arrangements, ces accommodements quotidiens avec sa conscience et ses amis. J'aurais fait des efforts, j'aurais reculé, je me serais amendé, racheté même car, contrairement à toi, je suis un homme capable de concessions, tu le sais bien. Tu parlerais même de compromission, toi qui es si sévère.

Mais, reconnais-le, c'est tout de même un peu moi qui t'ai menée à ce que tu es devenue. C'est forcément moi qui, au départ tout au moins, par mon existence, ma présence à tes côtés, mon amour, mes intentions, ma protection, t'ai inculqué ces bons sentiments. Au départ, sans même m'en rendre compte, c'est forcément moi ; qui d'autre ? Bien sûr il y a tes rencontres, tes études, tes lectures qui un jour ont pris le relais, qui un jour ont pris ma place, qui m'ont évincé. Mais puis-je en vouloir à des poètes, à des romanciers, à des philosophes morts ? Je ne me suis pas assez méfié d'eux, c'est vrai ; je les ai tenus, dans mon ignorance, pour des quantités négligeables, des types ennuyeux vivant dans un univers dépassé.

De quoi auraient-ils été capables dans notre monde d'aujourd'hui avec la supériorité que nous a donnée sur eux le progrès ? Pour moi leurs œuvres, mémoires d'un temps révolu, étaient tout juste bonnes à contenir et à occuper, par le truchement d'un maître importun, des jeunes gens en mal de liberté, d'aventures, de grands espaces, d'un monde infini, en mal d'action, de la vraie vie enfin. Qu'on pût, à l'âge où tout paraît possible, admirer un héros, conquérant, combattant, bâtisseur ou aventurier, je le concevais car justement l'action fait l'homme ; d'ailleurs, dans ma jeunesse, j'ai moi aussi vécu cette sorte d'exaltation, j'ai, de la même manière, eu mes héros à moi, qui n'étaient probablement pas les bons, en tout cas pas les tiens. Mais qu'on savoure avec dévotion les élucubrations profondes d'un type penché sur son grimoire ou ses discours savamment repris par ses disciples, voilà qui me faisait tomber les bras.

J'ai longtemps professé, comme nombre de gens de mon bord, une sorte de mépris pour ces œuvres compassées et leurs auteurs et jamais je n'aurais imaginé qu'ils puissent un jour faire mon malheur. Aujourd'hui encore je ne peux leur en vouloir, autant s'exciter sur des reliques. Non, ma jalousie, parce que je suis jaloux, je le concède, s'exerce contre certains de tes professeurs, des professeurs qui t'ont marquée, je le sais. Un professeur d'histoire qui vous a ressassé, je m'en souviens, au mépris des programmes officiels, de long en large toute la période de la révolution, rien que cette période, bâclant en fin d'année, en trois ou quatre heures, de manière sinistre comme s'il portait le deuil de la France, la séquence du Consulat et de l'Empire qui, je le croyais dur comme fer, avait porté notre pays à l'apogée de sa gloire. Et aussi un professeur de philo, en terminale. Mais là, je n'ai rien compris, j'ai été dépassé, c'est à ce moment-là que tu m'as vraiment laissé sur le bord de la route, que tu m'as quitté pour un autre. C'est comme ça que je l'ai vécu, un abandon, et que j'ai vraiment commencé à souffrir de toi.

À ce moment-là, ce qui me rassurait, vois-tu, c'était que, malgré le fossé qui se creusait insensiblement entre nous, tu étais toujours décidée à suivre ta voie, celle que nous avions décidé ensemble, dans mon sillage en quelque sorte. Pour moi tu devais réussir brillamment, avec les armes qu'il fallait, là où j'avais moi-même percé bien avant, mais sans ces armes-là, comme ces capitaines d'industrie qu'on admire tant aujourd'hui et qui viennent de la rue ou sortent, dit-on, de la communale. Cette décision que nous avions prise bien avant, tous les deux, elle avait tout pour plaire, elle te convenait, tu t'y tenais et moi elle me flattait et me remplissait d'espérances. Science Po ! Pour moi et ma mentalité de cancre arrivé, l'école de l'élite, celle qui prépare les grands destins. Avec des professeurs savants mais réfléchis et modérés, sur lesquels on pouvait donc compter : pas du genre à encourager les rebelles en tout cas.

*

Le député était installé sur une chaise métallique, dans cette salle d'attente qui n'avait rien à voir avec celle d'un médecin ou d'un dentiste, sauf que les gens qui étaient là, une demi-douzaine de personnes, à défaut d'être malades ou souffrants, étaient nerveux, inquiets et mal à l'aise. L'un d'eux, un homme jeune mais déjà usé, semblait cependant, le pauvre, également malade et en souffrance. Le député en avait déduit que c'était un toxicomane. Il n'y avait rien à lire ou à regarder, pas un journal, pas une revue. Ça aurait pourtant permis à certains de garder une contenance, mais peut-être était-ce volontaire, peut-être ne voulait-on pas de ça, précisément.

Il était arrivé en avance, espérant que le juge pourrait le recevoir tout de suite. Mais la secrétaire ou la greffière qui l'avait amené là lui avait annoncé que le magistrat était en interrogatoire, il fallait attendre qu'il finisse. Il pensait donc à Constance, à qui d'autre penser ? Contrairement aux autres, des témoins, des victimes ou des mis en examen, il n'appréhendait nullement son entrevue avec le juge. Curieusement, il avait confiance, non pas en la justice, mais en ce type-là. Il était convaincu qu'il ferait ce qu'il y avait à faire. Des miracles, non ! Quoique ? Mais en tout cas le nécessaire, tout le nécessaire ; pas comme les autres, ses amis soi-disant.

***

Chapitre XV

Hier au soir, j'avais eu une sacrée surprise – divine surprise – avait ironisé Billie tout en grinçant des dents, parce que les psys affectionnent le second degré et même, quelquefois, n'hésitent pas à mélanger les degrés : c'est d'ailleurs ce qui fait que les gens peinent souvent à les comprendre. Enfin… tout ça n'est pas bien grave car, Dieu merci, en cette matière l'entendement du patient n'est pas indispensable et sa guérison n'est pas nécessairement à ce prix…

Il devait être onze heures et quart, quelque chose comme ça, j'étais depuis peu dans les plumes avec un bon polar nordique dans les mains, mais la description du temps pourri qui caractérise ces pays septentrionaux, l'horreur du crime, les ennuis personnels de l'enquêteur avec son unique enfant, toxicomane, sa mauvaise santé à lui, le manque de soutien de sa hiérarchie et sa solitude abyssale avaient commencé à m'affecter le moral, moi qui, étant un peu de la partie, ai tendance à m'identifier au héros peut-être plus facilement qu'un autre. À petites doses, j'aime bien ces ambiances : après tout elles participent de l'exotisme du roman policier, un peu comme la chaleur sèche de la Sicile, la touffeur de l'Extrême-Orient et la pollution new-yorkaise, mais au bout d'un moment l'atmosphère déprimante du nord, ça plombe l'ambiance et du coup ça vous « prend la tête » comme disent mes enfants.

Comme je bâillais à fendre l'âme, que mes yeux commençaient à papillonner et que je suis un type plutôt à l'écoute de son corps (*dixit* Billie cette fois), je m'apprêtais à poser le bouquin et à m'enfoncer douillettement sous la couette, lorsque la sonnerie du téléphone avait contrarié mes projets. Dans un premier temps je n'avais pas bougé, espérant que Billie allait décrocher, mais elle n'en avait rien fait. Elle s'en foutait du téléphone, à cette heure-là : ses deux fils étaient à la maison, dans leurs chambres respectives, et tout ce qui pouvait venir de l'extérieur à cette heure tardive ne l'intéressait pas.

J'étais donc allé décrocher, et quelle n'avait pas été ma surprise d'entendre s'annoncer… le procureur, le procureur de la République de Marseille, en personne ! Sa voix était basse, son ton pas bien assuré et son discours hésitant, ce qui, chez un spécialiste de l'art oratoire, est plutôt déroutant. C'était à un point tel que j'avais dû lui faire répéter plusieurs fois certains mots. Il faut dire que moi, je n'en croyais pas mes oreilles. Incrédule, d'une incrédulité totale, voilà quel était mon état d'esprit ! Si je n'avais bien connu, et reconnu en cette occasion, le chef du parquet de Marseille, j'aurais pu croire à un canular ; mais ce n'était pas le genre, pas le genre du tout.

En plus, il fallait bien en convenir, le sujet ne s'y prêtait guère. Il s'y était donc repris à plusieurs fois sans pour autant manifester d'impatience ni de contrariété particulière. Cette obligation de répéter était bien peu de chose au regard de la démarche elle-même, c'était juste un petit vice de forme – pas de quoi fouetter un chat, devait-il se dire, alors que le fond des choses était pour lui proprement catastrophique. J'avais décelé peu à peu tout ce malaise dans le détail bien que ne parvenant pas à avoir une vision d'ensemble de tout le problème, de toute cette problématique qui l'affectait à ce moment-là, le pauvre homme ! Il avait une voix de looser, de désespéré, sur la tête duquel le ciel allait certainement tomber d'un instant à l'autre, si ce n'était déjà fait. N'étant pas très enclin à la charité à cette heure, j'avais vite décidé de ne pas approfondir plus avant le côté psychologique de la chose, je comptais y revenir plus tard.

Ce qui m'avait interpellé, comme on dit, c'était les faits bruts : pourquoi faisait-on appel à moi dans cette affaire hautement sensible puisqu'il s'agissait de l'enlèvement de la fille d'un député de la majorité, cette fille faisant partie ou étant même à la tête d'une mouvance gauchiste qualifiée d'ultra-gauche par nos gouvernants ? J'avais été tenté de lui demander ce qu'il pensait, lui, de Constance Sicardi et ce qu'il pensait aussi de l'ultra-gauche. À mon avis, s'il avait été objectif, il m'aurait répondu que tout ça c'était du pipeau, la jeune Constance, l'ultra gauche et la nébuleuse terroriste ! C'était en effet, malgré ses défauts, un professionnel averti. Mais l'objectivité n'était pas son truc, son truc c'était l'obéissance, une obéissance servile de nature à favoriser sa carrière. Si j'avais tenté de lui tirer les vers du nez, il aurait tergiversé, j'en suis sûr : silences embarrassés, circonlocutions et au bout du compte langue de bois. Je m'étais donc abstenu, avais coupé court en lui souhaitant hypocritement le bonsoir et, pour le coup très énervé, avais tenté moi-même, en attendant le lever du jour, de gratter un peu de sommeil.

Ce matin dès huit heures et demie j'avais demandé à madame Del Castillo, ma greffière, d'appeler le député pour lui donner rendez-vous le plus tôt possible à partir de onze heures. Je pensais, en accélérant l'interrogatoire d'un escroc à la petite semaine que j'avais fait extraire ce jour-là, me libérer dans ces eaux. Le gars, comme tous les escrocs qui ne se reposent jamais, était du genre pénible, minimisant tout, trouvant une explication à chaque fait troublant, à chaque anomalie comptable, enfin prétendant chaque fois qu'on lui foutait une preuve sous le nez à une simple coïncidence. Au bout du compte ça faisait un paquet de coïncidences... Quand j'avais le temps, je travaillais ce type de délinquant au corps, jusqu'à épuisement, et ça prenait souvent des heures. Là, je l'exécutai proprement, le laissant raconter ses craques. Il était plutôt content mais à mon avis ça n'empêcherait pas le tribunal de trouver tous les éléments nécessaires pour le condamner. Il se faisait des illusions et, apparemment, son avocat aussi. Il y a des gens comme ça qui imaginent que les tribunaux sont naïfs et sans doute que les juges qui les composent sont des bœufs…

À onze heures et quart madame Del Castillo m'annonça qu'Albert Sicardi était déjà là depuis une bonne demi-heure et alla le chercher dans la salle d'attente.

C'était un bel homme d'une cinquantaine d'années, les cheveux grisonnants, l'œil clair et le visage sympathique. Je reconnus ce visage pour l'avoir déjà vu sur des affiches électorales. Contrairement à d'autres qui présentaient au bon peuple des bobines vieilles de dix ans et en plus les faisaient retoucher, le député Sicardi était très ressemblant. C'était un bon point pour lui ; de ce point de vue-là tout au moins il ne trompait pas ses électeurs. Il préféra ne pas me tendre la main mais me salua d'un « bonjour, monsieur le juge » ombrageux, puis il s'assit comme je l'y invitais.

Il attaqua immédiatement :

— Je vais être franc avec vous : j'ai remué ciel et terre pour que mon affaire, enfin celle de ma fille, vous soit confiée. Ces salopards voulaient la fourguer aux antiterroristes. Mais ce sont des couilles molles – je les connais bien vous savez, ce sont mes amis, en tout cas dans les bons jours – et ils m'ont cédé. Le procureur, lui, il a avalé la couleuvre. Je crois bien que, depuis, il a des problèmes de déglutition…

— J'ai vu ça, lui répondis-je, mis en confiance par le style direct et plutôt amène du bonhomme. Je le regrettai aussitôt, j'aurais mieux fait de tenir ma langue, le procureur était un collègue, tout de même ! Mais après tout, le mal était fait et je ne pensais vraiment pas avoir à m'en repentir. Le député savait bien, et pour cause, que je n'étais pas dans les petits papiers du parquet et de ceux qui lui donnaient ses ordres.

— Je vais jouer cartes sur table avec vous, pas la peine de perdre du temps. Pour moi et mes amis vous faites partie de ce qu'on appelait avant, les juges rouges : des empêcheurs de tourner en rond, des trublions de la république rêvant de se faire un ministre ou un député, des emmerdeurs, quoi ! Mais moi, du coup, j'ai confiance en vous. C'est même précisément pour ça que j'ai confiance en vous !

— Je vous remercie, je suis très touché, bien que… comme vous le savez… normalement on ne choisit pas son juge. Mais bon, passons là-dessus… Monsieur Sicardi, que pouvez-vous me dire de votre fille Constance ?

Il m'en dit beaucoup, ça dura jusqu'à deux heures de l'après-midi. Assez rapidement il fut submergé par l'émotion. Il s'interrompait de temps à autre à cause de ça. Madame Del Castillo fut même amenée à lui tendre un paquet de Kleenex. L'atmosphère était lourde, très lourde. Du coup je le trouvais de plus en plus attachant. Assez régulièrement, il me disait :

— Pourquoi ont-ils fait ça, bordel ? Qui sont ces gens ? Que vont-ils faire d'elle ?

À un moment, vers la fin, assez gêné, il me dit :

— Écoutez, je ne veux rien vous cacher, rien laisser dans l'ombre ! Il y a une autre hypothèse. Elle a pu tout aussi bien monter cet enlèvement de toutes pièces, pour nous emmerder, enfin… emmerder mes amis et peut-être aussi moi-même, après tout. Je n'y crois pas trop quoique, paradoxalement, je veuille bien y croire… Mais, ces gauchistes, allez savoir ce qu'ils pensent, comment ils réagissent. Ils ont quelquefois des stratégies qui nous échappent, forcément.

Je ne fis pas le moindre commentaire, je m'en gardai bien. Mais là, il dut voir que j'étais incrédule. Et, effectivement, cet enlèvement me paraissait l'œuvre de vrais professionnels. Un commando, à mon avis.

— Vous n'y croyez pas ? insista-t-il.

— Je n'écarte aucune hypothèse, me contentai-je de répondre. C'était une réponse bidon, passe-partout. Il avait dû entendre ça des quantités de fois, y compris dans les séries télévisées s'il en regardait. Mais un juge d'instruction n'est pas nécessairement un type imaginatif…

Bien qu'il eût à mon avis une santé de fer, comme souvent les hommes politiques, il me parut épuisé. Tout ça l'avait pompé. C'était vraiment dur. Je clôturai l'audition en lui demandant de revenir dans les deux jours, s'il pouvait. Je le tiendrais alors informé des premières investigations. Ce serait bien d'ailleurs que nous nous rencontrions tous les deux ou trois jours. S'il pouvait, là encore ?

Il pouvait.

***

Chapitre XVI

Constance, après avoir pris sa douche et s'être rhabillée avait simplement dit :

— C'est fait.

Et les hommes s'étaient retournés. Le subalterne avait très vite détourné les yeux cependant que le chef l'avait considérée d'un air pensif, puis :

— Vous avez besoin d'autre chose ?

Elle n'avait pas voulu engager une nouvelle conversation, pensant qu'il était peu probable que, sur l'instant en tout cas et avec ce type-là, elle parvienne à en apprendre ne serait-ce qu'un peu plus.

— De la lecture, avait-elle répondu, des journaux.

— Je vais vous apporter ça. Mais ne comptez pas sur l'actualité. Vous ne devez avoir aucun contact avec l'extérieur jusqu'à nouvel ordre ; aucun contact ni dans un sens, ni dans l'autre. Je vous ferai apporter des revues, des revues de toutes sortes, mais rien de neuf. Vous serez obligée de tuer le temps comme dans une salle d'attente, avec de vieux journaux.

— Et… l'attente sera longue ?

— C'est une question à laquelle je ne veux ni d'ailleurs ne peux répondre, je vous l'ai déjà dit.

Et il lui avait tourné le dos, s'était penché un instant vers l'autre homme, lui avait chuchoté quelque chose, inaudible pour elle, puis s'en était allé par la porte blindée, la laissant seule avec son premier geôlier. Elle s'était assise sur son lit et s'était pris la tête dans les mains.

À peine un quart d'heure plus tard, lui sembla-t-il, alors qu'elle était toujours prostrée, de nouveau la porte blindée s'ouvrit et se referma. Un cliquetis, un courant d'air à peine perceptible, puis un claquement sinistre qui résonna dans toute la cave. Ces sensations, elle les éprouverait encore à de nombreuses reprises et de manière de plus en plus intense. Elle ne releva pas la tête : faire mine de traiter tout ça, toute cette petite cuisine de matons, par le plus profond mépris. Aucun intérêt ! Se concentrer sur l'essentiel : qui étaient ces gens ? Elle fit comme elle se souvenait avoir fait si souvent lorsqu'elle était une petite fille, une petite fille insouciante mais tout de même taraudée par la curiosité ; elle écarta imperceptiblement ses doigts et put constater que c'était la relève de la garde.

Un nouveau ! Elle n'avait éprouvé jusque-là aucune sympathie pour ses deux premiers ravisseurs, mais au moins ils avaient l'apparence d'hommes normaux, équilibrés. Ça ne voulait rien dire, bien sûr. Pourtant, elle s'en rendait compte maintenant, cette apparence l'avait un peu rassurée. Ils lui avaient seulement inspiré une inquiétude diffuse, comme celle que doit vous inspirer sans doute un ennemi que l'on sait respectueux des lois de la guerre. Ce n'était pas le cas du nouveau venu, mais alors pas du tout ! Ce n'était pas qu'il fût laid ni même que sa mine révélât de mauvaises intentions. En dehors de sa bouche qui était concave, ce qui lui donnait un air constamment rébarbatif, il avait un visage tout à fait commun, un visage de pékin ; dans une foule et même dans un wagon de métro, il n'aurait attiré l'attention de personne, même pas celle d'un curieux par profession.

Non, c'était son regard ; tout était dans son regard. Ses pupilles n'étaient jamais en repos, ses yeux se déplaçaient sans cesse dans leurs orbites, droite, gauche, et même par moments en haut et en bas. Si vous étiez dans leur collimateur, ils vous tournaient autour, vous rencontraient de temps à autre sans jamais s'arrêter sur vous, pas même une demi-seconde. C'était un regard de fou, de bête sauvage, de prédateur, c'est ce qu'elle ressentait. À côté, les deux autres lui semblaient inoffensifs, protecteurs même, presque paternels, surtout le chef. Constance eut soudain la tentation de la leur demander, leur protection, là, maintenant, contre cet illuminé, ce « pas tranquille », comme on dit à Marseille. Mais au moment même où elle y songeait le premier geôlier s'éclipsait par la porte blindée – nouveau souffle léger et sinistre résonance – la laissant seule avec le fou, le regard du fou.

Justement il virevoltait sur son visage, son corps et tout alentour, ce regard, comme s'il voulait prendre possession d'elle et en même temps se défiait de quelqu'un qu'il tentait de repérer, on ne savait qui, un improbable témoin gênant dans cette enceinte de pierre. Mais il n'y avait rien, personne, qu'eux deux. Puis l'homme l'abandonna un instant. Il posa à terre une pile de revues qu'il avait sous le bras et que Constance n'avait même pas remarquée. Piètre diversion ! C'était le chef qui devait les lui avoir remises. Ensuite, sans un mot, il s'assit sur le siège de son prédécesseur et baissa les paupières. Enfin !

Ça n'allait pas mieux pour autant. Que cachait ce masque ? Ça la faisait gamberger, c'était presque pire que tout à l'heure.

Le type finit par se ranimer. Il se leva, prit la pile de journaux et entreprit de décadenasser la grille qui le séparait de Constance. Elle songea fugacement à l'attaquer, une pensée comme une autre, un peu folle, mais par quel moyen ? Il n'y avait rien ici qui ressemblât à une arme ; et puis il était costaud, moins que les autres, mais costaud, et sûrement méfiant. Elle-même n'était pas manchote mais c'était un petit gabarit. Tout bien considéré, rien à espérer de ce côté-là. Il posa son fardeau sur le lit, porta les mains à ses hanches et, la toisant, lui dit :

— Alors, poulette, on s'ennuie ? La lecture, évidemment c'est pas mal contre l'ennui. Mais tu sais, il y a d'autres passe-temps bien plus agréables…

Constance frissonna. Au fond, elle s'y attendait. Avec ce type elle avait tout de suite su. Ses craintes se réalisaient donc. Elle s'efforça de ne laisser rien paraître. Garder son sang-froid, surtout garder son sang-froid ! Ce sale mec était du genre à jouir de la peur de ses victimes. Si par malheur elle faisait mine de flancher ça allait l'exciter. Elle se souvint qu'elle avait déjà été agressée, une fois. C'était aux confins d'une gare, en pleine nuit. Alors que son agresseur l'avait précipitée contre un camion et immobilisée, au lieu de crier, de se débattre et d'appeler au secours, elle lui avait simplement dit: « Écoute... Laisse tomber, je te file cinq cents balles et tu vas voir une pute ! » Le bonhomme était resté comme deux ronds de flan, ça lui avait coupé la chique, elle n'avait même pas été obligée de tenir sa parole et de lui filer le fric.

Mais là, c'était pas tout à fait pareil, rien à voir même. Elle n'avait pas affaire à un traîne-savates mort de faim traînant dans une gare à la recherche d'un abri pour la nuit et qui avait flairé un bon coup. Elle était enfermée avec un type limite psychopathe, placée d'ores et déjà dans la position d'une proie. Elle se leva sans hâte et, dans le recoin entre la grille et le lit, s'adossa au mur, face à lui. Il la détailla effrontément, ses yeux dansaient la gigue. Il commença à s'approcher d'elle posément. Elle prépara son coup et, dès qu'il fut à la portée nécessaire, ni trop loin, ni tout contre elle, elle lui balança un terrible coup de genou dans l'entrejambe.

***

Chapitre XVII

J'étais très excité ; comme un gamin. J'avais hérité d'une belle affaire et il y avait bien longtemps que ça ne m'était pas arrivé. Je sais, cette excitation était assez puérile et même, par certains côtés, indécente. C'était d'ailleurs ce que n'avait pas manqué de me dire Billie, hier soir. Elle n'était pas de bonne humeur, ça lui arrive…

— Il y a une fille qui a été enlevée, qui est séquestrée, qui est peut-être même morte assassinée à l'heure où on parle et toi tu te frottes les mains parce qu'on fait appel à toi, qu'on t'a choisi. D'ailleurs, il faut être clair sur les intentions réelles de ce député, ne pas te faire d'illusions. À mon avis, c'est pas parce que tu es le meilleur qu'il est venu te trouver, c'est tout simplement parce qu'il n'a aucune confiance en ses amis. Tu lui apparais, par comparaison, comme le chevalier blanc.

— C'est déjà pas mal, non ? rétorquai-je.

— Oui, c'est vrai, m'avait-elle concédé.

Puis, changeant de ton :

— Excuse-moi, je suis un peu sur les nerfs. Dure journée ! En arrivant à la maison, je pensais t'en toucher un mot, j'en avais bien besoin. Voilà, je pensais t'en parler, pour une fois. Et puis tu me tombes dessus avec tes sempiternelles histoires de malfrats…

Après ça, elle avait été cool, plus du tout amère ni agressive et m'avait expliqué son problème : un gamin qui était devenu soudain violent et qu'elle n'était pas parvenue à calmer. Il avait commencé à tout casser dans les bureaux, l'horreur ! Et il avait fallu faire appel à la police.

— Un échec, quoi ! avait-elle dit.

J'avais distillé quelques bonnes paroles, vagues, mais n'avais pas osé engager une vraie discussion comme il m'arrive de faire dans ces cas-là, la rassurer, relativiser le truc. Je craignais qu'elle ne fût, au fond, dans les mauvaises dispositions que je lui connaissais, à la recherche d'un bouc émissaire pour passer sa colère ; et comme j'étais son bouc émissaire favori, je me méfiais. Et puis, honnêtement, j'étais tout à mon histoire... Mais non, je me trompais car ensuite elle était d'elle-même revenue vers moi et m'avait congratulé, allant jusqu'à faire preuve d'une curiosité que j'avais trouvé sympathique et dont j'avais aussitôt profité sans vergogne. Je me demande si je ne suis pas un tantinet égocentrique, parfois...

Je lui avais expliqué en long et en large où j'en étais, ce que j'avais fait dans la journée, ce que j'espérais pour le lendemain. J'avais balancé une commission rogatoire à la police judiciaire et exigé de travailler avec la brigade du commissaire Barthélemy, cette fameuse brigade, financière à son heure de gloire, aujourd'hui brigade à tout faire et totalement dépouillée. On n'avait pas réussi à évincer son chef, un grand flic de l'avis de tous, mais considéré comme incontrôlable. Alors, peu à peu, il avait vu partir ses hommes à droite et à gauche, jamais remplacés. Lui, on n'avait pas osé le déboulonner, trop vieux, une réputation trop flatteuse ; et puis il était détenteur de trop de secrets, des secrets concernant les uns et les autres. C'était un type malin qui avait dû conserver des dossiers, ou le faire croire... Il m'avait envoyé l'inspecteur Juston, commandant comme on dit aujourd'hui, un de ses derniers fidèles, un type avec lequel j'adorais travailler. C'était une exigence de ma part, je le voulais impérativement comme directeur d'enquête et comme, sur ce coup, on ne pouvait rien me refuser...

Après avoir entendu le père Sicardi le matin, j'avais conféré avec Juston et nous avions très vite fait le rapprochement entre l'enlèvement et des voitures incendiées, précipitées ensuite ou en même temps du haut du cap Canaille, à Cassis. J'avais réquisitionné pour Juston la vedette des douanes et il était parti avec des types de l'identité judiciaire pour repérer les lieux, les carcasses, rechercher des indices, faire des photos et voir ce qu'on pourrait en tirer.

Ce matin il était là, dans mon bureau, avec seulement des photos. Ils n'avaient pu débarquer en bas de la falaise car la mer était trop grosse. Mais on n'aurait pas besoin de recourir à des plongeurs parce que le cap ne plonge pas directement dans la mer. Les voitures étaient donc là, sur les rochers, mais proprement calcinées. Peu de chance qu'on puisse faire des prélèvements en vue d'une recherche d'ADN.

Nous regardions les photos, il y en avait un paquet. Les gens de l'identité judiciaire ne lésinaient pas : on leur avait tellement dit qu'il fallait mitrailler, notamment les scènes de crime, bêtement, sans se poser de question parce que, ceux qui devaient se poser les questions, c'était pas eux, mais les enquêteurs, les vrais...

Dans cette pléthore, j'en trouvai deux qui m'intéressaient. On distinguait, à peu près à mi-hauteur de la falaise, un point de couleur, dans les bleus, qui m'intriguait. Malheureusement on ne voyait pas grand-chose, que cette simple tache de couleur et aussi un peu de vert, derrière.

Je sortis de mon tiroir une loupe équipée d'une petite lampe. J'avais trouvé cet instrument au magasin Nature & Découvertes au moment où ma vue avait commencé à baisser et je m'en servais à l'occasion pour examiner dans le détail les pièces à conviction. Jusque-là sans grand succès, il faut bien le dire. Je ne la montrais pas volontiers de peur de m'attirer des sarcasmes. D'ailleurs, Juston, malgré la déférence qu'il avait coutume de me témoigner (mais il n'en pensait pas moins...), ne manqua pas l'occasion.

— Un vrai Sherlock, lança-t-il.

Ces paroles allaient lui rentrer dans la gorge !

La loupe avec sa petite lampe me permit de distinguer infiniment mieux ce qui me chiffonnait. C'était un pin, un bon vieux pin qui ne voulait pas s'effondrer irrémédiablement dans le vide et mourir desséché en contrebas sur les rochers. C'était presque la fin pour lui mais il s'accrochait encore de toute la force de ses racines dénudées et non seulement il s'accrochait, lui, mais en plus il supportait autre chose, un parasite en quelque sorte qu'il devait maudire à n'en pas douter. Ce parasite, bon Dieu, c'était une portière ! Une portière qui ne semblait pas avoir brûlé comme le reste. Ils avaient dû foutre le feu à l'instant même où ils poussaient la voiture dans le vide et l'épave, en se fracassant contre les saillies de la falaise, y avait laissé sa portière avant que le feu ne l'ait atteinte.

— Qu'est-ce que vous pensez de ça, Juston ?

Il avait pris en main l'instrument qu'il trouvait ridicule quelques instants auparavant et regardait, regardait de tous ses yeux bien plus jeunes que les miens.

— C'est une portière ! dit-il bêtement.

— Bien sûr que c'est une portière ! Et il va falloir aller la chercher. Vous allez faire un peu d'escalade, Juston !

— Certainement pas, j'ai le vertige !

Juston est un type formidable, Dieu sait que je l'apprécie, mais il n'est pas toujours beau joueur…

***

Chapitre XVIII

Wagner ne put retenir un gémissement, ça lui avait fait trop mal et il ne s'y attendait pas, alors là pas du tout ! Pas terrible pour un flic devenu barbouze puis mercenaire… Il s'était jeté en arrière mais trop tard, juste après le coup malheureusement, parce qu'il dégustait bordel ! Par réflexe, il s'était ensuite mis sur la défensive. Mais ça ne servait plus à rien. Après avoir porté son coup la salope n'avait pas bougé de son recoin.

Elle est folle, ma parole, cette fille est folle, complètement barje ! Elle cherche quoi : la cogne ? Qu'est-ce qu'elle croit ? Putain, je vais la pourrir !

Mais il n'en fit rien. Rien de rien. Que dirait le commandant s'il la pourrissait comme, sous le coup de la colère et de la douleur, il en manifestait bêtement l'intention ? Déjà qu'il n'était pas dans ses petits papiers ! Il préféra oublier le commandant pour revenir à la salope. Il en avait gros sur la patate, il serrait les dents. Et puis cette fille, putain, elle aurait mieux fait d'accepter ses avances ! Un dernier petit coup, celui de la condamnée, c'était bon à prendre ! Surtout qu'il n'était pas mauvais du tout à ce jeu-là, rares étaient les femelles à qui il avait laissé un mauvais souvenir ; sauf bien sûr celles qui n'étaient pas d'accord, les connes ! Cette pute prétentieuse, elle aurait au moins gagné ça avant le grand saut. Qu'est-ce qu'elle s'imaginait ? Qu'elle allait s'en sortir ? Bien sûr il n'en savait rien, lui, officiellement en tout cas, mais il était prêt à mettre sa main au feu qu'elle était foutue. On ne prendrait sûrement pas le risque de la laisser en vie. Il se prit à rêver qu'on le chargerait, lui, de cette exécution. Les autres, même le commandant, ça ne devait pas leur faire envie, liquider une femme… Lui, ça le dérangerait pas, surtout après ce qui venait de se passer. Il s'y voyait même déjà : on le laisserait faire, à sa guise. Les autres, ces types qui avaient encore des scrupules, ils lui laisseraient carte blanche. Et là, putain, hmm…

— Tu vas regretter ça ! lui lança-t-il avant de franchir la grille à reculons, le corps cassé, les mains protégeant ses couilles en un geste ridicule et désormais inutile.

Constance n'en avait pas l'air, peut-être, mais elle tenait à peine sur ses jambes. Elle s'arc-boutait contre le mur derrière elle pour ne pas s'effondrer. Elle y avait plaqué ses mains, déjà posées là pour prendre appui avant l'assaut. Elle les laissait aussi de peur qu'on ne les voie, qu'il ne les voie, mal assurées et tremblantes. Que c'était dur ! Ça demandait tant de forces, d'énergie, d'abnégation ; alors qu'elle se sentait si molle et si fatiguée, que tout ce qui lui arrivait la poussait au contraire à laisser tomber, à se répandre là, à s'abandonner… À quoi bon, après tout !

Le type avait, avant de s'asseoir, fait faire un quart de tour à la chaise de toile de sorte qu'il n'était plus face à la cellule, face à elle. Il ne pouvait plus la surveiller que de biais, que du coin de l'œil, comme on dit si justement. Son regard de fou n'était plus posé sur Constance, ouf ! Elle mit un moment à décrypter ça, à réaliser, à comprendre enfin que c'était le signe d'une victoire, pas seulement d'un répit mais d'une victoire, de sa victoire !

Bon Dieu, était-ce possible ? Elle l'avait maté ! Du coup elle se trouva mieux. Elle ferma les yeux et s'efforça de respirer plus calmement. La chamade de son cœur s'apaisa peu à peu jusqu'à ce qu'elle n'entendît plus rien d'anormal de ce côté-là. Elle se décolla imperceptiblement du mur pour s'assurer que ses jambes la supportaient, fit quelques pas pour s'asseoir puis s'allongea sur le lit. Elle se remit sur le flanc, tournant le dos au prédateur déboussolé puis laissa vagabonder ses pensées. Ce n'était pas drôle. Ce qui lui venait, c'était des idées noires et une envie impérieuse de se lâcher, laisser cheminer les sanglots venus de si loin, du corps, du cœur, de son enfance, des épisodes de sa jeunesse toute proche lorsque, par son intransigeance, elle avait brisé des liens si précieux, des liens dont elle aurait eu tant besoin aujourd'hui. Elle eut une pensée précise pour son père, une pensée généreuse, elle imaginait les affres dans lesquelles il devait se trouver à cette heure…

Elle sombra ensuite dans une pénible léthargie qui eut pour seul avantage de faire passer le temps infiniment plus vite que la conscience qu'elle en avait, et ce fut à nouveau le petit courant d'air et le claquement de la porte qui l'en sortirent. Elle se retourna. Le chef était de retour. Elle en fut soulagée. Il était accompagné d'un autre homme. Celui-là, elle ne l'avait jamais vu, lui sembla-t-il, mais ça ne voulait rien dire, elle était dans un tel état ! Au moins avait-il une bonne tête : pas une tête d'honnête homme toutefois, un roublard, se dit-elle, en tout cas ni un tueur ni un fanatique. Il mâchait un chewing-gum avec la satisfaction d'un gamin. Mais tout cela ne voulait rien dire, elle le savait bien, ça la rassurait seulement par rapport à l'autre. Le chef pénétra seul dans la cellule, il lui apportait deux bouteilles d'eau minérale et des bocadillos qu'il posa sur un tabouret. En même temps qu'il froissait le papier d'emballage, il lui dit :

— Pas de lecture ?

Elle lui répondit :

— Pas eu le temps ! Et elle lui fit une grimace et un discret signe de la tête en direction du salopard.

Il comprit. Bon Dieu, ce type, qu'elle aurait volontiers taxé de primaire, de brute, de marginal, était un intuitif, il comprenait vite, très vite. À moins qu'il n'ait déjà eu des doutes…

— Tu peux partir ! dit-il à l'adresse du prédateur.

C'était un ordre. Il était vraiment du genre à ne donner que des ordres, même sous couvert de tournures aussi anodines. L'autre s'exécuta d'ailleurs aussitôt. Le courant d'air, le claquement, libérateurs cette fois.

— Il s'est passé quelque chose ? demanda ensuite le chef à Constance.

— Pas grand-chose, si je m'en tiens à votre système de valeurs. Il a seulement essayé de me violer !

Le chef continuait à malaxer le papier d'emballage qui était pourtant déjà en l'état d'une toute petite boule. Puis :

— Ça ne se voit pas !

— Mais... parce qu'il n'y est pas arrivé ! Allez donc le chercher et demandez-lui de vous montrer ses couilles !

La violence autant que la singulière grossièreté du propos eurent un impact sur le flegme habituel du type. En vérité il était soufflé, Constance repéra ça. Pour une fois il était, pour quelques instants, sorti des clous, des clous qu'il avait dû se fixer un jour pour entrer dans le personnage qu'il s'était assigné. Il demeura un moment silencieux, martyrisant la petite boule de papier gras qu'il avait toujours en main.

— Il ne reviendra plus, nous tournerons à trois.

Il l'avait crue sur parole ! Épatée. Constance ! Épatée à son tour. Elle jeta un œil sur le roublard, à côté. Il n'avait pas bronché, lui, même pas manifesté la moindre surprise, la moindre désapprobation, la moindre déception, alors que ce qu'il venait d'entendre n'était tout de même pas anodin et qu'ils allaient tourner à trois, faire les trois-huit dans cette cave. C'était un sacré bon petit soldat, ce roublard ! Il devait avoir la confiance de son chef et c'était réciproque. Il continuait à mâcher son chewing-gum, imperturbablement. Il continua encore, sans même le changer, après que son chef eût quitté les lieux.

Constance se sentit soudain mieux, infiniment mieux. Elle se saisit d'un bocadillo et l'attaqua avec un vrai appétit. Il était bon. Tout simple : un peu de beurre et du jambon cru, du serrano probablement, peut-être de l'iberico après tout, il était très fin, très goûteux, et ce fameux type lui semblait capable de lui offrir le meilleur. Elle en prit un autre et le tendit vers son nouveau geôlier :

— Vous en voulez un ?

— Non merci, j'ai déjà mangé.

— Nous sommes en Espagne ?

— En Espagne ? Ça se pourrait…

— J'ai vu sur le papier d'emballage. Il devait y avoir aussi le nom du magasin mais j'ai vu « Bocadillo ». Enfin, presque tout le mot et aussi quatre lettres : P, L, A et Z. Ça devait être le début de Plaza, quelque chose.

— Alors, va pour l'Espagne, pourquoi pas ?

— Vous n'êtes pas très causant. Vous avez des ordres ?

— C'est ça. Et en plus on m'a dit que vous étiez futée. D'ailleurs, je m'en aperçois…

Constance laissa tomber, ça ne servait à rien. Elle savait qu'elle n'en tirerait rien de plus. Gardant d'une main son bocadillo, elle se saisit de la première revue, par terre. C'était un vieux *Match* en français : people et compagnie… Du politique en plus ! Quelle horreur ! Alors qu'elle consultait avec dégoût tout cet étalage sans saveur, l'autre l'interpella :

— Alors, vous lui avez donné une leçon ?

— Une leçon ? À qui ?

— À mon collègue, avant moi. Quand je dis collègue…

— Il a essayé de me sauter, le salaud !

— Ça me plaît, ce que vous lui avez fait. C'est bien fait pour sa gueule ! Et quand je dis sa gueule…

— C'est qui, ce type ? Vous le connaissez depuis longtemps ?

L'autre se traça de l'index une croix imaginaire sur la bouche. Constance comprit. Cet élan de sympathie, c'était déjà pas mal, un bon commencement. Il ne fallait pas brûler les étapes. Elle fit mine de s'absorber dans son journal de merde.

***

Chapitre XIX

Sicardi se pointa à nouveau dès le lendemain en fin de matinée. Merde… on avait dit tous les deux ou trois jours… En plus, malin le type, il arrivait à cette heure-là parce qu'il avait des chances de me faire traîner en rognant sur la trêve de midi… En même temps, il avait besoin de parler, je comprenais ça ; et s'il devait avoir à sa disposition un paquet d'oreilles compatissantes, il y avait aussi de bonnes chances pour que ces oreilles-là soient, si je puis dire, des oreilles de faux-cul. Il attaqua :

— J'ai oublié de vous dire un truc. Voilà : Constance était très surveillée. Par les gendarmes du coin, bien sûr, mais aussi par la DST devenue comme vous le savez la DCRI. C'était l'ultra-gauche, vous comprenez ? Il y a des gens dans mon parti qui estiment, après la mise hors jeu des communistes avec la chute de l'URSS, que le danger vient de là. Ils leur prêtent des accointances avec les Palestiniens, les Tchétchènes, les Kurdes et que sais-je encore… Tout ça parce qu'un ou deux excités ont été retrouvés, lors de la première guerre d'Afghanistan, aux alentours des camps d'entraînement des talibans. Du coup, ces ultragauchistes, on leur met sur le dos tout ce qui, en France, peut ressembler à un acte terroriste ou de sabotage. C'est bien commode…

— Monsieur Sicardi, j'ai déjà pensé à ça, je veux dire à une barbouzerie. Du moins, je ne l'ai pas exclue, pas du tout. Je suis un type suspicieux vous savez, par profession et par expérience. Bien sûr je n'avais pas songé aux Palestiniens ou aux talibans car le bestiaire des hommes de droite m'échappe un peu, mais le fait qu'on mette sur le dos des gauchistes un certain nombre de faits non élucidés, ça ne m'avait pas échappé, voyez-vous. C'est le vieux principe du bouc émissaire. En plus, ici, ça a un intérêt, ça disqualifie les groupes gauchistes qui emmerdent bel et bien le pouvoir et peuvent en effet constituer un danger, un danger politique. Tout ce travail de votre fille et de ses copains dans les usines qui ferment ou délocalisent, ces opérations gratuité pour les pauvres dans les supermarchés, ces expéditions contre les champs de maïs transgéniques et j'en passe, ça fait des adeptes de la rupture et, par les temps qui courent, ça peut finir par inquiéter…

Il me parut rasséréné. Il dit encore à mi-voix :

— Vous savez, ma fille, moi je ne la condamne pas comme font les autres, ceux que vous considérez comme mes amis. J'ai même… de l'admiration pour elle. Je ne la comprends pas, c'est tout. Enfin… je ne la comprenais pas. Aujourd'hui… je ne sais plus trop quoi penser.

Ma position ne me permettait pas de me lancer sur ce terrain. Je pris seulement un air compréhensif et gardai le silence. Il dut comprendre à regret que l'entretien était terminé. Ma compagnie devait cependant lui plaire et il fit une dernière tentative :

— Du nouveau ?

— Depuis hier matin, non, monsieur Sicardi. Enfin… des éléments sans intérêt apparent, des éléments qui relèvent de la routine, qu'on va examiner, mais rien qui ouvre la moindre piste pour l'instant. Sinon je vous l'aurais dit. Je vous ai promis de vous tenir au courant et je tiendrai parole.

Il se leva, me tendit une main ferme que je pris, me tourna ensuite le dos pour sortir. Il était voûté, il se tenait comme ça maintenant, plus du tout cette allure altière d'homme politique en pleine réussite. Il devait passer son temps à ruminer, le jour, la nuit. Il ne devait guère dormir. Il était épuisé.

*

À 2 heures, je reçus un coup de fil de Juston. Les pompiers avaient escaladé la paroi du cap Canaille et avaient remonté la portière. C'était une portière avant gauche. Les types de l'identité judiciaire avaient aussitôt passé au peigne fin sa garniture et avaient trouvé dans le vide-poches quelques poils et cheveux. On allait analyser tout ça au laboratoire de police scientifique, repérer les ADN et les comparer avec ceux de la banque de données nationale. D'ordinaire ces analyses prennent une dizaine de jours, mais là, me dit Juston, on allait faire vite et on devrait avoir les résultats dans les quarante-huit heures. Ça ne donnerait peut-être pas grand-chose, beaucoup de travail pour rien.

L'instruction judiciaire, c'est comme ça: alors que les voyous réagissent à cent à l'heure, nous, on suit notre petit bonhomme de chemin, on réfléchit, on analyse, on suppute et on engrange plein d'informations dont la plupart ne présentent aucun intérêt. Notre avantage, c'est que rien ne peut nous arrêter en principe: une fois le juge saisi, à moins qu'il ne soit mauvais, mal secondé ou malhonnête, il avance comme un lent rouleau compresseur. Ça dure souvent des mois, des années parfois, et le jour où la vérité éclate, ça semble ne plus servir à grand-chose. Mais on juge, tout de même. Tout est mis sur la place publique, et les gens savent, ils se font une opinion, du moins peut-on l'espérer, et ils sont un peu rassurés, ils ont une justice capable de stigmatiser tout le monde et à l'occasion les puissants. Voilà qui fait bien dans le décor, même si ce n'est que le décor.

Ça me tapait sur les nerfs, cette démarche aveugle, ces espoirs aléatoires, cette attente, mais j'y étais habitué. Non, dans cette affaire, ce qui me perturbait, c'était qu'on recherchait quelqu'un pour essayer de le sauver. Il y a des statistiques sur les enlèvements et ce qu'elles nous disent, ces statistiques, c'est que chaque jour passé amenuise l'espoir de retrouver la victime vivante ! Et là, les jours passaient, irrémédiablement.

Enfin... on faisait ce qu'il fallait, on n'oubliait rien, me semblait-il, le devoir s'accomplissait. Ça, au moins, c'était rassurant.

***

Chapitre XX

Le temps passait pour Constance d'une manière tout à fait désordonnée. Le jour, la nuit, tout cela n'avait plus aucun sens. Elle s'endormait lorsqu'elle était fatiguée, souvent ; probablement pour des périodes brèves, mais elle n'en savait rien. Elle feuilletait machinalement les revues qui étaient là, à sa disposition, sans y trouver d'autre intérêt qu'une sorte de dérivatif amer. Au milieu de la pile, elle en avait tout de même trouvé une d'une tonalité différente. C'était une sorte d'ouvrage d'art à vocation touristique sur l'Andalousie. En espagnol, anglais et français. L'Espagne encore… Ça pouvait avoir un sens ou ça pouvait tout aussi bien être un piège, une sorte de leurre… Elle essaierait d'en avoir le cœur net.

L'équipe, en tout cas celle chargée de la surveiller, était donc constituée de quatre hommes. Le premier, qu'elle avait vu à son réveil, le chef ensuite, le prédateur et enfin le roublard qui était là en ce moment. Celui-là, après les premiers échanges, était resté désespérément silencieux. Méfiant, il avait dû recevoir des ordres. Elle avait tout de même pu, grâce aux premiers échanges, repérer chez lui une pointe d'accent, méridional mais un peu lent et dur, ce devait être un Corse. Il était resté assis à son poste, mâchonnant son éternel chewing-gum, sans rien faire, si ce n'était se lever de temps à autre pour se dégourdir les jambes, et sans jamais manifester le moindre ennui, même pas un bâillement. Il avait vraiment une âme de sentinelle. Combien de temps était-il resté ? Impossible à dire car elle s'était assoupie ou même carrément endormie plusieurs fois.

Il venait d'être relayé par le chef lui-même. Celui-là n'obéissait pas aux ordres, tout au moins quant à la conduite à tenir, il les donnait. Il lui avait encore amené des victuailles. Il la gâtait ma parole ! Des plats préparés, cette fois : un taboulé (elle avait horreur du taboulé) et des manchons de poulet grillés pimentés, ils étaient encore chauds. Il avait déposé ça en silence et était retourné s'installer dans le fauteuil. Ce fauteuil, c'était leur guérite à eux. Pas le moindre mot pendant tout ce temps-là.

Et enfin :

— Besoin de quelque chose ?

— Ma liberté !

— Trop de gens prétendent avoir besoin de liberté. C'est de là que vient le désordre du monde…

Malgré son envie, elle ne voulait pas le suivre sur ce terrain-là, il y avait un tel fossé entre eux ! À quoi bon engager une polémique ?

— Vos revues, à part une, c'est de la soupe pour midinettes.

— Excusez-moi, je n'ai pas grand-chose sous la main et, je vous l'ai dit, les journaux sont exclus.

— Des livres, alors ?

— Des livres ? Pourquoi pas… Quel genre ?

— Tiens, sur la guerre d'Espagne, puisque nous y sommes !

Il sourit. C'était la première fois qu'elle le voyait sourire. C'était un sourire agréable a priori, ça le rajeunissait, mais il y avait quelque chose d'amer, de désabusé là-dedans. Était-ce la vie dans son ensemble ou ce qu'il était en train de faire maintenant, avec elle ? Cette réflexion la fit frissonner.

— Vue de quel côté, la guerre d'Espagne ? dit-il.

— N'importe quel côté. De toute façon, la connerie, ça se repère assez facilement.

— Je n'ai aucune sympathie pour les franquistes, la phalange et l'Opus Dei, si c'est ce que vous voulez dire. Il n'y a qu'une qualité que je leur reconnais, c'est leur nationalisme. Quant à ce qu'ils ont fait… Je ne suis pas un monstre, quoique les autres, les communistes et les anarchistes, aient aussi des choses à se reprocher… Mais, dites-moi, pourquoi l'Espagne ?

— Mais parce que nous y sommes !

— Futé ! Quoique plutôt facile. Ce sont les bocadillos ?

— Entre autres…

— Et si je voulais vous faire croire ça, tout simplement. Alors que nous sommes en réalité, je ne sais pas, moi, à Aubagne, à Toulon ou à Manosque. Il y a plein de coins tranquilles dans les environs de Marseille !

— Il n'y a pas que les bocadillos.

— Quoi d'autre ?

— Ah, ça…

— Vous voulez me faire croire que mes hommes se sont lâchés ou qu'ils ont déconné ? Dit-il, souriant à nouveau. Je vous vois venir, vous voulez semer la zizanie ? C'est ça ? Je vous crois très douée, vous savez, mais franchement, espérer ça, c'est se foutre le doigt dans l'œil. J'ai une confiance totale dans mes hommes et, à l'inverse, si, par bêtise, ils font une connerie, ce qui peut arriver, ils me le diraient sans attendre, ils savent bien que je ne leur en voudrais pas vraiment. Une engueulade c'est tout, ça leur arrive de temps en temps. Ils ne le prennent pas mal. Ce sont des relations particulières, des relations de soldats, de soldats et d'officiers. Des relations d'hommes qui ont un but commun, un idéal. Vous ne pouvez pas comprendre ça.

— Épargnez-moi ça ! Ce sont des mots, des mots creux. Et tout ce folklore militaire qu'on connaît par cœur avec les récits de guerres, les épopées martiales et le cinéma américain qui a pris le relais, celui-là plus ou moins financé par le Pentagone… Plus fort que l'armée française, le Pentagone ! Vous voulez que je vous dise ? Vos histoires d'hommes, ce sont en réalité des histoires d'enfants qui ne veulent pas grandir, qui ont peur de grandir et qui, au moment de quitter leur famille, décident d'en trouver une autre : l'armée. Un vrai cocon, aucune responsabilité, le soldat obéit à l'officier, l'officier obéit à l'officier supérieur, l'officier supérieur au général et ainsi de suite. Comme ça, si on doit faire une saloperie, pratiquer la torture ou massacrer des innocents, par exemple, on dit que c'est les ordres et que les ordres sont sacrés. En plus, quelquefois, pour se rassurer, on se dit que cette saloperie qui en est bien une, comme ça, à première vue, elle a un but caché qu'on ignore et qu'on n'a pas à savoir. C'est le boulot des chefs, ça. L'obéissance comme idéal, le respect du chef et l'amour du chef pour ses hommes en qui il a entière confiance, comme vous dites : ne sont-ils pas prêts à se sacrifier pour lui ? Foutaises tout ça ! La vieille rengaine, quoi ! Mais quand vous parlez comme ça de vos hommes, vous voulez parler du baroudeur et du petit roublard... Et l'autre, monsieur l'officier, l'autre, vous avez confiance en lui ? Mais oui, ne faites pas l'innocent, vous savez de qui je parle, celui qui m'a...

Elle ne put poursuivre, la parole coupée par un sanglot inattendu. Lui, il demeura silencieux. Il devait être gêné. Une histoire de femme, terrible, il le sentait bien ; mais il ne devait pas connaître grand-chose aux femmes.

— De toute façon, reprit-elle un peu plus tard, vous me racontez tout ça, et vous pensez à autre chose, je le vois bien. Quelque chose de grave, de lourd à porter, et je me demande si cette chose n'est pas en rapport avec moi...

Elle n'obtint aucune réponse. Il ne la regardait même plus. Peut-être n'osait-il plus la regarder ? Elle éleva le ton :

— Qu'allez-vous faire de moi ? Pourquoi m'avez-vous enlevée, pourquoi me gardez-vous prisonnière ?

— Les ordres, dit-il abruptement.

— Et c'est quoi les ordres, maintenant ? Après l'enlèvement et la séquestration, la suite des ordres, c'est quoi ?

— Écoutez, Constance, je ne sais pas, je vous jure que je ne sais pas.

Il avait repris son assurance et, pour la première fois il la nommait ; son prénom ! Elle ne voulait pas relever ça, cette familiarité presque affectueuse dans ce contexte. Elle insista, elle parlait fort, elle était hors d'elle :

— Et ça pourrait être quoi, monsieur l'officier, ça pourrait être quoi, les ordres ? Le pire ? Soyez courageux, soyez donc courageux, expliquez-vous ! Qu'avez-vous à craindre ?

— Constance, faites-moi confiance. Il n'est pas question de ce à quoi vous pensez. Et puis je ne suis pas un monstre, je vous l'ai déjà dit, il faut me croire !

— Celui qui obéit aveuglément, comme vous semblez le faire, est pire qu'un monstre !

— Calmez-vous. Ça ne sert à rien de s'angoisser comme vous le faites. Et puis vos craintes ne reposent sur rien. Faites-moi confiance, c'est tout ce que je peux vous dire, pour l'instant en tout cas.

***

Chapitre XXI

C'était tout simplement comme il en est des négociations entre diplomates, il n'y avait pas de quoi s'inquiéter. Ils s'étaient quittés la veille sur un échec et s'étaient juste mis d'accord pour reprendre les pourparlers le lendemain, c'est-à-dire aujourd'hui. Statu quo sur le sort de Constance Sicardi ! Statu quo provisoire, à rediscuter à la séance suivante, celle qui allait maintenant commencer. Voilà ce que pensait Goulard-Marty, le Grand Maître de la Nouvelle Ligue. Ou tout au moins voilà comme il s'efforçait de penser.

Lui, il ne voulait pas céder, pas question, en aucun cas ! Ça ne lui aurait pas coûté grand-chose de dire qu'il s'occuperait de tout et de laisser partir l'autre, de le laisser partir l'esprit allégé comme son chef, le président, qui lui avait si élégamment laissé porter seul le fardeau de la cellule grise. Mais si le conseiller acceptait d'être le larbin du président, de se faire baiser par ce monarque aux petits pieds, le Grand Maître, lui, n'était en aucun cas le larbin du conseiller, ni quoi que ce soit de ce genre, bien au contraire ! Et ce n'était pas parce que ça lui aurait été facile de donner un ordre définitif dans cette affaire Sicardi, ordre qui, de toute façon, devrait être donné un jour ou l'autre, qu'il allait laisser le conseiller Vernier s'en tirer à si bon compte !

Et puis ce type, ce Vernier, accueilli par la Ligue, formé par la Ligue, poussé par la Ligue, porté au sommet par la Ligue, allait-il maintenant leur chier dans les bottes après avoir déjà chié dans ses brailles ? Et bien que parvenu aux postes de commandes de la France, ce cher et vieux pays, allait-il hésiter encore à prendre une décision nécessaire ? Éliminer un homme, ou une femme, au regard de l'Histoire, qu'est-ce que c'était ?

C'était un lâche, ce Vernier, un couard, il n'était pas à la hauteur et c'était en lui qu'ils avaient malencontreusement placé leur confiance : une erreur. Mais peu importait. Cette décision-là, c'était lui qui devait la prendre, question de principe et aussi de stratégie, pour le tenir, vraiment le tenir. C'était un test, un test indispensable au point où ils en étaient. Le Grand Maître se dit encore une fois qu'il aurait pu la prendre lui-même, cette décision, il n'était pas à ça près, il en avait pris d'autres, bien plus difficiles, pour la cause. Mais il ne le soulagerait pas de ça, hors de question ! Finalement le Grand Maître ne regrettait pas avoir été un peu déloyal avec lui, d'avoir fait une chose qui en principe ne se faisait pas entre Ligueurs. D'ailleurs, il se souvenait d'avoir hésité avant de prendre cette décision, une décision un peu gênante… Mais en l'occurrence il avait eu raison, l'avenir lui avait donné raison : Vernier ne méritait pas la loyauté normalement due à tout Ligueur par un autre.

Il arrivait. Le Grand Maître entendit la clef tourner dans la serrure. Il ne bougea pas de son fauteuil, ne le salua pas, attendit simplement que l'autre se fût assis. Il était dans le même état que lorsqu'il l'avait quitté la veille. Transpirant d'angoisse, dégageant l'odeur dégoûtante de la peur. Il lui dit simplement :

— Alors ?

L'autre prit un air embarrassé puis se lança :

— J'ai réfléchi. Il faut attendre, ne pas se précipiter. Cette histoire fait beaucoup de bruit. Il faut laisser tout ça se tasser. Ils ont été obligés de confier l'affaire à un juge d'instruction, un juge de Marseille. C'est Sicardi qui a imposé ça et ils se sont laissés faire. J'ai eu beau remuer ciel et terre auprès du président, il n'y a rien eu à faire. Les cons ! Les péteux ! Céder parce que c'est un député de leur majorité ! Mais bon, d'après ce que vous m'avez dit, l'affaire a été bien menée, de mains de maîtres, et par des spécialistes, des cracks ; et le juge, même s'il a la réputation d'un fouineur, va tomber sur un os, n'est-ce pas ?

Le salopard ose traiter les autres de péteux, le monde à l'envers ! Et il veut tout simplement que je le rassure, que je fasse la nounou avec sa petite personne, pensa le Grand Maître. Et qu'est-ce que c'était que ce juge de Marseille ? Un fouineur, ça voulait dire quoi ?

— Ça veut dire quoi « fouineur » ?

— Ce type, qu'on a mis sur la touche, était, paraît-il, un bon juge d'instruction financier, un type efficace et... insensible, si vous voyez ce que je veux dire. Il a sorti pas mal d'affaires avant qu'on arrive au pouvoir. C'est en réalité un connard de juge rouge. Ces juges rouges, on les a tous plus ou moins mis hors d'état de nuire.

— Mes félicitations, bien joué ! Sauf que là, votre juge rouge de Marseille, le revoilà en état de nous nuire ! Vous l'avez remis en selle et précisément dans cette affaire-là !

— C'est Sicardi. Il a exigé de confier son affaire à ce juge, il le voulait et, on ne sait pourquoi, par bêtise je pense, le procureur ne s'y est pas opposé !

— Vous vous êtes laissés faire, quoi ! Quelle autorité ! Vernier, quelle autorité ! Laissez-moi vous dire que votre président et ses sbires ne sont que des fantoches, à part quelques-uns (il voulait parler des deux ou trois ministres plus ou moins affiliés à la Ligue). Et avec tout ça, nous avons un juge excité et fouineur au cul ! Et pas moyen de nous en occuper ou tout au moins de le surveiller, les gars sont bloqués à faire les matons ! Nous sommes dans la merde, Vernier, dans la merde à cause de vous, à cause de vos faiblesses et de votre indécision !

— Rassurez-vous, nous nous chargeons de pister le juge. Le procureur nous expédie en temps réel tous ses actes, toutes les expertises, tous les procès-verbaux qu'il fait, il ne peut pas bouger le petit doigt sans qu'on soit au courant. De même pour les policiers qui travaillent pour lui, leurs PV, grâce au patron de la PJ, sont entre nos mains avant même de parvenir sur le bureau du juge !

Et le voilà fier de lui, ce con ! songea le Grand Maître. Moi, j'aimerais bien que mes gars soient libres de leurs mouvements pour contrôler la situation au lieu de se relayer dans une cave auprès d'une fille condamnée, de toute façon condamnée.

— On voit que vous n'êtes pas au contact, Vernier. Moi, j'ai eu ce matin le chef de la cellule…

— Villejuste ? le coupa le Conseiller.

Le Grand Maître tiqua. Il y eut un gros malaise.

— Qu'est-ce qu'il y a ? demanda le conseiller. Ah, pas de noms, c'est ça ! Mais nous ne sommes pas au téléphone ; et ici on ne risque rien, n'est-ce pas ?

Son angoisse sembla monter d'un cran.

— Non, non, fut obligé de convenir le Grand Maître, c'est sécurisé, vérifié régulièrement, justement par la cellule, à condition qu'elle soit disponible… Mais c'est une question de principe, Vernier, comme le fait, lors des séances de tir, pour un homme armé, de ne jamais diriger le canon vers un autre. Il faut s'y tenir, en toute occasion, cette habitude doit être pour nous une seconde nature.

En réalité il se disait que tout était enregistré, par ses soins – c'était ça son geste déloyal – et que l'enregistrement devait être recueilli tel quel, sans coupure, sinon, en cas de besoin, justement contre ce type-là, pour le mouiller, ça aurait bien moins de poids, ça sentirait le bidouillage. Et puis il s'en voulait d'avoir réagi, allez savoir si ça n'allait pas lui mettre la puce à l'oreille.

Il reprit, faisant mine de balayer l'incident :

— J'ai donc eu le chef de la cellule. Il m'a dit qu'ils sont bloqués, qu'ils attendent des ordres, qu'en plus ils sont trois à se relayer parce que l'un d'eux a un peu merdé sur le coup – ce sont des paroles de militaires, vous les connaissez – et qu'ils ne peuvent plus lui faire confiance, pour ça en tout cas. À ce propos, c'est le type que vous nous avez imposé qui a… merdé, comme par hasard…

— Navré pour eux, mais ce… sursis nécessaire, ce n'est pas

négociable. Qu'ils recrutent d'autres hommes, ils ont les moyens, on n'a pas lésiné, le CAC 40 arrose et sans demander de compte, aucun compte, c'est bien sûr leur intérêt, et ils ont d'autres chats à fouetter, mais s'ils savaient… Voilà ! Continuer comme ça, attendre que ça se tasse et après, à froid, on avisera.

Le conseiller avait repris du poil de la bête. Le Grand Maître se rendit compte que, pour aujourd'hui en tout cas, il n'y avait rien à en espérer. Mais il ne perdait rien pour attendre !

***

Chapitre XXII

La chance, la chance ! Elle semblait être avec nous. L'ADN avait parlé ! Et ce n'était pas celui du propriétaire de la voiture ou de sa femme, ou de ses enfants ; ces traces – on les avait trouvées aussi, bien sûr –, non, c'était celui d'un autre, d'un autre qui n'avait jamais été invité par cette petite famille dans la bagnole, d'un autre qui n'avait rien à foutre là, la trace d'un importun, d'un malfrat, et, pour couronner le tout, pas n'importe lequel !

C'était Juston qui m'avait annoncé la nouvelle : la séquence ADN retrouvée dans la banque de données de la police, celle d'un casseur, un roi de la serrure, un hypnotiseur de coffre-fort, comme me le dit Juston dont l'admiration n'était pas très sélective. Un casseur donc, qui s'était fait choper il y avait un peu plus de trois ans et qui, alors qu'il était bien parti pour une tranche de vie derrière les barreaux, s'était fait la malle lors d'un transfert. Une évasion spectaculaire, complètement inattendue de la part de ce genre de mec. Les journaux s'en étaient régalés, je m'en souvenais, une opération parfaitement préparée, une opération commando comme les aiment les meilleurs réalisateurs de cinéma, mais encore une fois surprenante, s'agissant d'un casseur de coffres. Qui étaient les membres de ce commando ? Ses complices ? Curieux… Juston était d'accord avec moi là-dessus.

Ç'aurait été des braqueurs, des spécialistes des fourgons blindés, on aurait compris ; mais des casseurs, de simples casseurs qui titillent les coffres-forts, non seulement ce n'était pas le genre à se mouiller comme ça pour un collègue, mais en plus ce type d'opération n'était pas du tout dans leurs cordes. Il fallait chercher ailleurs, dans sa vie, dans sa famille, dans ses relations, politiques par exemple, dis-je à Juston, qui me rétorqua que je pensais toujours à mal.

Antoine Bonacorsi, c'était son nom. Antoine Bonacorsi, dit Tino, dit Louis XVI, selon sa fiche du grand banditisme.

J'émis et fis diffuser séance tenante un mandat d'arrêt international contre lui, il y avait déjà un mandat d'arrêt lancé par le juge de Lyon chargé de l'évasion et il était recherché par toutes les polices de France, de Navarre et de l'Union européenne ; sans grand succès jusque-là, mais bon…

Je lançai ensuite Juston sur la piste de la famille, des complices, des amis ; et quant à moi je passai un coup de fil au parquet de Lyon où l'instruction qui aurait dû valoir à notre ami Louis XVI une solide condamnation avait été menée, pas à son terme mais presque. Je leur demandai de m'expédier le dossier en télécopie. Ce qui m'intéressait avant tout, c'était l'interrogatoire de personnalité et toutes les commissions rogatoires qui l'avaient suivi. Avec ça on était censé reconstituer toute la vie du type qu'on allait juger, ce que pensait de lui sa maîtresse d'école, ses profs, les voisins qu'il avait eus, certains de ses anciens copains. C'était une pièce de l'instruction qui devait permettre de déterminer si la vie qu'il avait menée ou qui lui avait été imposée était pour quelque chose dans sa malencontreuse trajectoire. Avait-il mal tourné ou n'avait-il connu que ça ? Ça permettait en tout cas à son avocat de plaider à l'audience les circonstances atténuantes, la pauvreté, les carences familiales, la rue « Vous avez entendu mesdames et messieurs les jurés ? Vous savez d'où il vient, ce qu'il a vécu ? Alors je vous demande, à vous et à mesdames et monsieur les magistrats de la Cour, pour un instant, de fermer votre code et d'ouvrir votre cœur » et au procureur de faire croire que le bonhomme est, par nature, un sacré vicelard inaccessible à tout amendement

« Déjà, tout petit, sa maîtresse d'école le trouvait dissimulateur, sournois, manipulateur… »

Moi, ce qui m'intéressait, pour l'heure en tout cas, ce n'était pas tout ce folklore d'audience, c'était ses relations, des types qui lui auraient été suffisamment attachés ou qui auraient eu avec lui des intérêts suffisamment importants pour se mouiller au point de monter une opération commando pour le faire évader.

En fin de matinée j'avais reçu toutes les pièces du dossier judiciaire de Tino Bonacorsi et, vers midi et demie, je téléphonai à Juston qui me dit que, de son côté, il avait tiré des sommiers de la direction centrale de la police judiciaire un paquet de documents qu'il devait analyser. Je lui proposai donc de nous retrouver avec ses documents à mon bureau en début d'après-midi pour une séance de travail. Juge d'instruction, c'est vraiment un travail solitaire, et du coup j'aimais bien à l'occasion travailler avec quelqu'un, ça permettait de discuter, de lancer des idées, de s'interroger l'un l'autre. Juston, esprit positif et cartésien quoique manquant un peu d'imagination de mon point de vue, était un partenaire en or pour ça, une sorte de sparring-partner qui vous renvoyait les idées après une analyse à la fois sévère et pointue. Ça permettait de faire le ménage entre les bonnes et les mauvaises, ces dernières parfois dictées par un trop-plein d'imagination que l'esprit terre à terre de mon inspecteur préféré avait vite fait de remettre à sa place.

Notre travail commun commença vers 2 heures et se poursuivit tout l'après-midi. Une demi-journée pour faire plus ample connaissance avec Antoine Bonacorsi malgré son absence.

Comme il avait déjà fait l'objet de plusieurs enquêtes, qu'il avait été presque jugé et bien qu'il soit parvenu, le bougre, à singulièrement écourter sa peine, on savait à peu près tout de lui en partant même de sa plus tendre enfance. Il était né d'un père sous-officier, lui-même fils d'un sous-officier. L'ancêtre, aux dernières nouvelles, était toujours vivant et toujours dans la maison familiale, bien que presque centenaire et frappé de sénilité, disait-on. En réalité, il était atteint de la maladie d'Alzheimer mais la famille et le village tout entier ne voulaient pas en entendre parler. Là-bas, quoiqu'il pût en coûter, on gardait ses vieux ! Le père, quant à lui, était mort d'un cancer du poumon alors qu'Antoine était en détention provisoire.

Antoine avait toujours été, et était encore considéré comme un brave garçon, respectueux, serviable, généreux, discret et de parole ! Là-bas, dans ce village du Cap, on ne pouvait mieux dire. Sa maîtresse d'école qui n'était pas loin de l'âge du grand-père mais avait apparemment gardé toute sa tête, se souvenait parfaitement d'un élève attentif, discipliné et « pas idiot ». Il avait d'ailleurs passé ensuite un BEP de serrurerie à Bastia avant de partir pour Marseille où il avait pu trouver du travail.

Il avait eu une « copine » au village mais arrivé sur le continent il s'en était peu à peu désintéressé. C'était la seule réserve qu'on avait émise à son propos, et encore, d'une manière très neutre. « Loin des yeux, loin du cœur », s'était contentée de déclarer la jeune femme délaissée avec un fatalisme qui ne paraissait pas feint car elle s'était mariée ensuite avec le boulanger et avait de ce fait acquis un statut plutôt enviable au village. On pouvait la comprendre, vu la situation de son ancien fiancé, coffré dans les geôles de la république et apparemment pour un bail.

Parmi les gendarmes chargés localement de cette enquête de personnalité, il y a en avait un qui avait bien connu Antoine Bonacorsi. Il avait été entendu par son chef. Bien que le procès-verbal d'audition n'en fît pas mention, on lui avait probablement retiré son képi pour l'occasion, histoire de respecter la procédure à la lettre. Il en disait aussi du bien : correct, très correct… à l'époque. Il disait toutefois une chose qui me parut intéressante. Antoine militait pour le RPR, collait des affiches et était scrutateur lors des élections. Cet engagement politique était une tradition familiale car le grand-père, gaulliste de la première heure, avait rejoint la France libre dès 1940 et le père, engagé volontaire dès l'âge de dix-huit ans, avait été au Tchad, au Kosovo et était en poste en Côte d'Ivoire dans le cadre de l'opération « Licorne » lorsqu'on avait dû le rapatrier à cause de son cancer. À mon avis, avait dit le jeune gendarme à son chef de brigade, le grand-père était un vrai gaulliste, un pur, un dur, un résistant, un gaulliste populaire, mais le père avait viré à droite et Antoine avait suivi le mouvement, alors…

Voilà qui me fit gamberger. Ça me ramenait à la piste politique bien que notre homme ait été apparemment un parfait « droit commun ». Mais dans ce type de situation il y a quelquefois un mélange des genres, j'en avais déjà fait l'expérience. À un moment de sa vie, loin de sa famille, il avait jeté sa gourme et laissé tomber les principes qu'on lui avait inculqués. Ça s'était passé à Marseille où il avait dû faire la connaissance de types qui s'étaient intéressés à ses talents professionnels, des talents qui devaient être réels au point que, par la suite, on l'avait surnommé « Louis XVI » dans le Milieu. C'était une belle référence culturelle de la part des malfrats, quoique, sachant comment a fini le roi serrurier, c'était pas tellement sympa tout compte fait… Mais ça, c'était sa période « droit commun ». Que s'était-il donc passé entre cette période et l'autre ? La politique, forcément la politique… Le passage s'était-il produit avant ou après son évasion ? J'avais ma petite idée mais je posai la question à Juston.

— Forcément avant son évasion, me dit Juston après un moment de réflexion.

— Bien, Juston… très bien, Juston ! Il a donc rencontré quelqu'un en prison. C'est de ce côté-là qu'il faut chercher.

— OK, je vais voir avec la pénitentiaire.

— Parfait ! Dites-moi, Juston, pour changer de sujet, vous ne trouvez pas, que le fait pour les femmes de porter des talons hauts, je veux dire très hauts, leur donne un côté… animal ?

Juston avait, je crois, une certaine affection pour moi. Il admirait, bien que ce ne soit pas toujours pleinement justifié, mes facultés de déduction, mais je crois qu'au fond il ne me prenait pas tout à fait au sérieux. Je me demande même si, à l'occasion, il ne me prenait pas pour un doux dingue ; je repérais ça à sa mine, parfois. C'est ce que je ressentis après avoir posé ma question. J'aurais sûrement dû m'abstenir, mais c'était une idée qui me trottait dans la tête depuis la veille au soir, lorsque Billie, qui fait quelquefois des accès de féminisme, m'avait fait, à propos des photos de Constance Sicardi prises lors du meeting qui avait précédé son enlèvement, un commentaire sur le ressenti primaire et archaïque des hommes au vu des femelles de l'espèce juchées sur des talons. C'était pourtant elle qui, curieuse comme toutes les femmes (enfin, j'ai peut-être tort de généraliser…), m'avait demandé de lui montrer ces photos.

Bref, ce jour-là, après avoir brassé, toute la soirée précédente, cette affirmation désobligeante, j'avais regardé avec une attention particulière les femmes en talons hauts et, en effet, j'avais trouvé à certaines d'entre elles des allures de biches, de purs-sangs, de gazelles, toutes créatures qui déambulent élégamment sur la pointe de leurs jolis sabots. L'avis d'un type ayant, quant à lui, les pieds bien sur terre m'avait donc paru nécessaire. Sans compter qu'après cette longue séance d'un travail particulièrement fastidieux il me paraissait bon d'alléger l'atmosphère. Pourquoi pas tester Juston, après tout ? J'aimais bien ça…

Il mit un moment à me répondre. Je vis bien que la première partie de son temps de latence était due à la stupéfaction, la seconde à une réflexion logique et constructive dont aurait dû sortir une réponse négative, carrée et même un tant soit peu sévère. Mais son visage changea et il enclencha une troisième période beaucoup moins assurée. Je crus même voir quelques rides inhabituelles barrer son front. Il finit par répondre :

— Il y a peut-être un peu de ça. Mais vous posez de ces questions !

J'admirai. De la franchise, certes, mais quand même une petite dose d'hypocrisie. Foutu Juston !

***

Chapitre XXIII

C'était un immeuble de quatre étages, plutôt récent mais pas vraiment moderne, un peu étroit et en hauteur, quatre étages ! Enfin… quatre étages en comptant le rez-de-chaussée comme on fait en Espagne, et à chaque niveau de quoi faire… disons un bel appartement de quatre pièces pour une famille modeste, avec un sous-sol qui servait de parking et – paraît-il – une cave. C'était ainsi que madame Dolores Casajus, unique employée locale de la société DEM-FRANCE, aurait sans doute décrit le siège social de cette entreprise, ce bâtiment dont elle occupait le rez-de-chaussée, toute seule. D'ailleurs, elle ne connaissait que ce niveau-là ; pour le reste, elle tenait ses informations du titre de propriété qu'elle avait charge de conserver dans un vaste coffre-fort, avec la comptabilité sur laquelle elle travaillait et qui était pour une grande part son œuvre.

Par exemple, si elle n'avait pas consulté cet acte de propriété, elle aurait ignoré qu'il y avait, sous le parking, une cave. Déjà, le parking souterrain, elle n'y avait pas accès, pourtant il y avait quatre places, c'est ce qui était noté dans l'acte, et elle n'avait jamais vu rentrer plus de deux voitures. Elle pouvait se tromper, bien sûr, car elle n'était là que six heures par jour, en semaine uniquement et jamais la nuit, alors… Mais c'était une chose qui l'avait préoccupée car elle aurait bien voulu venir au boulot en voiture plutôt que d'être obligée de prendre le bus. Madame Casajus était grosse, presque obèse et ça la rendait paresseuse – paresseuse pour marcher s'entend, pas pour le travail – de ce côté-là ses employeurs n'avaient pas à se plaindre. Elle non plus d'ailleurs, car elle touchait 1 500 euros par mois pour trente heures par semaine et, depuis le début de cette année 2010, la promesse d'un treizième mois. À Barcelone, par les temps qui couraient, c'était une belle paye. Si on lui avait laissé garer sa voiture dans le parking sous l'immeuble, elle aurait été comblée. En fait, madame Casajus était comptable.

Ses employeurs, elle ne les connaissait pas. Il y avait juste un monsieur, un Français de Toulouse, qui l'avait embauchée et qui venait une ou deux fois par mois, pour vérifier et lui donner quelques consignes : c'était monsieur Vincent. Et puis, trois ou quatre fois par an, elle avait la visite de monsieur Rioja, un commissaire aux comptes de Tarragone, qui mettait tout à plat. Celui-là, elle lui mâchait le travail et, quand elle voyait sa note d'honoraires, elle se disait que c'était de l'argent vite gagné. Mais elle ne lui en voulait pas, elle n'était pas d'un naturel envieux. Elle l'appréciait au contraire, il l'invitait en général à déjeuner et lui tenait le crachoir. C'était un homme pas tout jeune et qui avait vécu.

Il avait des idées bien arrêtées. Il lui disait par exemple que, du temps de Franco, il y avait bien moins de délinquance à Barcelone et tout le monde avait du travail. Madame Casajus était dubitative sur le chapitre de la délinquance car, dans sa jeunesse, c'est-à-dire peu après la disparition de Franco, Barcelone était un immense bouge, surtout les quartiers proches des Ramblas : le Barrio Chino et le Barrio Gótico. Depuis et après les Jeux olympiques, ça avait bien changé, le Barrio Gótico avait été refait à neuf, si l'on peut dire, pour les touristes ; et pour ce qui était du Barrio Chino, il n'en restait à peu près que le nom. Quant au travail, du temps de la dictature il y en avait, certes, mais les travailleurs étaient le plus souvent misérables et complètement à la merci des patrons : c'est ce que lui avaient dit ses propres parents qui pourtant vénéraient le Caudillo, encore aujourd'hui. Mais monsieur Rioja avait le droit de penser ce qu'il voulait après tout, et il parlait bien.

Elle, ce qu'elle voyait, c'est qu'il n'avait pas tout à fait tort, qu'avec la crise les temps étaient de nouveau durs. Son mari était au chômage depuis plus d'un an. Heureusement qu'elle était là pour faire bouillir la marmite ! Elle se demandait parfois si le chômage de son mari, c'était vraiment dû à la conjoncture, et il lui arrivait de penser que sa mère n'avait peut-être pas tort, lorsque, peu de temps avant le mariage, elle lui avait dit que c'était un bon à rien.

Bon, mais elle avait un mari et un bon emploi, correctement payé. C'était ce qu'elle se disait, lucide et fataliste comme elle l'était. Tout de même, elle donnait de moins en moins d'argent de poche à celui qu'elle commençait à considérer comme un parasite et ça l'emmerdait d'autant plus de ne pouvoir prendre la voiture pour venir travailler que c'était lui, en son absence, qui en profitait pour aller Dieu seul savait où. Ç'aurait été vraiment super de pouvoir garer sa voiture là. Il faudrait qu'elle pose à nouveau la question à monsieur Vincent, quoique la première fois il ait refusé assez sèchement… Ou plutôt, tiens, à monsieur Rioja qui était si aimable, peut-être pourrait-il faire quelque chose ?

Justement, une des deux voitures venait de sortir du garage en sous-sol, c'était le gros 4x4 Porsche avec le type distingué au volant. Elle le rencontrait quelquefois celui-là : bel homme mais pas causant ! Il devait être aussi employé par la boîte mais elle ne savait pas ce qu'il y faisait, ce devait être un des gros salaires. Il occupait un bureau juste au-dessus du sien, il y était rarement, mais lorsqu'il était là elle l'entendait marcher. Il y avait un ascenseur qui desservait les étages et le sous-sol. De son rez-de-chaussée, elle n'y avait pas accès, pas besoin. Mais elle l'entendait parfois fonctionner. Là, depuis qu'elle était arrivée, elle n'avait ni vu la voiture entrer, ni entendu l'ascenseur. Que faisait ce type dans le garage, si longtemps ? C'était la deuxième fois qu'elle se posait cette question. Bah ! Le bruit de l'ascenseur avait dû lui échapper. Elle devait être distraite…

Lorsqu'elle disait à ses amies qu'elle travaillait seule, ça les surprenait. Elle était obligée de leur expliquer comment fonctionnait la boîte car elle-même avait mis un moment à comprendre. Les patrons, les entrepreneurs, les investisseurs, c'étaient quand même de sacrés bonshommes ! On avait beau dire, ils avaient de l'idée. Des investisseurs inconnus d'elle, puisque les capitaux parvenaient de trusts établis à Jersey. Les fameux trusts, ces entités anonymes dont on ne connaissait que le « représentant », un prête-nom, un simple prête-nom ! Mais la chose, choquante en elle-même, était admise par le droit anglo-saxon…

Des investisseurs donc, mystérieux, qui avaient créé en Espagne une société qui n'avait d'activités réelles que de l'autre côté de la frontière, en France. Et puis un créneau : le transit et le déménagement, à l'intérieur du territoire français ainsi qu'entre la France et l'international, surtout l'Afrique ! Une idée que madame Casajus avait au départ trouvé totalement saugrenue, au point qu'elle avait hésité à prolonger son contrat au-delà de la période d'essai, mais on ne lui avait pas demandé son avis et elle s'était dit que ça durerait ce que ça durerait… Et ils avaient balancé des capitaux là-dedans, un paquet, elle pouvait le dire, elle avait été le témoin privilégié des transferts. On avait créé quatre agences actives en France, à Paris, à Toulouse, à Lyon et à Marseille, loué des locaux et recruté du personnel, uniquement des administratifs et des commerciaux. Elle le savait, c'était elle qui établissait les feuilles de payes. Il n'y avait en revanche aucun camion, aucun déménageur à proprement parler, car tout le transport et la manutention étaient sous-traités.

Elle avait donc eu des doutes, de gros doutes qui l'avaient empêchée de dormir. Elle s'était dit : des investisseurs anonymes, de l'argent en veux-tu en voilà en provenance d'une place qui avait la réputation d'être un paradis fiscal voire pire, une activité incongrue, manifestement vouée à l'échec, un siège social à Barcelone pour une exploitation réelle en France, du transport international… Ça voulait dire quoi ? Ça permettait quoi ? En fait, il ne fallait pas être grand clerc pour en déduire que ça puait l'argent sale, le blanchiment et le trafic : drogues, denrées interdites, travailleurs clandestins, allez savoir… Madame Casajus ne voulait pas être complice de ça, ni même y être mêlée.

C'était l'intervention de monsieur Rioja qui l'avait convaincue. Elle ne lui avait pas fait part de ses doutes à proprement parler, mais son âge, sa réputation, sa connaissance du droit et des affaires, sa bonhomie, son optimisme sur les perspectives légales de la société avaient fini par emporter le morceau. Elle était restée, se disant que si quelqu'un devait un jour rendre des comptes, ce serait monsieur Rioja, en sa qualité de commissaire aux comptes, précisément, pas elle, modeste employée.

Et ça avait marché, bon Dieu ! Et les clients s'étaient comme précipités ! Les plus grosses sociétés françaises travaillant à l'international, des sociétés plus petites qui employaient des expatriés et même les différents ministères français pour leurs fonctionnaires et leurs diplomates ! Pour madame Casajus, qui avait tout de même un peu étudié l'économie dans son école de comptabilité, ça tenait du miracle ! Elle s'était dit toutefois, modeste, qu'elle ne savait peut-être pas tout de cette science moderne qu'était le marketing. Ils avaient dû réaliser de sacrées études de marché pour tomber là-dessus, et les transitaires et déménageurs français devaient être jusque-là particulièrement nuls !

Maintenant, elle était tout à fait rassurée. Les affaires tournaient, elle voyait passer des contrats en bonne et due forme, des factures réglées par les clients rubis sur l'ongle et le dernier bilan était tout ce qu'il y avait de plus encourageant. Pas de bénéfices, ou très peu pour l'instant, mais un bilan équilibré et de bonnes perspectives, c'était ce que lui avait dit monsieur Rioja la dernière fois. Parole de commissaire aux comptes donc ! Ça ne l'empêchait pas de continuer à se poser des questions de temps à autre.

Elle pensait à tout ça, alors qu'elle avait fini son boulot de la journée et qu'elle restait là uniquement pour faire ses heures parce qu'elle voulait être correcte. Elle se leva pour aller jeter un coup d'œil par la fenêtre. Un des types remontait la rampe de l'entrée du garage. Ce n'était pas le type distingué qu'elle avait déjà vu, c'était un jeune. D'habitude, elle ne voyait que les voitures entrer et sortir, les hommes passaient par l'intérieur, par l'ascenseur auquel elle n'avait pas accès. Elle en entendait le bruit mais n'y prêtait pas attention, et puis elle ignorait qui était à l'intérieur. Pour le savoir, il aurait fallu qu'elle surveille la sortie de la voiture, mais dans l'une on ne voyait pas grand-chose et l'autre avait des vitres en verre fumé !

Le type remontait avec un sac, on aurait dit un sac de linge, pas de linge propre, qui aurait été bien plié, mais de linge sale qu'on emmène au pressing, comme ça, en vrac. Le sac était en plastique, jaune mais pas opaque. Du coup elle crut y voir, par transparence, de la dentelle : du linge avec de la dentelle, des sous-vêtements de femme, soutien-gorge ou culotte. Ça avait de quoi surprendre : elle n'avait jamais vu que des hommes dans les voitures ! Le jeune type avait des lunettes de soleil bien que le ciel fût bas ce jour-là et que les rues de Barcelone fussent sombres : on s'attendait à de lourdes pluies de printemps. Ils avaient toujours, tous, y compris le type distingué, des lunettes de soleil, énormes, comme celles des pilotes d'avions ou des stars qui ne veulent pas être reconnues. De là à en déduire que, eux aussi…

Le type disparut au coin de l'immeuble. Il avait une allure sportive, était plutôt beau gosse, pas seulement du fait des lunettes de soleil, et ne ressemblait pas du tout à un cadre d'entreprise. C'était peut-être un fils à papa qui émargeait sur la société. Tout était possible puisque avec leur système anglais elle n'avait aucune idée de l'identité des patrons.

Madame Casajus se dit qu'on vivait une drôle d'époque. Les uns travaillaient sans parvenir à joindre les deux bouts, les autres, quelques-uns, profitaient de manière éhontée sans foutre grand-chose sauf trouver des idées pour couillonner le monde.

Madame Casajus se dit aussi qu'elle ne donnait pas tort aux révolutionnaires qui avaient pendu ou coupé le cou à d'autres profiteurs, mais elle préférait garder ça pour elle ; après tout elle n'était pas la plus à plaindre. Sa montre lui indiqua qu'elle avait fini ses six heures journalières dont elle avait tout de même occupé une partie à dénigrer les patrons aux frais du sien. Elle sortit pour prendre son bus. En passant, elle regarda l'entrée de ce bon Dieu de garage. Il y restait bien plus que la petite place dont elle avait besoin pour sa petite voiture. Elle en parlerait à monsieur Rioja la prochaine fois qu'elle le verrait, sans faute !

***

Chapitre XXIV

Constance avait cette fois vraiment le sentiment de croupir dans un cul de basse-fosse. Cette expression qu'elle avait bien des fois, pendant ses études, rencontrée sans y porter attention, prenait là tout son sens et elle en percevait toute l'ampleur dramatique : croupir, cul, basse-fosse, les mots horribles, parlaient d'eux-mêmes ! Sa vie sous terre, sans initiative, n'avait plus aucun rythme. Pas de jour, pas de nuit, aucune mesure des heures qui passaient, celles des repas lui paraissaient erratiques, le lever et le coucher ou plutôt les levers et les couchers ne voulaient plus rien dire, c'était seulement des actes répétés non seulement au gré de sa fatigue, mais aussi de son ennui ou même de sa déprime.

Les hommes qui la séquestraient, comme tous les kidnappeurs du monde, jouaient évidemment de cette rupture du temps. Ça devait affaiblir le prisonnier, annihiler peu à peu sa révolte, il perdait sa force de caractère et ça le rendait inoffensif, craintif même et aussi peu à peu vulnérable aux attentions bienveillantes de ses geôliers. Constance ressentait tout ça, elle en avait bien conscience, elle s'efforçait même de le garder à l'esprit, à tout instant. Elle s'efforçait de se convaincre qu'elle, Constance Sicardi, la rebelle, n'était pas une prisonnière comme les autres. Mais à quoi bon ? se disait-elle parfois. À quoi bon puisque malgré elle, malgré tout ça, elle en venait presque aujourd'hui à manifester sa reconnaissance au chef du commando pour toutes ses petites attentions, tout l'intérêt qu'il semblait lui porter, les conversations qu'il acceptait d'entretenir avec elle, et puis sa présence, sa simple présence ! C'était incroyable où la misère pouvait vous mener : vraiment à de bien pitoyables extrémités !

Depuis combien de temps était-elle dans cette cave ? Une semaine, quinze jours, peut-être plus… impossible à déterminer. Elle ne pouvait même plus compter sur la cadence des relèves car non seulement elles étaient entrecoupées de phases de sommeil, mais en plus ses geôliers se montraient discrets, d'une discrétion presque touchante, paradoxalement… Elle-même avait été mise en confiance et était bien moins nerveuse depuis la mise à l'écart du violeur, de sorte qu'il lui arrivait de ne plus entendre les clefs dans la serrure, le claquement de la porte blindée et de ne plus sentir le petit courant d'air. Mais ce qui la rendait la plus amère, c'était cet élan qu'elle éprouvait malgré elle lorsqu'apparaissait le chef du commando, presque de la joie, ou, pire encore, lorsqu'elle se réveillait et constatait qu'il était là, silencieux, sagement assis dans le siège de toile, semblant l'attendre et même la désirer. Désirer ? Bon Dieu, qu'est-ce qu'elle allait chercher ? Voilà qu'elle perdait la tête !

À part cette situation de recluse, elle était presque traitée comme une princesse, aurait-on dit. Il suffisait qu'elle manifestât un désir ou une exigence et tout le monde, surtout le chef pour être juste, s'efforçait d'y complaire. Il est vrai qu'elle n'avait que des désirs et des exigences raisonnables puisqu'elle avait parfaitement compris ce qui lui était interdit : pas de nouvelles du dehors, pas de journaux donc, sauf de vieux titres innocents ; pas de montre non plus.

Elle avait de longues conversations avec le chef, auxquelles il prenait lui aussi un plaisir manifeste. Au début, elle s'y était résolue pour essayer de trouver la faille, il n'y avait en effet pour elle aucun intérêt à discuter avec des sales types comme lui qui voyaient l'humanité comme un ensemble de tribus opposées les unes aux autres en fonction de leurs races, de leurs religions, de leurs traditions et de la terre que leurs ancêtres leur avaient léguées, cette fameuse terre qu'ils avaient le devoir sacré de défendre. Et puis, comme elle ne voyait personne d'autres, que ses ennemis étaient les seuls êtres avec qui échanger, que son pauvre horizon était réduit à eux, à eux seuls, elle en était devenue dépendante, une sorte de solidarité forcée, insidieuse et perverse, pour ne pas sombrer dans la folie.

Au début elle était bien plus solide que lui, bien plus assurée de ses convictions car l'autre, elle s'en était convaincue peu à peu (et aujourd'hui elle y croyait dur comme fer), était de ce point de vue au bout du rouleau. Il ne croyait plus du tout à ce qu'il faisait, elle en était sûre. C'était un soldat perdu qui n'obéissait plus que parce que l'obéissance et la foi qu'avaient en lui ses hommes étaient devenues ses raisons de vivre, les seules qui lui restaient à vrai dire, tout le reste n'étant que littérature. Il avait été floué par ceux pour lesquels il travaillait, ne les croyait plus, les haïssait même, mais poursuivait sa route comme un navire désarmé poursuit sur son erre. Elle avait bien compris tout ça, Constance, en discutant longuement avec lui. Il n'avait jamais fait part explicitement de ses sentiments, bien sûr, mais ne s'était pas dissimulé non plus. Cette manière de désespoir avait de quoi l'inquiéter. Ça voulait dire qu'il n'attachait plus grand intérêt à sa propre personne et ça voulait dire aussi que pour lui, elle, Constance, était dans le même sac. C'était aussi ça qu'elle avait ressenti dans ces échanges désabusés et elle redoutait la suite des événements… Elle ne donnait plus bien cher de sa peau.

Son seul espoir était cet intérêt qu'il semblait lui porter. De quelle nature était cet intérêt ? Elle était belle fille, séduisante, intelligente, alors ? Il fallait bien en tirer les conséquences et elles s'imposaient naturellement, elles s'imposaient comme le nez au milieu de la figure. Il lui arrivait de songer à en jouer. Mais toutes ses valeurs, tous ses principes, toutes ses convictions s'y opposaient. C'était pourtant une question de vie ou de mort.

Il y avait entre eux de moins en moins d'échanges à proprement parler. C'était plutôt elle qui s'exprimait. Il était intéressé, attentif : quelquefois, depuis peu, il semblait même boire ses paroles. Elle, après cette période du début où ils s'étaient affrontés, idéologie contre idéologie, mais lui était tiède, sans vraie conviction, déjà battu, elle avait peu à peu déroulé seule son discours : philosophie, histoire, morale et religion, et elle avait eu bien des fois le sentiment de faire mouche. Il était plus âgé qu'elle mais justement, l'âge et ses expériences lui en avaient beaucoup appris et il retrouvait dans ses arguments à elle les doutes qui l'avaient, à un moment ou à un autre, saisi. Sa foi en sa race, sa nation, en l'histoire même de cette nation, était en déliquescence. Constance aurait pu parader, elle tenait le bon bout, elle pouvait espérer retourner l'ennemi, comme on dit chez les barbouzes, et c'était bien des barbouzes. Pourtant il n'en était rien car elle savait, d'instinct, que ce type-là respecterait sa parole. Quoi qu'il pût lui en coûter, il ne trahirait pas.

Depuis peu, Constance, ayant compris qu'elle n'avait rien à espérer de ce côté-là, lasse aussi de ces exercices d'initiation qui lui demandaient tant d'énergie, usée enfin par l'enfermement et fatiguée de tout à vrai dire, se laissait aller. Il en profita pour reprendre l'initiative, mais sur un tout autre registre. Il se mit en effet à parler de lui-même. Non pas de lui aujourd'hui – ça viendrait peut-être, songeait Constance, pas dupe – ni de ses activités passées – il ne devait pas y avoir de quoi se vanter –, mais de son enfance, en recherche évidente de rapprochement, d'intimité, de complicité. C'était habile, ça remettait les compteurs à zéro.

C'était d'un enfant dont il parlait, innocent, ouvert à tout, mais en même temps cet enfant c'était lui, et en plus on pouvait commencer à saisir cette sorte de déterminisme qui allait le conduire à ce qu'il était précisément aujourd'hui, excuser peut-être son parcours et tout ce qu'il avait fait jusque-là, toutes ces choses, connues ou devinées qui provoquaient la répulsion de Constance. Elle, elle finissait par jouer le jeu, assez passive, souvent allongée sur son lit comme une dame aux camélias, profitant, fataliste et accablée, de cette compagnie et du dérivatif de cette chronique insolite. Elle intervenait même encore de temps à autre par une sorte d'attaque molle, menée en réalité sur le ton de la taquinerie :

— Né en Vendée ? Ça ne m'étonne pas ! Messe le dimanche, enseignement de la religion dans la semaine, école privée chez les bons pères, mère gardienne du foyer, bons sentiments, hypocrisie et intolérance à la clef !

— C'est un peu ça, répondait-il, conciliant. Mais je vous jure qu'il n'y avait pas que de l'hypocrisie, il y avait aussi de l'amour, la famille, ma mère…

— Ah, la mère… rétorquait Constance qui de ce point de vue n'était pas elle-même tout à fait claire. Que n'a-t-on fait pour la mère et au nom de la mère ! Il faut en revenir un jour de la mère, c'est ça qui fait grandir. À ce propos, en terminale, en philo, dans votre école de curés, à part Platon et saint Augustin, on vous a parlé d'autres philosophes et aussi de la psychanalyse, du père Freud ? Ça vous aurait aidé…

Il ne répondait pas mais, paradoxalement, il était ravi. Ce ton sarcastique semblait le combler d'aise, le rendre heureux même, dans l'instant. C'était un homme qui devait avoir toujours, en tout cas depuis longtemps, vécu au jour le jour, comme tout aventurier qui se respecte. Aujourd'hui, il franchissait encore un pas, on voyait bien que, pour lui, seul comptait le moment présent. Il se livrait sans pudeur, et aussi comme si rien, jamais, ne devait sortir d'ici.

Pour Constance, qui s'en rendait compte, c'était quelquefois, quand elle y songeait, totalement effrayant !

***

Chapitre XXV

Juston avait mené ses investigations aux Baumettes tambour battant, en à peine quarante-huit heures ; ça avait été malheureusement en vain. Il me téléphona pour m'en rendre compte. Aucun des codétenus de Bonacorsi, aucun de ses visiteurs – ils n'avaient pas été nombreux – n'avait le moindre profil un tant soit peu politique. Je crois qu'il n'était plus très convaincu de mon hypothèse, s'il l'avait jamais été d'ailleurs. Mais ça ne l'avait pas empêché de faire tout le boulot avec sa loyauté coutumière et même de s'interroger sur l'ancien directeur de la prison qui était aujourd'hui membre du cabinet du ministre de l'Intérieur. Alors que je réagissais à cette nouvelle et lui demandais si Bonacorsi avait pu recevoir une visite clandestine, il me répondit qu'on ne pouvait l'exclure, qu'en effet c'était des choses qui arrivaient. Il était facile à la direction de ne pas en faire mention sur les registres.

Après un silence réticent, il me confessa que lui-même avait déjà bénéficié d'une telle clandestinité pour rencontrer un détenu : ça lui était arrivé plusieurs fois. Je compris évidemment pourquoi, quoiqu'à mon avis cette clandestinité de l'entretien avec un « informateur anonyme » ou une « balance », qui avait tout de même pour vocation de protéger ces gens-là, n'atteignait pas son but car tout se sait dans une prison… Enfin… Pour en revenir à nos affaires, cette simple suspicion ne nous avançait pas à grand-chose, d'autant que l'ancien directeur de la prison de Marseille, aujourd'hui dans les hautes sphères de la police donc, avait au téléphone envoyé paître mon inspecteur préféré et que je ne me voyais pas le renvoyer au charbon avec si peu de biscuit et surtout si peu de chance de succès. Lui était partant et me le dit bravement. Il n'avait peur de rien, le bougre ! Bon Dieu, si nous pouvions avoir plus de flics de cette trempe !

— Laissez tomber, lui dis-je. S'il s'est passé quelque chose, vous pensez bien qu'il ne vous le dira pas !

— OK ! Mais pour moi l'affaire n'est pas classée. J'ai des antennes chez les matons des Baumettes…

Juston avait des antennes partout à Marseille. À mon avis, il n'allait pas s'en tenir aux matons, il allait aussi actionner quelques malfrats de sa connaissance en villégiature aux Baumettes au même moment qu'Antoine Bonacorsi.

— J'ai peut-être autre chose, reprit-il. Je ne peux pas vous en parler au téléphone. Je passe vers 6 heures ce soir, si ça vous va. Je ne serai pas seul !

*

Il y avait avec lui deux personnes, un homme et une femme qui semblaient tous deux un peu gênés de se trouver là. J'avais imaginé que Juston allait m'amener un ancien taulard en séjour aux Baumettes du temps de Bonacorsi, mais ceux-là n'avaient pas du tout le look underground auquel je m'attendais, provocateur, ni non plus celui des malfrats du dessus du panier, ostentatoire. J'aurais dit entre les deux, plutôt le style fonctionnaire cool finalement : fisc, douane ou quelque chose de ce genre, pariai-je.

— Je vous présente Malika Cherki et Émile Gasque, lieutenants de police à la DCRI[1], anciens des Renseignements Généraux…

Je n'étais pas tombé loin, mais ça m'en boucha quand même un coin. Il faut savoir que ces gens sont bien des flics – d'ailleurs certains vont et viennent d'un service à l'autre – mais leur caractéristique générale c'est que, par culture sûrement

1) Direction Centrale du Renseignement Intérieur

(c'est-à-dire en application de principes qu'à mon avis on leur a enfoncés dans le crâne), ils ne sont pas du tout disposés, ni surtout autorisés, à travailler avec les juges. On leur a dit de s'en méfier et ils sont même souvent chargés de les espionner, comme ils sont à vrai dire chargés d'espionner beaucoup de monde. Bon, passons, et surtout profitons de cette embellie. Que me valait le plaisir…

— Voilà, dit Juston, on sait pas si ça a de l'importance, mais, le soir de l'enlèvement, alors qu'ils étaient chargés de couvrir le meeting des gauches, ils ont vu un type, un ex-collègue, qui n'avait aucune raison de se trouver là.

— Un type qui est toujours agent de la DCRI ?

— Ça, ils savent pas, mais en tout cas qui a été muté à Paris il y a un bon moment, vu qu'il avait eu quelques ennuis à Marseille.

— Il aurait dû être viré, intervint la fliquette. Et elle avait pas l'air de rigoler.

— En fait, il a été viré des Renseignements Généraux mais aussitôt réintégré à Paris à la DST et comme par la suite les RG et la DST ont fusionné pour devenir la DCRI…

— Vous avez été témoin ou mêlée à ça ? demandai-je à la fliquette. Elle rougit, j'avais touché juste.

— Un salopard, dit-elle. J'ai été témoin et j'ai failli être victime. Ce type est capable de n'importe quoi.

— Et comment s'est-il tiré d'affaire ?

— Justement, intervint le lieutenant qui voulait soulager sa collègue, il n'aurait jamais dû s'en tirer, à moins d'avoir des amis ou de s'engager à rendre des services…

La conversation tomba, ces gens qui font du renseignement ne sont guère bavards. Ils sont bien placés pour savoir à quoi peut mener le bavardage… Au bout d'un moment, Juston, qui supportait mal les longs silences, intervint :

— Ils sont venus vous voir mais… bien que…

— Mais, bien qu'ils soient fonctionnaires de police, ils ne veulent pas déposer devant la justice, leurs supérieurs ne le comprendraient pas. Surtout que cela met en cause un autre agent de leur service et donc le service lui-même. J'avais compris, Juston !

Juston se tourna vers ses collègues :

— Comme je vous l'avais dit, le juge Galtier comprend vite. Souvent il comprend avant même qu'on lui ait expliqué.

Il paraissait fier de son juge, de la relation de confiance qu'il avait avec lui, et de son boulot de flic aussi : le judiciaire, les initiatives qu'il pouvait prendre, ses marges de manœuvre, sa liberté, en fait. On aurait dit le loup et les chiens, comme dans la fable. Tout de même, pour les autres, ce petit discours passait comme une lettre à la poste, mais quant à moi j'y détectai une pointe de sarcasme.

La fille se leva et me tendit trois clichés, des photos de bonne qualité, pas administratives, plutôt des photos prises en souvenir, lors de soirées genre pince-fesse de la police. Sur chacune des trois photos, il y avait parmi les figurants un type qui, bien que souriant, avait à mon avis une sale gueule. Ce type était donc le dénommé Wagner. Après les avoir regardées je les confiai à Juston.

— Identité judiciaire pour les agrandir, séparer le type du reste et présenter à tous les témoins. Pas besoin de vous faire un dessin, vous connaissez tout ça, Juston, bien mieux que moi-même à vrai dire…

Juston prit les clichés d'un air entendu. Pas mécontent que, devant ses « collègues », j'aie ajouté à mes directives ce petit commentaire flatteur.

*

À peine les flics étaient-ils sortis de mon bureau que le téléphone sonna. C'était Albert Sicardi qui venait aux nouvelles.

Je lui dis seulement qu'on avait probablement identifié deux des kidnappeurs, un malfrat et un ancien de la DST. Il s'en félicita mais, paradoxalement, ne parut pas surpris par le profil du second. Il me répondit :

— Méfiez-vous ! Vous êtes maintenant le loup dans la bergerie !

Ça faisait deux fois dans cette journée qu'il était question de loups.

***

Chapitre XXVI

— Aucun risque ! Vous aviez dit : aucun risque que la cellule grise puisse être démasquée ! Et à peine trois semaines après l'enlèvement, ce putain de juge a déjà identifié un de ses membres !

— Quoi ?

— On a reçu dans la nuit, à la présidence, copie d'un mandat d'arrêt contre Antoine Bonacorsi. Et puis aussi copies de procès-verbaux d'auditions de témoins qui démontrent qu'ils sont en train de rechercher tous les gens qui ont pu être en contact avec lui avant son évasion. L'officier de police judiciaire qui travaille sur la commission rogatoire du juge s'est même permis de téléphoner à Bruant qui, comme vous le savez, avant d'être au cabinet du ministre de l'Intérieur, était directeur de la maison d'arrêt des Baumettes !

Le Grand Maître accusa le coup. On aurait dit, à sa mine, que son masque se fissurait. Il abandonna soudain tout son vernis vieille France.

— Bordel de merde ! éructa-t-il. Comment diable a-t-il fait, ce fouille merde de juge ?

— On s'est fait communiquer tout le dossier ce matin par le procureur. En fait ils ont eu une chance de cocu, une portière s'est détachée d'une voiture utilisée par l'équipe pendant sa chute, elle n'a pas brûlé et il y avait une petite trace d'ADN dessus. Pour le reste, ce qui les amène à suspecter l'administration pénitentiaire, on sait pas, on est dans le brouillard. Des fois, à force d'y réfléchir, on finit par se dire que ça relève de la sorcellerie !

— Ah, les pédés ! balança le Grand Maître. Et ça semblait vraiment lui faire du bien de se lâcher. Il y prenait goût.

— Voilà ! On est dans de sales draps. À cause de vous Goulard ! Et c'est à vous de nous en sortir ! Imaginez qu'ils mettent la main sur Bonacorsi et que l'autre balance Wagner !

— Allons ! Ça, c'est loin d'être fait ! Il faudrait déjà qu'ils aillent chercher Bonacorsi là où il est et qu'il se mette à table. Or, ce gars n'est peut-être pas un type très fréquentable, mais Villejuste connaît ses hommes et il les tient, vous pouvez me croire ! Et puis, pour Wagner, je vous rappelle que c'est vous, Vernier, qui me l'avez imposé !

— Bien obligé, le président voulait un type de la DST, enfin… de la DCRI. Il pensait qu'on pouvait pas laisser la bride sur le cou à des mercenaires…

— Des mercenaires ! Qu'est-ce que vous me chantez là, Vernier ? Villejuste est un soldat, un vrai, avec tout ce que ça suppose, notamment au niveau des méthodes, de l'obéissance et du sens de l'honneur ! J'ai cru comprendre justement que votre Wagner n'était pas du même acabit…

— Je l'ignorais, concéda le conseiller. Mais quant à Villejuste et ses hommes, reconnaissez qu'ils n'ont guère de scrupule à faire passer les gens de vie à trépas. Chez moi, les gens qui procèdent à des exécutions sommaires, ça s'appelle des tueurs !

Goulard-Marty était maintenant hors de lui :

— Vous ne comprenez rien, vous ne comprenez rien à rien, vous ne voulez pas comprendre… Pudeur de jeune fille ! Vous êtes de notre bord, vous approuvez ce qu'ont fait nos anciens quand c'était nécessaire, qui était bien pire que ça tout de même, je vous le rappelle, vous prétendez être l'éminence grise de la

France et vous venez me faire part de vos soudaines répugnances de fiotte ? Vous êtes lamentable, Vernier, sûrement pas à la hauteur du poste que vous occupez et surtout de la confiance que la Ligue et donc la France a placé en vous ! D'ailleurs, il suffit de vous regarder, vous tremblez comme une feuille, vous transpirez comme un cochon et votre visage propose à ma vue une infecte couleur verdâtre ! Je ne sais pas ce qu'on aurait pu faire de types comme vous sur le front russe avec la Waffen-SS, dans les rizières du Tonkin ou aux fins fonds du Djebel ! Et vous vous permettez de critiquer un Villejuste ? C'est le monde à l'envers !

Le conseiller était non seulement tremblant, transpirant, verdâtre, mais en plus il était effondré, vaincu par cette diatribe. Le Grand Maitre, tenté de poursuivre, poussé par sa rancœur, se contenta de se faire à lui-même cette petite réflexion :

Ses sphincters vont lâcher !

De fait, il s'exprima d'une tout autre manière, beaucoup mieux adaptée à la situation. Il reprenait ses esprits, un peu honteux d'avoir dérapé. Il n'aurait plus manqué que tout cela dégénère. Il se devait de revenir en arrière, il fallait parfois savoir manger son chapeau.

— Je vous prie de m'excuser, dit-il. Je ne pense pas un mot de ce que je viens de dire, je vous le jure ! C'est votre attaque contre Villejuste qui m'a... en quelque sorte déstabilisé. Complètement injuste : ce type est totalement dévoué et loyal. Il est efficace aussi. À ma connaissance, il n'a jamais commis la moindre erreur. Comprenez bien, c'est précisément lui le seul à pouvoir nous tirer d'affaire. À propos, votre président, qu'est-ce qu'il pense de tout ça ? Il pourrait faire quelque chose, lui, c'est quand même le mieux placé ?

— Ne m'en parlez pas, répondit le conseiller d'une voix d'outre-tombe. Il m'a tout fait retomber sur le dos. Il m'a dit qu'il fallait que la cellule grise se saborde, qu'elle disparaisse, que chacun de ses membres aille se faire voir ailleurs, de l'autre côté du monde après un coup de chirurgie esthétique, et lorsque je lui ai demandé pour la fille, il m'a dit qu'il ne voulait plus entendre parler de ces gens-là ! Ensuite il m'a foutu dehors !

— Ouais, il fait le syndrome du monarque : c'est pas le premier président de cette république de merde à rêver des saintes huiles. Quand on pense qu'il est sorti de rien, ce pouilleux… Vous voyez bien, Vernier, il ne nous reste plus que Villejuste !

— Vous avez raison, concéda le conseiller.

Après un temps d'arrêt pendant lequel on n'entendit plus, montant de la rue, que le bruit d'une altercation entre automobilistes, une distraction bienvenue si les enjeux n'avaient été aussi lourds, le Grand Maître qui n'était pas homme à lâcher son avantage, reprit :

— Et, à propos, pour la fille, vous, qu'est-ce que vous en pensez ?

Le conseiller, hésitant d'abord, répondit d'un filet de voix :

— Je pense comme le président, il faut qu'elle disparaisse. Que faire d'autre ?

***

Chapitre XXVII

Gomez et Bonacorsi étaient installés en terrasse sur la Rambla del Raval. Celle-là, de rambla – c'était la dernière, la plus récente – était beaucoup plus calme que les autres, moins de touristes, pas envahie par la jeunesse dorée et les cadres catalans en goguette. Les quelques bars qui y avaient leurs terrasses étaient encore un peu miteux, mais au moins ils ne sentaient pas l'arnaque, ce n'était pas des pièges à gogos. Les tapas qu'on y servait avaient le goût de l'authenticité, faute de mieux. Cette Rambla de Raval, on la disait aussi malfamée, ce devait être en souvenir du Barrio Chino qu'elle avait en fait colonisé, puis annexé. De toute façon, ce côté ordinaire et malfamé, voire crapuleux, ça ne leur faisait pas peur, c'était leur univers, ils aimaient plutôt ça.

Ils étaient attablés devant un grand pichet de sangria, un pichet a priori d'un litre dont il aurait fallu en fait soustraire le volume des fruits, surtout des pommes, comme par hasard. L'avantage c'était qu'elle pouvait couler à flots car elle était nettement moins chère qu'ailleurs et que le patron était arrangeant avec les gros consommateurs. Ils avaient commencé au vin blanc, un fino médiocre, deux heures plus tôt. Ils avaient un peu mangé aussi, boquerones, patatas bravas, foies de volailles aux échalotes déglacés au vinaigre, c'était ici le truc le plus réussi. Ils s'étaient ensuite résolus, d'un commun accord, à poursuivre à la sangria. Elle était à coup sûr concoctée avec un mauvais vin rouge, frelaté sûrement, mais avec les fruits, le sucre et un demi-verre de cognac local par litre, ils trouvaient que ça se laissait boire. Ils en étaient d'ailleurs au troisième pichet. Ils pouvaient encore laisser venir et profiter de la douceur de cette nuit printanière. C'était des hommes qui tenaient la bouteille et ce n'était certainement pas ce genre de breuvage pour jeune fille qui les impressionnait.

Au début ils avaient échangé quelques mots, des mots sibyllins et sans intérêt ; pour la forme. À propos du temps, de la beauté des passantes, assez variable selon eux, à propos de tous ces parasites venus du sud qui encombraient les ramblas et pas seulement les ramblas, dixit Gomez. Mais ce discours-là laissait Tino Bonacorsi indifférent, à plus forte raison ce soir-là. Il ne le montrait pas, mais il était soucieux. Après une pause, il s'était décidé. Il s'était penché vers l'autre et lui avait confié :

— Le commandant m'a dit que j'étais repéré. À cause de ce putain d'ADN. Le feu a pas suffi pour nettoyer tout ça. Chierie ! Ah le progrès... Maintenant, voilà que je suis recherché par ce juge, en plus de l'autre !

Mais finalement ça n'avait pas l'air de le perturber plus que ça.

Après quelques gorgées amples, claquements de langue satisfaits, cigarettes grillées et renouvellement de la carafe, Gomez s'était foutu de la gueule de Wagner. Ce coup de genou dans les « cojones », par une fille en plus, il l'avait bien mérité. Bonacorsi était d'accord. Gomez dit en souriant :

— Je te fais le pari que depuis il porte un suspensoir.

— C'est quoi, un suspensoir ?

— On voit que t'as pas fréquenté les hôpitaux militaires !

— Non, moi, c'était plutôt les prisons.

— Un suspensoir, c'est un truc qu'on met pour supporter les couilles douloureuses. Et celles de Wagner, elles doivent être sacrément douloureuses, vu la façon dont il marche !

— D'accord, je tiens le pari. Bien que je voie pas comment on pourra vérifier…

Gomez semblait absorbé par le passage des filles et Bonacorsi suivait du coin de l'œil le manège d'une camée qui, juste devant lui, dealait paisiblement. Ce devait être de l'ecstasy ou de la coke. À la demande, elle extrayait de tous petits sachets d'un paquet de Marlboro qu'elle arborait ostensiblement pour appâter le client. Elle devait avoir ses habitués car, la plupart du temps, on s'adressait à elle sans hésitation.

De temps à autre, l'un des deux hommes abandonnait ses réflexions et son passe-temps pour remplir les deux verres. La camée disparut soudain du tableau, comme par enchantement. Bonacorsi repéra aussitôt deux types en civil.

— Vise ! dit-il à Gomez en se penchant vers la table.

Gomez, après avoir jeté un coup d'œil morose aux deux condés, fit de même et, face à face, le menton dans la main, ils commencèrent à discuter.

— Tu sais, dit Gomez, lancer un mandat d'arrêt contre toi c'est à peu près comme pisser dans un violon, à moins que t'aies la mauvaise idée de traîner tes guêtres à Hambourg, Stockholm ou Copenhague… T'as la tête de tout le monde, Toni. Tu ressembles à rien. Ici on te prend pour un Catalan de chez Catalan, à Naples ou à Palerme on te prendrait pour un Sicilien, et, je voudrais pas le dire pour pas te froisser, mais même à Alger…

Bonacorsi ne releva pas. Tout ça partait d'un bon sentiment. Le racisme, même ordinaire, c'était pas son truc à lui. Du coup, il préféra changer de sujet et aborder celui qui lui tenait à cœur.

— Qu'est-ce qu'il peut bien avoir à nous dire ? Ça doit être vraiment important pour qu'il accepte de laisser la fille seule…

— Je sais pas ce que t'en penses, mais moi je trouve que ça a trop duré, cette histoire. À mon avis, c'est pas comme ça que ça devait se goupiller. Les trucs qui durent, c'est jamais bon. Là, ça commence à sentir le roussi, et le commandant, je pense qu'il est décidé à réagir, tout seul, même sans ordres. Il a plus confiance. Je parierais que les autres lui ont chié dans les bottes.

Il est décidé à passer à l'action et c'est pour ça qu'il veut nous voir demain matin, tous les deux, ou les trois, Wagner doit être de la partie, j'en mettrais ma main au feu. Ça fait un brave moment qu'il se la coule douce, ce fumier !

Les deux hommes se redressèrent, se calèrent contre le dossier de leurs fauteuils et il y eut une autre pause. Gomez vida ensuite la carafe dans les deux verres, équitablement, puis fit signe au garçon de remettre ça. Il pointa la carafe asséchée et les reliefs entassés au fond :

— *Mas vino y menos frutas !*

Au retour de la carafe et dès que le garçon eut disparu dans le bar, Bonacorsi se lâcha, il posa la question, celle qui était dans les deux têtes depuis le début de la soirée et même avant, mais qu'on avait répugné à mettre sur le tapis jusque-là. Peut-être avait-il fallu tout ce temps, toute cette attente, toutes ces tergiversations, tout cet alcool :

— Qu'est-ce qu'il va en faire ?

Gomez se pencha à nouveau sur la table, imité aussitôt par son comparse. Les deux têtes se touchaient presque, moins une et ils se seraient cognés. On aurait dit deux poivrots, sauf que ce qu'ils avaient à se dire était on ne peut plus sérieux et que nul alentour n'avait la moindre chance de l'entendre.

— T'as pas une petite idée ?

Tino resta coi, seul son visage réagit et il exprima un vrai désarroi. C'était des hommes qui, lorsqu'ils éprouvaient des sentiments – ce qui était rare – savaient les dissimuler. Mais là, les effets de l'alcool aidant, l'émoi de Tino était transparent. Gomez le remarqua et reprit :

— Il y a pas trente-six solutions !

— C'est toi qui vas t'en charger ? interrogea Tino dont la voix chevrotait un peu.

Le visage de Gomez refléta à son tour, l'espace d'un instant, l'expression inattendue de son comparse.

— Je ne pense pas, dit-il. Le commandant, c'est un vrai chef, pas le genre à envoyer ses hommes au charbon pour éviter d'avoir à y aller lui-même…

— Tu… tu crois qu'il va… qu'il va la… lui-même ? Ça me paraît pas possible, Gomez, pas possible… Sauf le respect que je lui dois – et garde ça pour toi – il me semble qu'il est dingue d'elle.

— Justement ! conclut Gomez.

Les têtes et les troncs des deux sbires s'éloignèrent les uns des autres en un mouvement lent et curieusement simultané, presque harmonieux. Personne ne s'intéressait malheureusement à eux, ce qui fait que cet instant de pure chorégraphie échappa à tout le monde. En même temps, ils vidèrent leurs verres et l'on repartit pour une longue période de mutisme. Sur la Rambla del Raval, autour d'eux, la vie nocturne reprit son cours. La camée avait rejoint son poste, un travesti baraqué fumait son clope au milieu du passage, obligeant les badauds à le contourner, une pute, contre le mur du café près de l'entrée, négociait avec un Batave apoplectique, empli à ras bord de bière. Elle avait une jambe repliée derrière elle et sa chaussure à talon aiguille était comme elle, collée au mur, ce qui relevait sa jupe au-dessus de la frontière de son bas noir. Au-delà des apparences, seul l'air de la nuit, charrié par un souffle continu venu de la mer, était vraiment doux.

*

L'horloge biologique, qu'est-ce que ça voulait dire ? Quel sens ça avait ? La faim, la fatigue, l'ombre, la lumière, le matin, le soir, la nuit, les habitudes, les activités des autres, tout ça, qui était désormais extérieur, inaccessible, c'était du solide, du tangible, elle s'en souvenait maintenant avec gourmandise et désespoir, même si à l'époque elle n'y attachait que peu d'importance et, accessoirement, le critiquait : métro, boulot, dodo… Cette horloge intérieure en revanche, avec ce côté mythique des choses qu'on ne peut voir – comme l'âme humaine dans la sphère religieuse et le trou noir dans l'espace – et qui cependant semblent exister, paraissait maintenant à Constance, de plus en plus bidon. Dire qu'il y avait eu un type, dans les années soixante ou soixante-dix, qui était resté plusieurs mois sous terre avec juste de quoi bouffer et dormir et, à ce qu'on dit, un disque de Dario Moreno ! Il paraît que ça avait beaucoup apporté à la connaissance qu'on avait alors de l'horloge biologique. L'histoire ne disait pas trop en quoi !

Et voilà que maintenant, en prévision d'un voyage vers la planète Mars, on envisageait d'enfermer des types près de deux ans dans un « module », pour voir ce que ça leur faisait ! C'est vrai que ce serait des volontaires, il paraît qu'il y avait une foule de volontaires pour purger ces deux années-là, des illuminés sans doute ! Constance, elle, elle voyait bien ce que ça faisait, ça rendait fou, tout simplement, une sorte de folie douce, évanescente, une sorte d'échappée. On se débranchait peu à peu du réel, des choses de la vie ; importantes ou pas, pas de différence. Tous les événements singuliers, les inquiétudes, les surprises, devenaient comme anodins, d'une importance infime et uniforme, sans la moindre échelle de valeurs pour les départager.

En ce moment même, à demi-allongée sur son lit de camp, le dos calé contre les trois oreillers qu'on lui avait apportés, elle écoutait d'une oreille distraite le chef du commando, cet étrange militaire, ce desperado distingué, tout à la fois profond, ringard et puéril. Elle ne trouvait plus grand-chose d'utile à lui répondre tellement ce qu'il représentait lui était étranger. Elle commençait à trouver toute forme de discussion vaine avec ce type dont la présence la réconfortait pourtant. Les deux autres, qui étaient aussi aimables et même attentionnés, ne l'intéressaient plus du tout. D'ailleurs ils étaient désormais muets et lorsqu'elle essayait, quelquefois, d'échanger deux ou trois mots avec eux, ils éludaient, méfiants semblait-il. Celui qui sans doute avait donné des consignes de mutisme à ses hommes, continuait, lui, sur sa lancée, avec une franchise presque gênante et une bonhomie désarmante.

Les fois précédentes il avait raconté en long et en large son enfance et maintenant il en était au stade de l'adolescence. Qu'est-ce qu'il croyait ? Pour qui la prenait-il ? Voilà qu'il s'offrait une psychanalyse à bon compte, il ne manquait plus que ça ! Dès l'âge de 13 ans, disait-il, ses parents l'avaient envoyé en pensionnat, à La Flèche, une sorte de petite école militaire où l'on apprenait déjà aux enfants à marcher au pas, la discipline, l'obéissance, la patrie et, en sourdine, sans avoir l'air d'y toucher (parce que c'était tout de même une école de la république) la race et sa supériorité. Enfin... ça dépendait des profs. Malgré sa lassitude, elle intervint, elle voulait tout de même le contredire, elle ne pouvait laisser se dérouler ce discours ahurissant : aucune distance, même celle de l'âge, aucun esprit critique, aucun acte de rébellion.

— À 13 ans vos parents vous ont envoyé là-bas ? Votre mère a eu son mot à dire ? Elle a été d'accord ? Et vous alors, à 13 ans, vous avez aimé ça ? Content de partir, de quitter le cocon familial pour le carcan de la discipline militaire ? Merci maman, merci papa... J'espère au moins que vous leur en avez voulu.

— Pas du tout.

— Alors c'est que les plus tordus c'était pas eux, mais vous ; déjà tordu à 13 ans ! Dites-moi, sérieusement, est-ce que vous avez souffert de quitter les vôtres et d'être enfermé à 13 ans dans un pensionnat quasiment disciplinaire, ou est-ce que vous avez aimé ça ? De votre réponse dépendent beaucoup de choses. En fait, rien de moins que mon diagnostic sur votre état mental...

Il se mit à sourire, un sourire énigmatique. Constance n'aurait su dire ce qu'il signifiait : de la mélancolie, des regrets ? Peut-être après tout... ou le contraire, une manière discrète de se moquer. Ce qui était sûr, c'était qu'il aimait ça, cette contradiction, ces joutes, ces moments de polémique. Une forme de masochisme, une régression, ou encore un irrépressible besoin de complicité, voire même plus... Non, se dit Constance, la vérité c'était qu'il perdait décidément les pédales, lui aussi semblait atteint. Comme elle, il semblait depuis quelque temps ne plus attacher d'importance aux choses. Il se comportait encore de manière très professionnelle mais on l'aurait dit détaché des contingences. Elle pouvait dire n'importe quoi, il s'en contentait à tous les coups, il appréciait même et, elle le voyait bien, certaines fois il s'en fallait de peu qu'il l'approuvât. Elle devait sans doute se faire des illusions... Et puis merde ! Elle en avait marre de réfléchir, fatiguée de ça, terriblement fatiguée, envie d'être une petite chose, un esquif flottant en haute mer, amarré à un bateau fantôme dont la destination lui aurait été complètement inconnue. Et c'était bien ce qu'elle était en vérité.

Elle décida de lui tourner le dos, elle avait soudain envie d'être tranquille, seule, ras le bol de jouer la psychanalyste ou, à l'inverse, la dame aux camélias ! Ce type pour lequel elle avait éprouvé quelques instants auparavant une véritable attirance, – elle n'avait pu se le cacher – elle le trouvait maintenant répugnant : cet étalage de son enfance intime et de sa famille ultra réactionnaire, c'était à gerber ! Elle s'étonna ensuite de cette saute d'humeur. Ça ne pouvait être seulement dû à ce qu'elle subissait, à cet enfermement. Ils devaient lui faire absorber des trucs, sûrement !

Villejuste, qui ne la quittait pas des yeux, poursuivait son discours. L'histoire de l'adolescence d'un enfant soldat, pas grand-chose à voir avec les enfants soldats qu'il avait connus en Afrique et dont on parlait beaucoup en ce moment, ces êtres à la fois vulnérables, imprévisibles et éminemment dangereux. L'enfant soldat qu'il avait été, lui, était désarmé, on ne lui avait confié cet accessoire qui changeait tout qu'à seize ans.

— L'âge, dans nos pays, du permis de tuer ? intervint mollement Constance qui n'obtint pas de réponse précise.

Il poursuivait en effet sur sa lancée, intarissable. Il dissertait de cette question des armes et de l'âge. Sa voix était devenue monocorde. Il avait bien vu Constance se détourner et surtout, quelques instants plus tard, cette infime détente de tout le corps qui signale la chute dans le sommeil. Il lui vint à l'idée que cette chute-là ressemblait à s'y méprendre à l'autre, annonciatrice de la mort, et le débit de ses paroles devint purement mécanique, il ne savait plus trop ce qu'il disait. C'est que ce frisson annonciateur de la mort, il le connaissait bien, il l'avait plus souvent vu que l'autre et il se prit à penser à ce qu'il était – un être anormal, détraqué, étranger parmi ses semblables – et à ce qu'il aurait pu être, ce dont il s'était privé. Il aurait pu être un amant repu considérant le corps relâché de sa maîtresse, à d'autres occasions un père devant le berceau d'un enfant à qui il aurait chuchoté une berceuse ou une autre fois jouant au ballon avec un garçonnet sur une plage. Mais il n'avait rien connu de tout ça. Lui, son lot, ç'avait toujours été la guerre, la violence et la mort.

Il poursuivit sans y penser sa péroraison pour cette fille endormie.

— Vous avez raison, disait-il, ma famille était royaliste et catholique, de génération en génération depuis la Révolution. Son héros, c'était un aïeul, officier chez les Chouans, fusillé par l'armée révolutionnaire. On inculquait aux enfants le culte de ce type, l'idée d'une vengeance inassouvie et donc encore à venir. C'est vrai, au fond, que l'atmosphère familiale était sans doute pervertie par ça. La religion, comprise comme une école du sacrifice, on la pratiquait douloureusement, de manière étriquée et formelle. Chez nous on considérait ceux qui prônaient la charité comme des traîtres. Je me souviens par exemple qu'on haïssait le pape Jean XXIII et qu'on applaudissait Monseigneur Lefebvre et ses intégristes. On préférait la droite, ou plutôt, on votait à droite, mais on n'aimait ni la droite ni la gauche, ni, finalement, la politique.

Puis, plus bas :

— Vous n'avez pas tort, Constance, on m'a bien inculqué ces idées-là, cette culture, cette perversion-là. Avant de vous connaître, j'y avais déjà pensé, par moments, mais c'est la première fois que quelqu'un ose devant moi lever le voile, me le jette au visage, et que j'ose en parler. Lorsque je songe à tout ça, à tout ce qui a fait ce que je suis, je me dis que, bien sûr, je devrais tout abandonner, tout jeter aux orties et je pense que j'en serais capable. Il y a cependant certaines choses dont je serais incapable de me débarrasser. Il faudrait alors me renier moi-même, vous comprenez ? L'une de ces choses, c'est l'honneur, mais là, vous ne pouvez pas comprendre. L'honneur, oui, ça peut vous paraître ridicule. L'honneur, malheureusement…

Il se leva, déverrouilla avec mille précautions la porte à barreaux pour pénétrer dans la cellule et s'approcha de la tête du lit. Il regarda cette jeune femme, toujours si belle malgré la pâleur de son visage. Il la regarda ainsi longtemps, avec une sorte de passion sereine, comme quelqu'un qui chercherait à s'hypnotiser. Puis il tendit la main vers elle, coula lentement ses doigts dans ses cheveux. Elle ouvrit les yeux, il retira aussitôt sa main, se détourna et s'en fut. Alors qu'il s'était éloigné, avant de franchir la porte blindée, il lui lança :

— Vous allez rester seule une heure ou deux. Dormez ! Après ce sera moi qui reviendrai. J'aurai à vous parler.

***

Chapitre XXVIII

Une nouvelle expédition ! Comme elle était la bienvenue ! Bon Dieu, il y avait longtemps ! À croire qu'ils étaient foutus au rencard. Ils avaient été bloqués, annihilés, mis hors d'état de nuire, comme une armée encerclée, contrainte de soutenir un siège. Ils avaient été obligés de jouer les matons alors que qu'ils étaient des guerriers ! Gomez, ça l'avait fait ruminer, ce qui n'est pas bon, pas bon du tout, pour un soldat. Comme il avait une modeste culture, et exclusivement militaire, ça lui avait fait penser, non pas à Camerone, le haut fait des légionnaires, ç'aurait été trop, mais plutôt au siège de Sedan qui avait sonné le glas du Second Empire, mais dans le contexte de l'espionnage. Un Sedan des services secrets, en quelque sorte… Il était assez fier de cette comparaison-là, d'avoir été capable de sortir une telle référence.

Depuis trois semaines, confronté aux explications de leur prisonnière, à ses démonstrations et à ses déductions, à ce que le commandant faisait volontiers passer pour une forme d'endoctrinement (Méfiez-vous ! leur disait-il avec un demi-sourire), il avait l'impression d'avoir été dangereusement frôlé par le souffle de l'intelligence.

On lui avait toujours dit dès les premiers jours de son instruction que, les intellectuels, il fallait s'en méfier et si possible les fuir comme la peste. Maintenant, tout sembait rentrer dans l'ordre des choses. Il était heureux comme un collégien à l'arrivée des beaux jours. Il était au volant et se sentait pousser des ailes, les ailes de la félicité. Il était tenté d'appuyer comme une mule sur l'accélérateur pour fendre la nuit à la vitesse du son, laisser sur place les autres voitures, rares il est vrai, qui circulaient encore à cette heure, négocier les courbes tel un pilote de Formule 1. Mais il se retenait, il conduisait en fait comme un véritable chauffeur de maître, même si la bagnole n'avait rien à voir avec une limousine. Il respectait scrupuleusement les limitations de vitesse, levait le pied avec délicatesse, évitant les à-coups. Dans la nuit sans lune, au travers des Pyrénées, la course du gros 4x4 était parfaitement fluide, tout comme, en sens inverse, la nuit où ils avaient amené leur belle prisonnière.

Mais là elle était absente, ils étaient entre hommes. Ils l'avaient laissée seule dans son trou à rat ! Gomez eut une petite pensée émue pour elle. C'était pas une mauvaise fille, elle parlait bien, aussi bien avec douceur qu'avec véhémence, toujours bien. En fait, c'était un sacré numéro, il fallait bien se l'avouer. Avant ça, lui, Gomez, n'en avait jamais rencontré de pareilles. Il ne se doutait même pas qu'il put en exister. Des femmes comme ça, ça courait pas les rues, c'était même contre nature. Elle aurait fait un putain de chef, de la même race que le commandant quand on y réfléchissait ; d'ailleurs ils allaient bien ensemble tous les deux. Sauf qu'elle était de l'autre côté, malheureusement. Elle était donc seule en ce moment même, ça devait pas lui faire peur. Elle avait pas peur de grand-chose. Fallait voir comme elle avait remis à sa place ce salaud de Wagner. Elle lui avait remis les couilles à l'endroit !

Il était là, Wagner, putain, juste à côté de lui dans la voiture, à la place du mort. Pour l'opération de Marseille, il fallait être quatre, c'est ce qu'avait dit le commandant, sinon il l'aurait bien laissé au chômage, cette ordure ! Bon, mais il était là, c'était comme ça et il fallait faire équipe. C'était pas son genre à lui,

Gomez, de faire capoter une opération en disant un mot de trop, même à un fumier de cet acabit. Simplement il y pensait, il imaginait la fille lui balançant son genou dans les couilles et ça le faisait sourire, il avait le droit. Wagner devait le voir sourire mais il ne savait pas pourquoi. Gomez, il aurait préféré avoir Tino à côté de lui, devant, mais il comprenait bien pourquoi on lui avait fourgué l'autre, le chef voulait pas l'avoir à ses côtés, cet enculé, voilà pourquoi !

Le commandant leur avait décrit l'objectif, à lui et à Tino, très sommairement comme à son habitude ; moins on en sait... Mais c'était globalement un objectif plutôt plaisant. Il s'agissait de faire comprendre à un type qui leur cherchait des poux dans la tête qu'il ferait mieux de lâcher l'affaire. Un truc élémentaire.

De temps à autre, Gomez jetait un œil dans le rétroviseur pour voir la tête que faisait Tino, toujours la même, c'était ça qui était rigolo. Ce Tino, on aurait dit qu'il avait rien dans la tronche, que le monde lui tournait autour avec ses drames et ses saloperies et que ça lui faisait ni chaud ni froid. Et là, les yeux grands ouverts, fixés sur le vide, il mâchait un chewing-gum, son éternel chewing-gum. Il avait forcément quelque chose dans la tête, peut-être même qu'il pensait comme lui, au même moment, ça n'aurait rien eu de surprenant. Lui non plus, il aimait pas Wagner. Mais il devait aussi savoir se vider la tête, comme les grands sportifs avant une compétition, du genre je rentre à l'intérieur de moi-même, pour la concentration. Il devait parvenir à une super concentration, le Tino. C'était pour ça que, dans l'action, y'avait jamais rien eu à lui reprocher, une sûreté et un calme olympiens. Lui, Gomez, c'était le contraire, dans l'action il était surexcité. Mais ça marchait tout aussi bien, question de caractère...

Le commandant qui, peu après la frontière, lui avait fait quitter l'autoroute et prendre la nationale – il craignait, à cause de Tino, les contrôles des gendarmes – intervint à nouveau :

— Trouve un coin tranquille ! On va s'arrêter, pisser un coup, se dégourdir les jambes, boire du café de la thermos et, pour ceux qui veulent, manger un morceau.

Et Gomez avait obtempéré. Il avait trouvé un coin qui lui semblait correspondre aux attentes de son chef. C'était à l'embranchement d'un chemin qui devait mener à une ferme, un petit coin arboré de pins chétifs dans ce paysage uniforme de garrigue maigre.

Les hommes débarquèrent. Chacun s'étirait, bâillait, faisait jouer ses jambes, sauf le commandant : ce n'était pas son genre et puis ça ne correspondait pas à l'image qu'il voulait donner... Il s'approcha de Wagner, lui posa la main sur l'épaule et l'entraîna ainsi vers le bosquet de pins, empruntant avec lui le chemin de terre.

Gomez en fut surpris. Il y avait une anomalie dans cette scène ! Était-ce l'incompréhension, la jalousie même, ou son instinct qui lui envoyait un message ? Il consulta son acolyte du regard, espérant peut-être découvrir un embryon de réponse ; mais Tino était, comme à son habitude, pas ailleurs mais de marbre, rien ne semblait le perturber. Pourtant, Gomez l'aurait juré, lui non plus ne devait rien comprendre à cette scène. Il perçut les premiers propos du commandant, des propos prononcés sur le ton de la confidence. Putain, des confidences avec ce salopard !

— Wagner, les autres sont au courant mais vous, je n'ai pas eu le temps de vous décrire la mission et surtout ce que j'attends de vous en particulier. Vous verrez que c'est tout de même plus dans vos cordes que de garder un prisonnier...

Et puis des paroles de moins en moins intelligibles au fur et à mesure que les deux hommes, complices, s'éloignaient, et puis plus rien au moment où ils disparaissaient derrière les taillis.

Gomez, interloqué, regardait encore désespérément Tino qui se contentait de mâchonner son chewing-gum lorsque le coup de feu claqua dans la nuit. Ils sursautèrent, même Tino sursauta. Tout de même, le flegme a ses limites !

Le commandant apparut tout de suite. Il était vif mais pas l'air pressé ni perturbé le moins du monde. Son arme avait disparu, probablement retournée dans un holster caché sous sa veste. Il dit, comme si de rien n'était :

— On y va !

Gomez avait redémarré, Tino s'était assis à ses côtés, à la place du mort pour le coup. Le commandant s'était installé, désormais seul, derrière. La voiture, sur cette nationale déserte, trouait à nouveau la nuit. Il y eut, non pas une minute comme il se doit, mais bien vingt minutes de silence. En hommage ?

— C'était une putain d'ordure, dit soudain Gomez qui estimait avoir suffisamment rongé son frein.

— Et puis… il faut savoir qu'il était grillé, répondit paisiblement le commandant. Mes contacts au ministère m'ont averti dans l'après-midi que le juge allait lancer un mandat d'arrêt contre lui dès demain matin, enfin, vu l'heure… dès ce matin.

— Mais moi aussi je suis grillé, intervint Tino. J'ai un mandat d'arrêt au cul, comme lui.

— Oui, mais toi, Tino, tu n'es pas une ordure, le coupa le commandant.

Tino, ému sans doute, changea de conversation :

— Putain, Gomez, on a oublié de vérifier pour le pari !

Gomez apprécia. Il aimait bien Tino ; et l'humour noir, ça le rassurait, c'était pour lui comme pour bien d'autres une manière d'exorcisme, un exorcisme contre la mort. Villejuste ne réagit pas, ne posa aucune question, comme un père occupé, témoin distrait d'une conversation entre ses enfants.

Pendant longtemps, une éternité aurait-on dit, on n'entendit plus dans l'habitacle que le ronronnement du moteur, le passage des rapports de la Porsche dans les virages et lors de la traversée de quelques villages pourtant déserts, la montée en puissance de la mécanique à leurs sorties, ainsi que le souffle différencié de la course. Les trois hommes, faute de mieux, étaient attentifs à tous ces détails.

*

Tout compte fait, elle n'était pas si mécontente que ça de rester seule pendant quarante-huit heures. Au-delà, peut-être ne l'aurait-elle pas supporté. Deux jours, c'était le laps de temps que lui avait indiqué le chef du commando. Deux jours seule, sans ces gens-là, sans personne, c'était, paradoxalement, un temps de liberté : liberté de conscience, retraite monacale, moment d'intimité. Le problème, c'est qu'elle était enfermée et que si d'aventure ils ne revenaient pas, même en s'escrimant pendant huit jours sur les barreaux et après – allez savoir – sur la porte blindée, même en hurlant à pleine voix comme une malade, elle ne pourrait jamais ni sortir d'ici ni signaler sa présence à quiconque !

Or ces types ne partaient pas quarante-huit heures en la laissant seule pour aller en vacances au Club Med. Leur vie consistait à faire des coups tordus et donc à prendre des risques, y compris celui d'y rester ou de se faire arrêter (elle ne croyait guère, allez savoir pourquoi, à cette seconde hypothèse). Et puis il y avait fort à parier que, contraints de fuir ou de s'évanouir dans la nature, ils ne prendraient ni la peine de venir la chercher, ni le risque de lever le petit doigt pour la faire libérer. Ils l'oublieraient tout simplement, trop contents de la laisser se dessécher dans le silence infini de ce trou à rat.

Donc, seule et presque abandonnée à six pieds sous terre au bas mot, elle aurait dû angoisser. Or ce n'était pas le cas ! D'ailleurs, ça n'avait jamais été vraiment le cas, par moments peut-être, mais honnêtement pas pour de bien longues déprimes…

Elle devait être droguée ! On devait lui administrer non seulement des calmants traditionnels qui la faisaient dormir si souvent, mais aussi des euphorisants, genre benzodiazépine (elle connaissait, sa mère en prenait) ou autre chose, des trucs plus puissants.

Elle regarda autour d'elle : des sandwiches frais, du pain de mie, du jambon ibérique (du pata negra, le meilleur), quelques boîtes de conserves de luxe, des fruits, fourchettes, couteaux, verres à pied, trois bouteilles de rioja, du rouge. Tout ça démontrait en tout cas qu'ils ne craignaient pas qu'elle se suicide, il y avait là tous les ustensiles nécessaires. Peut-être l'espéraient-ils même. Alors, pourquoi les euphorisants ? Et comment lui administraient-ils ces saloperies ?

Les bouteilles d'eau minérale ! Il y en avait une douzaine ! C'était là-dedans qu'ils devaient dissoudre les médicaments, ces foutus médicaments qui lui faisaient perdre sa lucidité, au point – Bon Dieu, comment n'y avait-elle pas pensé jusque-là ? – qu'il lui arrivait d'éprouver de la sympathie pour ses geôliers, surtout le premier d'entre eux… Elle décida de ne plus boire que l'eau de la douche. Le goût en était infect. À propos, dans quelle ville d'Espagne le goût de l'eau était-il infect ? À Barcelone, elle s'en souvenait maintenant !

À moitié satisfaite de cette double déduction, elle alla vider trois bouteilles de cette eau minérale dans la douche puis revint près de son lit et s'assit par terre dans la position du lotus. Une séance de yoga ne pouvait pas lui faire de mal ! Elle s'efforça d'oublier les autres et se concentra sur l'image de son père. Elle aurait bien voulu que la télépathie existât. Elle se sentit pleine de bienveillance et d'amour pour lui. Elle était sûre que ce n'était pas l'effet des médicaments, ou alors si peu…

***

Chapitre XXIX

— Il faut qu'on parle, on ne se parle plus !

Billie aimait parler, de tout, de choses futiles et générales aussi bien que fondamentales et intimes. Ce devait être dû à son boulot ou tout simplement au fait qu'elle était extravertie, ce qui n'était pas mon cas. Moi, les choses gênantes, je suis d'accord pour les aborder, il faut bien crever les abcès de temps à autre, mais il ne faut pas que ça dure trop longtemps, pas besoin de ressasser. Billie prétend que la parole libère, plus on parle, plus on s'allège. Moi, une fois que les choses sont dites, je préfère m'en tenir là. Inutile d'épiloguer ! Plus ça dure, plus ça devient pénible, une vraie souffrance à la fin. Billie me dit que je ne suis pas normal, ou alors que je confonds souffrance et jouissance, ce qui selon elle serait encore plus grave, carrément pathologique. Elle n'a toutefois jamais prononcé à mon sujet de diagnostic définitif, Dieu merci. Bon, mais ces conversations-là, entre nous, ne sont jamais définitives. Elles ne sont pas fréquentes non plus, ce qui fait que je finis par oublier le danger qui me guette. Là, j'étais désarmé, sans méfiance, car il y avait longtemps que ça ne s'était pas produit.

Ce soir-là, elle était rentrée tard, plus tard que moi, une fois n'est pas coutume. Elle arborait des yeux sombres, de ce vert sombre inquiétant que je connaissais bien. Je vis que sa journée s'était mal passée. Billie ne ment jamais, elle a le mensonge en horreur, ce qui n'est pas très raisonnable à mon avis. Elle ne s'embarrasse pas non plus de cacher ses sentiments ; quelquefois d'ailleurs, avec les autres, ça nous met dans des situations délicates. Il y avait donc de l'orage dans l'air, ce qui ce soir-là, soit dit en passant, ne m'arrangeait pas, j'avais plutôt besoin de consolation et d'encouragements. Bon, mais après tout, me dis-je, nous allions échanger sur nos petits malheurs du jour et ça nous ferait du bien.

Voilà pourquoi je crus voir tomber la foudre quand elle prononça cette phrase, comme une sentence : « Il faut qu'on parle, on ne se parle plus ! » Bonne mère, comme dit Juston, c'était lancé, je ne savais comment y échapper. Elle aurait pu me parler de sa contrariété du jour, probablement un gamin qui lui en avait fait voir de toutes les couleurs, et quant à moi je lui aurais confié qu'on avait découvert au lever du soleil le type contre lequel je venais de lancer un mandat d'arrêt le matin même. Que, ce qui était fâcheux, c'est que c'était son corps qu'on avait découvert dans un chemin de terre pas loin de Montpellier, une balle dans la nuque ! Qu'on l'avait identifié en fin d'après-midi et que je venais donc d'apprendre cette mauvaise nouvelle.

On aurait dit que c'était le mandat d'arrêt qui avait provoqué sa mort ! Et en un sens c'était vrai, j'en étais sûr ; sauf que l'on pouvait se demander comment le tueur avait eu connaissance du mandat ! Il fallait nécessairement qu'il ait eu des informateurs, dans la police à Marseille, ce qui était peu probable, ou à Paris au niveau du ministère de l'Intérieur, ce qui ouvrait des perspectives assez vertigineuses. Cette affaire commençait à sentir sacrément le roussi et, moi aussi, je me sentais un peu rôtir. Juston, qui m'avait balancé ce *Scud*, ne m'avait pas caché que c'était chaud, très chaud, et qu'à l'Évêché, à l'état-major de la PJ, ils étaient en train de mettre en place, pour ma pomme, une protection rapprochée. Un truc carrément insupportable pour un type comme moi. Il y a des juges d'instruction qui adorent ça.

Ça les fait accéder aux feux de la rampe, façon juge anti-mafia : ils se font filmer dans cet équipage à leur arrivée au palais de justice et trouvent que ça a de la gueule, ces deux malabars qui se trimballent avec eux dans une bagnole avec gyrophare, qui leur ouvrent précipitamment la portière, ne les lâchent pas d'une semelle et balancent des regards acérés un peu partout, devant, derrière et en haut ; pas en bas, heureusement, ce serait carrément ridicule…

Un jour, j'en ai même vu un accepter, à la demande d'un reporter de TF1 dont le cadreur avait manqué sa prise, de refaire le coup de la sortie de la voiture ! Les deux malabars s'étaient exécutés mais ils avaient pas eu l'air d'apprécier… Moi, ce genre de situation, ça m'avait toujours paru grotesque et je savais que si ça devait m'arriver j'étais foutu, mes amis et ma famille en profiteraient au long cours et n'arrêteraient plus de se foutre de ma gueule.

Et voilà qu'avec tous ces soucis que je me trimballais, j'étais en plus convié à une séance d'introspection sentimentale, de déballage intime, voire d'autocritique au sens quasi soviétique du terme…

En fait, avant que Billie ne rentre, j'avais prévu d'aller faire un petit footing histoire de me vider la tête et je m'étais équipé en conséquence : survêtement et chaussures de sport. Elle ne l'avait sans doute pas remarqué ou alors, c'était l'hypothèse la plus vraisemblable, elle avait fait semblant de ne rien voir. Mais je pouvais difficilement le lui faire observer et lui dire que nous discuterions après. Il aurait fallu autre chose, une chose qui ne vienne pas de moi, un événement quelconque…

Et le miracle se produisit sous la forme d'un appel téléphonique, un appel de sa sœur. Au début, elle eut l'air de vouloir abréger, mais il aurait fallu un motif et c'était assez délicat d'expliquer qu'il fallait qu'elle et son mec parlent sans délai. La sœur lui aurait rétorqué, à juste titre, qu'elle avait tout son temps pour ça, que son mec, elle l'avait sous la main, ce qui, pour les femmes de cette famille, n'était pas un vain mot. Donc, conformément à une autre caractéristique familiale, elles se mirent à discuter et à discuter ferme. Je les laissai embrayer. Lorsqu'il me sembla que la mayonnaise avait pris, je me levai, et, à moitié par signe et à moitié au moyen de chuchotements, fis comprendre à Billie que j'allais courir un peu, en attendant. Dans la situation où elle était, il lui était impossible de me retenir. Elle me balança bien un coup d'œil furibond mais il en aurait fallu plus…

Je quittai donc la scène à tâtons et me retrouvai cinq minutes plus tard, seul avec moi-même, trottinant à la fraîche sur les larges allées de l'avenue du Prado. Le premier kilomètre me parut assez pénible, la machine était rouillée, mais comme d'ordinaire, ce premier moment passé, je me mis à ventiler avec aisance et parvint à me convaincre que ce corps qui, quelques instants auparavant, me semblait rompu, fonctionnait toujours bien et répondait même à merveille, une bonne mécanique, un peu usée peut-être, mais encore capable de tailler la route. Bref, je me sentais rajeuni et ça me rassurait. C'est aussi ça qui est bon dans le sport en général et le footing en particulier, ça vous ramène à des idées simples et, si nécessaire, ça vous les remet en place.

Après une demi-douzaine de kilomètres, alors qu'ayant terminé ma boucle devant le parc Borély je revenais sur mes pas et descendais allègrement une rue transversale qui allait me ramener sur ces fameuses allées du Prado propices aux joggers, une voiture s'arrêta à ma hauteur et, sans que je ne puisse rien y comprendre, des types, au nombre de trois je crois, se jetèrent sur moi et puis, bon Dieu ! Les coups se mirent à pleuvoir.

Je dois à la vérité de dire que ces types m'agressèrent sans le moindre dommage pour eux. Je m'étais fait surprendre et ils ne me laissèrent pas le loisir de « faire un tour du côté sauvage », comme dit Lou Reed dans sa célèbre chanson. Je n'étais plus tout jeune et il y avait bien longtemps que je n'avais plus pratiqué la « castagne » ; pas l'occasion ni le goût d'ailleurs et, lorsque je l'avais pratiquée c'était un peu « pour du beurre » comparé à ce qui m'arrivait là. Je dus leur paraître une proie facile et du coup partir très vite dans le monde du silence. Les actions suivantes et le temps qu'elles durèrent m'échappèrent donc complètement, rideau !

*

Ça n'allait pas bien du tout, ni sur le plan physique, ni sur le plan intellectuel, ni sur le plan psychologique. J'étais sonné évidemment, mais j'étais aussi abasourdi, je n'arrivais pas à concevoir ce qui m'était arrivé. Je me souvenais seulement de cette grosse voiture, un 4x4 il me semble, qui s'était arrêtée à ma hauteur, d'une bousculade derrière moi, de coups redoublés sur ma pauvre personne, d'une explosion dans ma tête et c'était tout. Je demeurai donc là, hébété, allongé sur le dos, sans la moindre velléité de changer de position ou de faire quoi que ce soit d'autre. Une sorte de légume qui était moi sans l'être tout à fait. Je fis toutefois une tentative de retour à la vie normale et ouvris péniblement les yeux.

Il y avait au-dessus de moi un type qui devait me serrer le cou ou s'appuyer dessus car j'avais un mal de chien à respirer. Je ne savais pas où j'étais et d'ailleurs, à ce moment-là, ça non plus ça ne m'intéressait pas.

Le gars au-dessus dit, un peu comme l'aurait fait un anesthésiste, ce fut en tout cas l'idée farfelue qui me traversa l'esprit :

— Il revient.

Il devait parler à des interlocuteurs que je ne voyais pas. Il est vrai que mon champ de vision était très réduit avec cette entrave sur mon cou. Puis il ajouta, sur un tout autre ton, et je compris que c'était à mon intention :

— Mon cher juge, il faut tout arrêter là, l'affaire Constance Sicardi est finie, bouclée, il n'y a plus d'affaire Constance Sicardi. Il conviendrait donc de mettre la pédale douce d'abord, de tourner un peu en rond ensuite, puis d'atterrir en douceur. Ce ne sera pas la première fois qu'une affaire judiciaire partira en quenouille.

Je ne répondis rien à ce curieux conseil prononcé d'un ton affable et un autre type pénétra dans mon champ de vision, il était bien plus excité que le premier, ce devait être voulu, et se mit tout de suite à vociférer :

— Mets-toi bien ça dans la tête, juge de mes deux, tu laisses tomber l'affaire, tu la transformes en eau de boudin, ça n'étonnera personne parce que ce sera pas la première. T'as compris ?

Bien que, pour être honnête, je fusse mort de trouille, je fis appel aux mânes des héros de ma jeunesse qui n'avaient pas tout à fait quitté mon cœur, pour trouver la bonne répartie. Et cette repartie, ma foi, elle vint toute seule :

— Va te faire foutre !

Le méchant qui avait remplacé l'anesthésiste au-dessus de moi parut interloqué, ce n'était apparemment pas ce qu'il attendait d'un vieux juge rassis, marié et père de famille. Du coup, étant probablement à court d'idée, il me balança un direct du droit dans la tronche qui, bien que violent, me parut assez supportable. Je n'avais plus l'habitude de recevoir des coups : la dernière fois que ça m'était arrivé remontait à l'an pèbre, je devais avoir vingt-cinq ans et c'était au cours d'un de mes derniers matchs de rugby. Ça avait mal tourné ce qui arrivait de temps en temps, rien de bien méchant. Pour en revenir au temps présent, la relative légèreté du coup s'expliquait par deux phénomènes concurrents : d'abord j'étais allongé sur une sorte de canapé et ma tête absorbée par le dunlopillo avait dû se rétracter au moment du choc et ensuite, le coup, bien que porté de haut en bas comme un marteau, était un peu court et manquait d'élan.

Alors que j'analysais tout ça, assez satisfait du retour de mes facultés intellectuelles, je dois dire, le salopard m'en décocha un second. Là, je ressentis la douleur car il devait m'avoir, lors du premier temps de la valse, fait exploser la pommette et bien sûr la récidive au même endroit ne pouvait être que plus douloureuse. Toutefois je ne bronchai pas, peut-être un « humpf » ou quelque chose d'approchant mais rien de plus. Mes vieux héros veillaient sur moi et leur exemple semblait me soutenir efficacement dans l'épreuve. Heureusement, mon premier interlocuteur, apparemment plus civilisé et qui de ce fait avait mes faveurs, se décida à reprendre le dialogue :

— Tu as une femme, jolie femme, intelligente et délicate. On sait où elle travaille, on connaît ses trajets, ses habitudes… Tu as deux garçons qui vont au lycée, au sport le mercredi et chez les copains le week-end, pareil pour eux. Toi, tu acceptes de prendre des coups et tu accepterais même d'en prendre encore sans moufter, d'après ce qu'on comprend ; pourquoi pas ? C'est tout à ton honneur et finalement ça n'engage que toi. Mais mon petit doigt me dit que tu ne serais pas forcément toujours d'accord s'il était question qu'on touche à ta petite femme ou qu'on aille jusqu'à martyriser un de tes gosses, n'ai-je pas raison ?

Le type parlait plutôt bien, malgré cette touche de familiarité, qu'il s'imposait, à mon avis. C'était surprenant. Ce n'était pas un malfrat, j'en étais sûr. Un mafieux, peut-être ? Non, c'était encore autre chose. Mais je n'avais pas le temps d'y réfléchir. En tout cas ce type était intelligent, ça sautait aux yeux, il devait être le chef des deux autres : le marteau-pilon et le fantôme qui devait évoluer derrière moi. Du coup, je changeai de registre :

— Écoutez, dis-je, je suis peut-être un cave, mais j'ai quand même rencontré pas mal de monde et fait pas mal d'expériences pendant presque trente ans de ma carrière de juge. Et s'il y a bien une chose que j'ai apprise, c'est que céder à des menaces contre soi-même ou contre les siens, c'est mettre le doigt dans un engrenage qui n'a pas de fin et en plus ça ne sert à rien qu'à vous rendre encore plus vulnérable. Donc, en conclusion, allez vous faire…

Je n'eus pas le temps de préciser faire quoi et chez qui, un troisième puis un quatrième puis bien d'autres coups de poings que je renonçai à compter se mirent à pleuvoir sur ma petite personne pendant que je roulais à terre, histoire de changer un peu et, après leurs poings, de goûter à leurs pieds. Pour ce qui est des coups de pieds, l'excité ne se fit pas prier, ce devait être un footballeur.

Après ça, à nouveau, rideau !

***

Chapitre XXX

De retour à Barcelone, Villejuste avait annoncé à Gomez et Bonacorsi qu'il se chargerait du premier quart, comme on dit dans la marine ; ça ne les avait pas étonnés. Leur chef était raide dingue de cette fille, c'était ce qu'ils pensaient tous les deux, et ils commençaient à trouver ça inquiétant. Comment allait-il gérer la suite des événements ? Selon eux il n'y avait pas meilleur stratège que le commandant Villejuste, pas de chef plus avisé, plus juste et plus préoccupé du sort de ses hommes, en conclusion, pour eux qui étaient exclusivement des combattants mercenaires, pas de meilleur guide pour traverser la vie ; car c'était bien leurs destinées qu'ils lui avaient confiées. En toutes circonstances il prenait les bonnes décisions, il fallait le reconnaître. Eux, ça les dépassait, mais ça les prenait aussi quelquefois de court, soit parce qu'elles les surprenaient, soit parce que, ces décisions, ils les trouvaient non seulement inattendues, mais aussi, par moments, incongrues... Pourtant ils lui faisaient confiance, une confiance aveugle, et il leur fallait patienter, attendre le fin mot de l'histoire pour comprendre, et c'était à chaque fois pour eux comme un émerveillement, un instant de grâce même, et ça les confirmait dans ce dévouement et cette admiration sans limite qu'ils avaient pour lui. Toutefois, là, ce n'était pas sous l'angle de l'intelligence stratégique que se posait le problème – même si les paramètres négatifs, comme on disait aujourd'hui dans les états-majors, s'étaient accumulés avec les mauvaises nouvelles – c'était sous un autre angle, tout à fait subjectif celui-là, où, selon eux, l'intelligence n'avait plus sa place ni même la raison. Là, c'était l'instinct qui devait primer. Et, question instinct, ils se sentaient aussi bons que leur chef ! Voilà, en substance, ce qu'ils pensaient, même si leur analyse de la situation était infiniment plus confuse. Dès qu'une femme apparaissait dans le tableau, même les meilleurs s'y laissaient prendre, ça, c'était une certitude ! La femme, c'était le talon d'Achille du guerrier !

L'ennui, c'était qu'ils gambergeaient chacun de leur côté, ils n'en avaient pas discuté tous les deux : incapacité de parler de ces choses-là, crainte révérencielle, inhibition, pas question de dire du mal du chef, il devait rester sur son piédestal ! Ils ignoraient donc qu'ils étaient tous les deux sur la même longueur d'onde et gardaient pour eux leurs soucis et leurs craintes. D'ailleurs, quelles initiatives auraient-ils pu prendre ? C'était des hommes qui en étaient au degré zéro de la stratégie. Pour eux, lorsque se posait un problème, la démarche ne consistait pas à le résoudre, mais à l'éliminer. Et le problème, ici, c'était Constance Sicardi. Il aurait donc fallu, en bonne logique, éliminer Constance Sicardi !

Aussi étaient-ils montés, sans un mot, se reposer chacun dans la chambre qui lui était réservée au quatrième étage de l'immeuble, à quelques dizaines de mètres au-dessus de la cave où leur commandant devait se débattre avec son affaire de cœur.

*

Lorsque Villejuste pénétra dans le sous-sol, un peu fébrile en effet, il fut gratifié d'un regard peu amène. Il ne s'y attendait pas, il avait espéré mieux, bien mieux, pour tout dire quelque chose qui aurait exactement ressemblé à l'inverse. Pourtant, il ne fallait pas rêver, à quoi pouvait-il raisonnablement s'attendre ? De la satisfaction, un peu de reconnaissance, au moins un signe de soulagement… Que s'était-il donc passé ? Rien, bien sûr ! Allons ! Il ne pouvait rien s'être passé ici, dans cet antre coupé du monde… Ah, si ! Et il comprit.

Seulement Constance avait compris avant lui. Depuis plus de vingt-quatre heures elle ne buvait plus l'eau en bouteille, elle consommait celle, infecte mais peu lui importait, du robinet. Et ce qu'elle pressentait s'était réalisé. Ils la droguaient ! Ça avait commencé par une piqûre, au moins c'était clair et, par la suite, une dissolution dans l'eau minérale qu'ils lui apportaient. Et le genre de drogue qu'ils lui filaient, ces salauds, c'était une variété d'euphorisant, un truc pour lui donner le moral, lui faire voir la vie en rose, tout le monde il est beau, tout le monde il est gentil ! D'une certaine manière, ça avait marché. C'était une des choses qui la rebutaient et qui la dégoûtaient en cet instant, mais ce n'était pas la pire ! Elle qui menait le combat contre toutes les aliénations, donc et y compris la camisole chimique dans certains hôpitaux psychiatriques et dans les prisons, elle l'avait expérimentée ici, contrainte et à son insu.

Elle répondit cependant au bonjour aimable du maton en chef, s'efforçant de dissimuler toute la colère, la haine et le mépris qu'il lui inspirait. Elle ne voulait pas le braquer, elle se disait encore vaguement que, peut-être, à un moment ou à un autre, elle aurait une carte à jouer. Et puis, ce retour à la réalité n'avait pas que de bons côtés, loin s'en fallait. L'état de manque mais aussi l'angoisse jusque-là gommée par le produit, la ravageaient. Malgré tous ses efforts, elle se sentait irrémédiablement broyée par le désespoir, transformée peu à peu en une petite chose rabougrie par la dépression, comme sa mère les derniers temps, une image qui l'avait à tout jamais marquée et qu'elle n'était pas près d'oublier. Cet état-là, pitoyable, devenait pour elle pire encore que celui de prisonnière chimique.

Comme s'il lisait dans ses pensées, son ravisseur lui dit :

— Vous devriez vous remettre à l'eau minérale.

Le salaud ! Elle allait le faire, elle le savait bien, elle était trop mal, impossible de résister. Elle se jura pourtant de garder en elle, bien au chaud, comme un trésor, cette haine qu'elle éprouvait en cet instant pour lui et tous les gens de son espèce. Elle s'accorda même un répit pour réfléchir à tout ça car, devenue pessimiste, elle se disait qu'il y avait peu de chance qu'elle revienne de cette aventure. Ça l'incita à s'interroger sur ses engagements, sa vie, ce qu'elle en avait fait. Et il lui vint des regrets, pas le regret des choix qu'elle avait faits, certainement pas, mais bien plutôt celui d'avoir été une contestataire pacifique, une révolutionnaire d'opérette.

Les spéculateurs et les escrocs qui étaient au pouvoir n'y allaient pas par quatre chemins, eux : la preuve ! Elle aurait dû écouter les jusqu'au-boutistes. C'était eux qui avaient raison, alors qu'au contraire elle avait mis tout son poids, toute son énergie, toute sa force de persuasion pour les convaincre de rester dans la légalité ou tout au moins aux frontières de la légalité. Elle se souvenait avoir pris à part un type, un ouvrier surexcité, qui, à la suite du déménagement nocturne de son usine par un patron voyou, voulait lui faire la peau. Il disait avoir tout perdu, son travail, sa maison acquise à crédit, sa femme bientôt, et du coup n'avoir désormais plus rien à perdre. Il voulait faire justice puisque personne ne la faisait, bien au contraire. Elle lui avait longuement parlé, elle l'avait raisonné. Peut-être ne serait-il jamais passé à l'acte après tout ! N'empêche, elle se disait aujourd'hui que cet acte désespéré aurait eu valeur de symbole, un grand coup dans la fourmilière des sans foi ni loi !

Mais l'angoisse reprenait le dessus, chassant ces dérivatifs, elle alla boire enfin à la bouteille, vaincue. Elle savait qu'il lui restait quelques instants de lucidité. Elle voulut, avant que le médicament ne fasse effet, cracher son venin :

— Qui êtes-vous ?

La question le prit de court. Elle insista :

— Oui, vous, vous savez parfaitement qui je suis, vous en usez et en abusez. Vous discutez avec moi, vous faites mine de me faire des confidences, vous jouez le jeu de la confiance, de la complicité même, voire plus, et vous ne vous êtes même pas présenté !

Villejuste, sans prendre la peine de réfléchir, se lâcha :

— Villejuste, dit-il.

— Comment ?

— Henri Villejuste, confirma-t-il, C'est mon nom.

Constance resta muette. Elle ne s'attendait pas à ça. Si c'était la vérité, quelle révélation ! Mais pourquoi aurait-il menti ? Il lui aurait suffi de continuer à se taire ! Et puis la réponse avait été totalement spontanée... Voilà qui avait des conséquences, des conséquences forcément funestes, à moins que ? Pourtant elle ne s'y arrêta pas. Le médicament commençait à faire son effet, elle se sentait infiniment mieux, plutôt optimiste, et elle ne voulait en aucun cas revenir en arrière. Elle esquissa même un sourire.

— À quoi pensez-vous ? demanda Villejuste.

— À rien d'important, une association de mots.

— Mais encore ?

— Je pensais à Saint-Just, le conventionnel, « Villejuste - Saint-Just », vous voyez ? Mais la comparaison ne doit pas vous plaire ; un révolutionnaire, pensez ! Un homme de la Terreur, qui a tant de sang sur les mains ! Quoique, ça, pour vous... Et puis il faut dire que cette comparaison, elle ne vous est pas favorable ! Elle émit un petit rire sarcastique.

— Vous avez peut-être raison, dit-il.

— Bien sûr que j'ai raison ! Vous qui, je le sais, vous imaginez être l'instrument d'une grande idée, le soldat d'une grande cause, un homme d'honneur, une sorte de chevalier croisé, n'êtes en réalité qu'un pauvre exécutant, un jouet entre les mains de gens qui vous trompent, qui se commettent avec n'importe qui, qui tirent les marrons du feu, qui, pour ne pas se salir les mains, vous font faire le mercenaire, le garde-chiourme, le geôlier, l'assassin peut-être, le tortionnaire sûrement, en tout cas l'exécuteur de leurs basses œuvres. Et vous, vous marchez dans la combine, les yeux fermés, vous gargarisant de votre fidélité et du respect de la parole que vous leur avez donnée !

Au fur et à mesure que se développait cette sentence, Villejuste se tassait, la tête baissée. Était-ce du fait des mots eux-mêmes où de celle qui les prononçait ?

— Vous qui aimez la guerre et vénérez la gloire, savez-vous quelles furent les dernières paroles de Saint-Just ?

Il ne répondit pas, il était accablé. Il devait avoir à l'esprit, lui, le militaire, l'image célèbre de Saint-Just avec son plumet tricolore, allant et venant sans souci du danger entre les lignes des soldats de l'an II.

— « J'ai acquis ma part d'éternité et personne ne pourra jamais me la prendre ! » C'était juste avant de mourir sur l'échafaud. Il avait vingt-six ans.

En cet instant fugace, Constance eut conscience de tenir cet homme, là, devant elle, entre ses mains. Elle savait bien que ça ne durerait pas. Elle médita néanmoins sur la puissance du verbe…

***

Chapitre XXXI

Lorsque je revins au monde, j'avais froid, mon corps était douloureux et j'étais ficelé comme un ballotin, c'est-à-dire plutôt mal. C'était, à part le fait que je sois encore en vie, mon seul sujet de satisfaction. Les types avaient dû faire ça à la va-vite ou alors ils avaient eu pitié de moi. Quoi qu'il en fût, pour eux ça n'avait guère d'importance, ils devaient être loin, et puis il faut dire qu'ils m'avaient bel et bien ligoté d'une autre façon.

Mon esprit flottait en effet dans une brume épaisse et je n'étais ni malheureux ni désespéré le moins du monde, alors que mon état et ma situation n'étaient guère enviables, c'était le moins que l'on puisse en dire. Et puis tout de même, je n'étais ni un héros de roman d'espionnage, ni un personnage de bande dessinée, ni même un jeune aventurier volontaire pour en découdre avec les forces du mal, mais un vieux juge respectable, honorablement connu, père de famille et, il me fallait l'admettre, plutôt amateur de vie tranquille et de confort. La déduction était simple et d'ailleurs je pus en vérifier le stigmate sur mon avant-bras gauche : ils m'avaient fait une piqûre, un mélange de somnifère et d'euphorisant, sûrement.

Au prix de diverses contorsions et de plaintes déchirantes qui ne pouvaient malheureusement émouvoir personne, je parvins à me lever et, pendant que je m'y efforçais, j'entendis passer une voiture et repérai même le faisceau des phares qui balayaient l'obscurité bien au-dessus de ma tête. Il y avait une route deux ou trois cents mètres un peu plus haut. Il faisait nuit mais je pus constater que l'on m'avait déposé – ou plutôt balancé – au bord d'un chemin qui devait précisément rejoindre la route.

Je me mis donc à sauter à pieds joints dans cette direction. J'avais beau avoir été « optimisé » par l'euphorisant, mon moral se mit à accuser une baisse sensible, un peu comme un baromètre à l'approche d'un cyclone. Chaque saut provoquait une douleur terrible, surtout dans ma cage thoracique. Ces salauds n'avaient pas pensé à tout : ils auraient pu ajouter à leur potion magique un analgésique ! Tout autour de moi la garrigue, une garrigue pauvre et rase et un vallonnement que je reconnus : j'étais sur la Gineste, ce massif qui sépare Marseille et Cassis et qui, plongeant en apothéose dans la mer, donne les fameuses calanques. Je finis par parvenir au bord de la route et fis un signe pas très orthodoxe à la première voiture, un petit 4x4. Le type qui était, me sembla-t-il, avec sa femme, me voyant de loin, ralentit, me regarda en détail et manifestement ce qu'il vit ne lui convint pas. Arrivé à ma hauteur, il relança soudain la machine.

J'étais déçu, désemparé, mais je restai là, tel quel, tanqué comme un santon insolite, debout au bord de la route désormais déserte et silencieuse. Il devait être tard, trois ou quatre heures du matin, et c'est une heure où les gens de bien sont au lit. Au moins dix minutes plus tard, alors que j'étais toujours là, parfaitement hiératique, la tête dans les limbes grâce au filtre miraculeux qu'on m'avait administré, une seconde voiture se signala. À la forme des phares je constatai qu'elle n'était pas de première jeunesse. Le conducteur dut me voir tout de suite, intéressé sans doute par le spectacle que j'offrais. Il ralentit très tôt de sorte qu'il roulait au pas bien avant de se trouver à ma hauteur. En fait ils étaient deux ; deux jeunes et une vieille voiture, normal ! Ils eurent le temps de me détailler tout leur saoul. Ils me passèrent devant le nez, comme ça, tels les touristes lors d'un safari, j'imagine. Je ne me sentais pas la force d'en faire plus, pas pour les intéresser façon repas des fauves bien sûr, mais pour leur faire comprendre, au moins leur faire comprendre.

D'ailleurs je ne voyais pas quoi faire de plus, ma situation était en elle-même éloquente. Les questions qu'ils devaient se poser étaient de savoir qui m'avait fait ça, qui j'étais, et la raison pour laquelle on m'avait soumis à ce traitement. Peut-être se disaient-ils que je pouvais le mériter et que par conséquent je n'étais pas forcément un type en qui l'on pouvait avoir confiance. Il faut dire que la route de la Gineste a mauvaise réputation, surtout la nuit. On y a trouvé de nombreux corps et, la plupart du temps, sans vie. Je pouvais comprendre les réserves de ces deux jeunes, finalement.

À cinquante mètres au-delà, alors que j'avais perdu tout espoir, la voiture s'immobilisa puis entama une marche arrière. Elle finit sa course, non pas devant moi, mais à une dizaine de mètres, ce qui m'obligea à faire ce bout de chemin en sautillant à nouveau de manière ridicule, sans compter la douleur. Comme je ne pouvais pas ouvrir la portière arrière, le passager fut obligé de sortir. Ils étaient méfiants, c'était pour ça qu'ils avaient vérifié comment je me déplaçais et c'était pour ça que le type m'ouvrit la portière sans manifester la moindre velléité de me libérer de mes liens. Je me gardai de protester, trop content de l'aubaine, et m'engouffrai tant bien que mal dans la voiture.

C'était des jeunes des quartiers Nord, je le repérai à leur dégaine et à leur mutisme ; pas curieux, les types ! Sans le savoir, ils devaient avoir repris la devise ancestrale selon laquelle la parole est d'argent mais le silence est d'or. Ils avaient cependant un bon fond, la preuve ! Mais je me dis que je n'avais aucun intérêt à me dévoiler. C'était des gens, je le savais, qui ne voulaient en aucun cas avoir affaire aux autorités et, spécialement, à la police. Moi, j'avais justement besoin d'avertir la police et je ne me voyais pas largué n'importe où dans Marseille, à part, peut-être, devant le commissariat de l'Évêché, ce qui ne semblait pas faire partie de leurs projets. Je respectai donc leur omertà en attendant qu'ils prennent une initiative. La voiture se dirigeait maintenant vers Marseille et c'était déjà pas mal.

Alors qu'attaquant la descente en lacets de la route de la Gineste, nous plongions sur la ville, et que ses lumières nous réservaient le spectacle féerique de sa grande rade dessinée par l'ombre de la mer, une voiture de police particulièrement pressée nous croisa. Notre conducteur rompant le silence, s'exclama :

— Putain, c'est la BAC, qu'est-ce qu'ils foutent là ?

Il faut dire que la BAC n'a en principe rien à faire en dehors de la ville, ce que n'ignoraient pas mes deux petits futés (allez savoir pourquoi...), et qu'il était donc légitime de s'étonner de sa présence ici. Mais moi, ça ne m'étonnait pas tant que ça. Je me dis que le couple courageux de tout à l'heure, dans son 4x4, avait dû avertir les autorités de ma présence incongrue sur le bord de la route et qu'on avait dû aussitôt dépêcher une patrouille.

Je tirai d'autres conclusions plus précises de la manière dont cette voiture nous avait croisés : il y avait eu comme un ralentissement qui n'était, selon moi, pas seulement dû au virage suivant, en épingle à cheveux, il est vrai. Les flics avaient dû s'intéresser à nous. Mon chauffeur ne semblait pas s'en être aperçu car, sauf l'exclamation due à la surprise, il poursuivait son bonhomme de chemin comme avant, en fonction des possibilités de sa vieille caisse dont, dans cette descente rapide et sinueuse, le frein moteur s'avérait bien utile, faute de mieux.

Ce que j'avais supputé et, je dois le dire, un peu souhaité – n'en déplaise à mes hôtes – se réalisa. La voiture de la BAC se matérialisa quelques instants plus tard dans le rétroviseur alors que nous abordions, solitaires, le rond-point de Mazargues qui d'ordinaire tourne inlassablement autour de son obélisque. Mes deux hôtes s'affolèrent un peu, ils exprimèrent leur désarroi dans une langue typée, vive et pleine de verve, et le chauffeur, très agité, m'interpella :

— Vous avez des merdes à cacher, vous ?

Je décidai de la jouer cool et solidaire :

— Moi, non ! Enfin, à part ces trucs (du menton je lui désignai mes liens mais ça ne sembla pas l'intéresser). Mais... et vous ?

J'avais en effet compris que pour eux il n'en était pas tout à fait de même.

— Nous ? Eh ben, la caisse elle est bien à moi si ça peut vous rassurer ; mais bon, je viens de l'acheter, l'assurance est pas encore à mon nom et j'ai pas eu le temps de tout mettre aux normes, y a des petits trucs qui caguent un peu... Mais putain c'est des trucs que les flics, ils tolèrent pas en général : les pneus, les freins, l'éclairage, enfin... toutes ces conneries, quoi !

Entre-temps ce qui devait arriver était arrivé. La bagnole de flics, après avoir hurlé un bon coup sans nécessité, ce qui devait avoir réveillé toute la population de ce quartier bourgeois, nous avait serrés contre le terre-plein du boulevard Michelet et nous avions été obligés de nous immobiliser, bloqués, attentistes, inquiets et de ce fait le cœur battant (pas le mien bien sûr, mais je faisais semblant).

Les trois gars de la BAC furent à la fois très professionnels et très spectaculaires ; je veux dire spectaculaires au sens cinématographique. Leur vitesse d'exécution pour s'extraire de la bagnole, se positionner et brandir leurs pétards me sembla même prodigieuse, mais j'étais, comme on sait, très fatigué. Mes deux nouveaux amis s'apprêtèrent à obtempérer à l'ordre de sortie qui suivit immédiatement la manœuvre « Tout le monde dehors ! ». Malheureusement, il y eut aussitôt un contrordre problématique :

— Un par un !

Je compatis au désarroi manifesté par mes voituriers. Il est des moments où, par la force des choses, on est parfaitement d'accord pour laisser de côté toute fierté et pour n'être plus qu'un simple et docile exécutant, un simple jouet aux mains des autres, de ceux qui sont maîtres de votre destin. C'est un truc qui demande déjà, pour un jeune Marseillais des quartiers Nord, un effort de renoncement vraiment contre nature. Mais, ce pas si difficile étant franchi, le fauve étant dompté, c'est une erreur manifeste de la part des vainqueurs que de lui demander la moindre initiative un tant soit peu intellectuelle telle qu'un choix et même un arbitrage.

Les deux gars baissèrent la tête, probablement en signe de soumission et le temps fut suspendu. Il ne se passa plus rien, on aurait dit une photo, ou mieux encore, ce phénomène de pétrification provoqué il y a bien longtemps, pour ceux qui se souviennent, par l'infâme Zorglub, le savant maléfique, dans le village de Champignac.

Le moment me sembla venu d'intervenir et, de mes deux mains liées, je frappai la vitre.

Un des flics, le chef de patrouille, présumai-je, s'approcha avec circonspection et m'ouvrit la portière. Je sortis le plus dignement que je pus et, désignant la voiture de mes mains toujours jointes, je dis :

— Ils ne m'ont pas enlevé. Au contraire, ils m'ont ramassé sur le bord de la route pour me ramener à Marseille, ils devaient me déposer au commissariat, sur la Canebière. C'est ce qui était convenu.

Le flic, qui s'était reculé d'un bond après m'avoir obligeamment ouvert la portière et qui me braquait spécialement pendant que les deux autres gardaient pour cibles mes deux compagnons d'infortune me demanda :

— Qui êtes-vous ?

Je compris au vouvoiement qu'une petite idée germait dans sa tête et qu'il commençait à associer la disparition du juge Galtier diffusée discrètement dans la nuit sur les canaux policiers et l'apparition surprenante – si ce n'était miraculeuse – d'un type entravé sur la route de la Gineste.

— Je crois que vous avez compris… lui répondis-je, car il faut de temps à autre savoir flatter les gens. Surtout ceux qui, dans les situations tendues, consentent néanmoins à faire fonctionner leurs cerveaux.

Et je lui tendis mes deux mains.

Alors que mon bonhomme hésitait toujours, c'était sans doute un adepte du principe de précaution et je ne pouvais lui en tenir rigueur, un des flics braqueurs, sans se départir de sa position de tireur presque accroupi, intervint :

— Ouais, c'est bien lui, je le reconnais, je l'ai vu plusieurs fois au palais de justice !

Le chef se détendit, rangea maladroitement son arme, ce qui prouvait que cet exercice lui était moins familier que l'exercice contraire, et entreprit de me défaire de mes liens.

— Excusez-moi, monsieur le juge, dit-il, avec ces mecs, on n'est jamais assez prudent !

Les « mecs » en question étaient estomaqués par la révélation de ma qualité, on pouvait les comprendre. D'ailleurs, oubliant toute prudence, ils ouvrirent en même temps leurs portières respectives, ce qui provoqua un instant de tension insoutenable qui aurait pu tout aussi bien tourner au carnage.

Et puis voilà, nous étions là, tous les cinq, dans le calme et la fraîcheur de la nuit, comme des badauds, personne ne sachant comment poursuivre la conversation. Ayant recouvré ma dignité et l'usage de mes mains, si utiles à l'exercice de l'autorité, je fis signe à mon libérateur de finir l'ouvrage au niveau de mes pieds et donnai des directives. Bon Dieu, que c'était agréable !

— Ces messieurs vont vous donner leurs identités et le commissaire Barthélemy les convoquera. Menez-moi au commissariat !

— Mais… rétorqua le chef de patrouille, détaillant les deux « mecs » et surtout leur bagnole, on pourrait procéder à une… vérification rapide.

— Écoutez, chef, il y a plus urgent ! dis-je, laissant transparaître juste la petite dose d'agacement nécessaire.

— Bon, prenez leurs identités, dit-il avec regret.

Le nécessaire étant fait, je serrai la louche de mes sauveurs, glissant au chauffeur de se rendre en bus ou en métro à la convocation et de faire le nécessaire, et fissa, pour sa voiture.

— Merci, monsieur le juge.

— Non, non, c'est moi !

Après cet échange de politesses, j'embarquai dans la voiture de la BAC.

***

Chapitre XXXII

— Je vous ai fait naître en Afrique, à Bamako, les gars, même père, même mère, vous n'êtes plus simplement des frères d'arme, mais des frères tout court. J'espère que ça ne vous dérange pas. De toute façon, comme vous le voyez, vous êtes français. En fait, vous êtes des descendants de colons, ça ne peut pas vous déplaire, surtout à toi, Gomez !

Ils étaient tous les trois, le commandant, Gomez et Bonacorsi, à l'intérieur de la Porsche, elle-même garée dans un parking souterrain à proximité de la Estació de Sants, la grande gare de Barcelone. Le commandant qui, une fois n'est pas coutume, était assis au volant, venait d'extraire d'une vieille sacoche les deux passeports et cartes d'identité qu'il tendit successivement à l'un et à l'autre, Gomez à ses côtés et Bonacorsi à l'arrière droit. Il en sortit ensuite deux petits dossiers semblables qu'il distribua de même.

— Vous avez ici tous les documents vous attribuant à chacun un compte ouvert à l'agence de Caracas de l'UBS. Ces comptes sont créditeurs de 100000 euros chacun. Ils sont adossés à d'autres comptes ouverts au siège de l'UBS en Suisse. Ces seconds comptes sont créditeurs de 500000 euros chacun. Je n'ai pas pu faire mieux.

— C'est déjà pas mal, dit Tino Bonacorsi avec un sourire.

— Ouais, vraiment bien, renchérit Gomez.

Pendant le trajet entre le centre-ville et la gare, le commandant leur avait annoncé assez abruptement que leur mission était terminée, qu'il était donc inutile de courir le risque de rester là plus longtemps, qu'il pouvait se débrouiller tout seul et que, de toute façon, lui-même n'allait pas tarder à « dégager ». Il ne leur avait rien dit de plus mais Gomez savait de quoi il retournait : il y avait eu du rififi entre son commandant et les commanditaires. Le commandant avait dû exiger des choses et taper sur la table, il avait été ferme comme il pouvait l'être, et il avait finalement emporté le morceau. Le commandant n'était pas seulement un guerrier de terrain, c'était aussi un guerrier de salon, c'est ce qui faisait sa force. C'était en tout cas comme ça que, lui, Gomez, voyait les choses. Il n'était probablement pas loin de la vérité…

— Vous trouverez aussi deux MasterCard, des Gold. Ça, c'est pour payer les faux frais : le voyage, le billet de train jusqu'à Madrid et l'avion jusqu'à Caracas. Caracas, c'est – paraît-il – la ville la plus dangereuse du monde. « Une ville sanglante. De ses immeubles coulent des fleuves de sang, de ses montagnes coulent des fleuves de sang, de ses maisons coulent des fleuves de sang ! ». [2] C'est ce que j'ai lu il y a quelque temps dans le journal. C'est précisément pour ça que je l'ai choisie plutôt qu'un paradis exotique pour mafieux sur le retour. Ça brouille les pistes et je sais que ça ne vous fait pas peur, ça devrait au contraire vous plaire. Vous serez là-bas comme des poissons dans l'eau. Autres choses : ne prenez pas le même avion, ensuite, détruisez ces cartes. À Caracas, vous avez un appartement dans le quartier Altamira : n'y restez pas trop longtemps, essayez même de décrocher au bout de dix jours, pas plus, qu'on perde votre trace si jamais on vous pistait jusque-là. Dans cet appartement, il y a des armes planquées, vous les trouverez (Gomez fit, de la tête, un signe de connivence). Pour ce qui est de la suite, les gars, vous serez libres, à vous de jouer, vous avez ce qu'il faut et je vous fais confiance. Tout ça va se tasser, je vais faire le nécessaire. Ne vous laissez pas aller à

2) « Caracas. Una guerra si nombre », *El Pais semanal*, 18 avril 2010.

n'importe quelle combine, soyez vigilants et fiers. Pensez toujours à l'honneur, vous êtes français, soldats, et le resterez !

Villejuste leur tendit ensuite la main, qu'ils serrèrent avec émotion, c'était sans doute la première fois. On aurait pu s'attendre à une accolade, comme pour une remise de médaille, mais le commandant avait le sens de la mesure.

— Adieu, mon commandant, dit Gomez.

— *Adiós, comandante*, dit Bonacorsi qui ne voulait pas être en reste. Après quoi chacun ouvrit sa portière pour s'éclipser. Juste avant de refermer la sienne derrière lui, Bonacorsi hésita puis, se retournant, lança :

— Et la fille ?

— Je m'en occupe, Tino, je m'en occupe ! répondit le commandant. Et il lui dédia un sourire presque paternel.

Après quoi, les deux mercenaires, l'un de profession et l'autre d'occasion, disparurent dans les arcanes du garage souterrain et Villejuste, que nul n'avait jamais vu fumer, après les avoir suivis du regard, sortit de sa poche un paquet de cigarettes et en grilla une, songeur.

*

Alors que la Porsche quittait le parking souterrain pour se lancer dans la circulation effrénée de Barcelone, Gomez et Bonacorsi, sans le moindre bagage – ils ne s'embarrassaient pas de ça – faisaient la queue au guichet de la Estació de Sants.

— C'est moi qui paye ! dit joyeusement Gomez en brandissant sa carte bancaire. Là, on va voyager ensemble, ça fait plaisir. Mais la question suivante, c'est : qui va prendre l'avion le premier ?

— On va jouer ça au poker, lui répondit distraitement Bonacorsi. Puis, plus bas : à ton avis, qu'est-ce qu'il va faire de la fille ?

— Je sais pas, répondit Gomez.

Se penchant à l'oreille de son comparse, il se ravisa et ajouta :

— Il y a pas trente-six solutions, Tino. Il va l'éliminer, mais te fais pas de mouron, il va faire ça en douceur, vraiment en douceur, j'en suis sûr. Elle s'apercevra de rien, je lui fais confiance. Puis, enjoué, au guichetier, leur tour étant venu :

— *Dos para Madrid... para empezar*[3] !

Cette bonne humeur de Gomez ne devait pas être communicative. Le guichetier le servit mécaniquement et Tino fut pris d'un accès de tristesse. Triste d'être là, d'en être arrivé là, nostalgique de Marseille, de son village en Corse, de ce qu'il laissait ou croyait laisser derrière lui. Peu de choses à la réflexion, autant dire rien... Mais tout de même.

***

3) Deux à destination de Madrid... pour commencer !

Chapitre XXXIII

Je ne dormais pas, du moins en avais-je l'impression. Mais j'étais bien, je flottais, j'étais en apesanteur au-dessus de la vraie vie. Je me souvenais vaguement de mon passage au commissariat, d'avoir vu Juston et son patron, le commissaire Barthélemy, et de leur avoir donné le maximum d'informations. Juston m'avait servi un verre de whisky bien tassé. Je m'étais demandé où il avait trouvé cette bouteille, puisque l'alcool était depuis peu sévèrement prohibé au commissariat, mais ce type était au fond un rebelle plein de ressources… Ensuite, il m'avait accompagné à l'hôpital de la Timone, au service « Orthopédie enfants » où aucun journaliste ne risquait de traîner. Les flics s'étaient arrangés, car je tenais à garder ma mésaventure secrète : j'ai horreur d'être sous les feux de la rampe, surtout dans une position de victime. Ça faisait aussi l'affaire des autorités pour des raisons qui n'avaient rien à voir avec les miennes…

J'avais un peu flanché dans l'ascenseur qui nous menait au septième étage, heureusement il n'y avait que Juston avec moi. Il avait été très bien, comme toujours. Il avait aussi averti Billie que je n'avais pas eu le courage de joindre moi-même au téléphone ! Il avait dû être délicat et rassurant, ça aussi il savait faire. Je n'étais pas trop abîmé, une bosse derrière la tête, des hématomes sur tout le corps et deux côtes cassées. Mis à part les stigmates des coups sur la pommette, mon apparence était convenable. On avait procédé sur ma petite personne à toutes sortes d'examens et de radios après m'avoir fait une injection massive d'un produit qui m'avait plongé, du fait du mélange avec l'alcool, dans un bien-être animal. Je n'étais plus maître de rien, amorphe, muet et obéissant. C'était sacrément bon !

Plus de douleurs, plus d'inquiétude, plus de barrière morale non plus. À tel point que j'avais fait un rêve érotique ou plutôt, pour être honnête, développé un phantasme érotique dont la protagoniste n'était autre que la belle Constance que je n'avais pourtant jamais rencontrée. Une petite voix intérieure m'avait fait comprendre que j'aurais dû avoir honte, mais, puisque, sans l'avoir cherché, j'étais sans foi ni loi, ça m'avait plutôt fait rigoler.

J'avais été réveillé bien plus tard dans la journée par une épouvantable quinte de toux qui m'avait provoqué une douleur terrible dans la cage thoracique. Billie était là, ainsi que Juston qui s'était alors éclipsé, il avait autre chose à faire. Je demandai au médecin de renouveler la piqûre. Il me répondit avec un sourire ambigu que c'était d'accord, mais seulement pour les analgésiques. Dommage !

Billie fut douce et adorable, pas la moindre critique, pas le moindre reproche. Je me disais, méfiant, que tout ça viendrait probablement plus tard, à l'occasion. C'était sûrement injuste, et puis je lui étais reconnaissant de cacher son inquiétude. Juston avait eu beau lui assurer que les types qui m'avaient mis dans cet état ne récidiveraient pas, je ne doutais pas un instant que, dans son for intérieur, elle fût terriblement angoissée. De ce point de vue, moi, j'étais confiant. L'expérience des hors-la-loi nous apprend que ces gens-là ne perdent pas leur temps à des actions inutiles et risquées, ils savent calculer. Ceux-là avaient essayé, ils devaient avoir compris que ça ne servait à rien : beaux joueurs ils n'en remettraient pas une couche… Comme Juston j'en étais intimement convaincu, mais bien sûr, Billie, c'était autre chose…

Le médecin revint me faire lui-même la piqûre, il m'expliqua, ainsi qu'à Billie, qu'à part le soin de la douleur, il n'y aurait aucun traitement particulier ! Il dit que la nature ferait le reste, immobilité et repos. À cette occasion, il me donna une petite tape sur la poitrine, ce qui m'arracha un gémissement. Billie lui balança un regard noir, ça me fit plaisir. Un peu gêné, il s'éclipsa. Je n'avais aucune envie de parler, seulement de me retirer dans mon cocon chimique. Je fermai donc les yeux. Billie me passa la main sur le front et dans les cheveux, longuement. C'était agréable d'être un objet, l'objet de toutes les attentions.

L'image de Constance Sicardi s'imposa à nouveau, mais pas dans les mêmes conditions que précédemment – j'avais en effet recouvré mon sens moral. Elle se présenta comme une victime, la victime d'une affaire dont j'étais chargé, pas une victime définitive, comme tant d'autres, mais quelqu'un qu'on pouvait encore sauver, qui était quelque part, attendant des secours, plus précisément le secours de mon travail, de mon intelligence et de mon savoir-faire.

L'avaient-ils liquidée ? Et, bon Dieu, quel avait été l'objectif de ces gens en la kidnappant ? Je ne pouvais concevoir qu'ils aient fait ça dans la perspective de l'éliminer, ça ne tenait pas debout. Qui pouvait avoir pris cette initiative ? Pas le gouvernement, ça non plus ça ne tenait pas debout. Je n'avais aucune sympathie pour eux, je savais à quel point ils étaient capables de mensonge, d'hypocrisie et comme ils se foutaient au fond des droits et des libertés des gens, mais franchement, le côté république bananière qui caractérisait leur politique n'allait pas jusque-là, j'en étais convaincu. En plus, la fille d'un député de leur bord ! Non, il y avait dû y avoir un ratage, une bavure. Ils avaient dû fricoter avec je ne savais qui, des gens qui leur avaient échappé à un moment ou à un autre. C'est une constante que nous, les spécialistes du Milieu et des grandes organisations criminelles, connaissons bien.

Les politiques, ou certains d'entre eux pour être honnête, grisés par le pouvoir et rassurés par l'impunité dont ils bénéficient la plupart du temps, se permettent, pour exécuter certaines magouilles, de recruter dans l'underground : colleurs d'affiches, porteurs de valises, gros bras, maîtres chanteurs… Ils ne veulent pas se salir les mains. Ces gens-là les accueillent à bras ouverts et on les met en confiance : respect, flatteries et gestes d'amitié, il n'y a pas plus séduisant qu'un bon malfrat. Et puis voilà, ils tombent sur plus malin qu'eux, des gens dénués de tout scrupule, bien pire qu'eux et ce qu'ils auraient pu imaginer : ils ne savaient pas que ça existait ! C'est vieux comme le monde, c'est ce qu'on nomme, tout au moins depuis la révolution industrielle, le doigt dans l'engrenage.

Albert Sicardi vint aussi me voir à l'hôpital, dans la soirée. J'en fus touché. Ce fut là que je pris ma décision : demain matin, je serais à mon bureau. J'avais d'ailleurs convoqué deux témoins, Olivier Monge, le copain de Constance Sicardi que j'avais déjà entendu, et qui à l'époque ne m'avait pas appris grand chose, et François Séverac, un paysan de la Condamine, le village où la communauté s'était installée. Les gendarmes du coin l'avaient déjà entendu pour mon compte mais il me semblait pouvoir tirer de lui autre chose : une pure spéculation plus qu'une intuition, il est vrai, mais qu'avais-je d'autre à me mettre sous la dent ?

Le député me reprocha de vouloir garder secrète ma mésaventure. Il était pour un grand déballage médiatique, il fallait, dit-il, alerter l'opinion, lancer les journalistes sur la piste d'un grand scandale d'État. Il était de plus en plus convaincu de cette hypothèse. En gardant le secret, on faisait le jeu de ses « amis » qui n'en demandaient pas tant. C'était le monde à l'envers, ce type était en train de virer sa cutie, ma parole ! Je lui expliquai que c'était forcément plus compliqué que ça, je dus dépenser beaucoup d'énergie pour le persuader. Du coup, Billie, qui était encore là, m'approuva et balança même quelques arguments bien vus qui, me sembla-t-il, firent mouche. J'étais reconnaissant et plutôt fier d'elle. Moi, au bout d'un moment, j'étais épuisé. Sicardi, ébranlé, donna finalement sa parole et je savais qu'il la respecterait.

Avant même que la chambre d'hôpital ne se vide, je sombrai. Je ne me rendis compte de rien mais j'étais parti pour un tour de cadran. Douze heures ! Il y avait bien longtemps que ça ne m'était pas arrivé !

***

Chapitre XXXIV

— Vous avez réglé cette histoire de la... cellule machin, Vernier ?

La position du conseiller était de moins en moins tenable. Les temps avaient changé, l'usure du pouvoir avait fait son œuvre. La presse de droite avait fait de lui un bouc émissaire, les ministres et les cadres du parti lui faisaient retomber dessus toutes les conneries du président, il était en délicatesse avec la Nouvelle Ligue et le président lui-même le battait froid, le considérait comme un larbin et en faisait souvent son souffre-douleur. En plus, il y avait cette affaire Sicardi qui le rongeait : c'était surtout ça en fait, le reste...

Il avait eu beau s'être inscrit aux abonnés absents pour Goulard-Marty, le Grand Maître de la Nouvelle Ligue, cette histoire continuait de le hanter et ses conséquences possibles le terrorisaient. Il faisait des cauchemars au cours desquels la police débarquait chez lui pour l'arrêter, le pot aux roses ayant été découvert par ce juge à la con. Ça le réveillait en sursaut plusieurs fois par nuit. Il se retrouvait alors assis dans son lit, les vêtements de nuit imbibés d'une transpiration malsaine, le cœur battant. Heureusement qu'avec sa femme ils faisaient chambre à part ! Et l'autre, là, qui faisait semblant de ne pas savoir, de ne pas avoir à l'esprit cette question pour lui négligeable, soi-disant ! La cellule machin ? Quel culot ! Comme s'il ne se souvenait pas que c'était lui qui était à l'origine de tout ça ! Avec ce foutu besoin qu'il avait eu à l'époque de complaire au président des États-Unis, un président américain qui avait déjà un pied dans la tombe de l'Histoire !

Bien sûr, il fallait être honnête, lui-même avait joué double jeu en associant la Ligue à tout ça. Aujourd'hui, il s'en mordait les couilles, comme disait le président à propos de ceux qui avaient jadis refusé de le soutenir. Il aurait dû résister à Goulard-Marty à l'époque. Après tout il était déjà en place, il n'avait plus grand-chose à en attendre, en tout cas pour lui-même, et les autres, après tout, il s'en foutait. La reconnaissance, en politique, ça n'existe pas ! Ah, si tout cela était à refaire !

Il répondit :

— Je crois, monsieur le président.

— Vous croyez ?

— Je veux dire que j'ai fait le nécessaire. Nos amis, enfin… vos amis, ont accepté de mettre le paquet, je veux dire, ont financé comme il convenait, et les membres de la cellule grise ont dû s'égayer à travers le monde, ratissant le terrain derrière eux, bien entendu. On ne devrait plus jamais en entendre parler ni en retrouver la moindre trace.

— Parfait ! Voilà une affaire réglée. Comme vous le savez, je dois dans deux jours faire un discours au patronat. Vous ne m'avez toujours pas donné d'angle d'attaque sur les retraites-chapeau et les stock-options. Il n'y aura malheureusement pas que les patrons à l'écoute, bordel, ce serait trop simple ! C'est ça la merde, dans ce foutu job, on parle spécialement pour les uns et tous les autres vous reçoivent cinq sur cinq !

Un angle d'attaque ! Comme s'il se contentait d'un angle d'attaque, comme s'il faisait ses discours lui-même… C'était pas un angle d'attaque qu'il lui fallait livrer, c'était le discours dans sa totalité, tout le baratin, de A jusqu'à Z. Mais après tout, il y était habitué, c'était son lot… Non, ce qui le choquait – et le mot était faible – c'était que l'autre n'avait pas eu un mot sur la fille, le sort de la fille ! Hier soir, pourtant, il avait fait une déclaration reprise par tous les médias comme quoi, sur son ordre, police et gendarmerie étaient mobilisées sur tout le territoire. Il avait ajouté qu'Interpol, à sa demande (tu parles !), avait été sollicité. Il avait conclu en disant que tous les citoyens français, quels qu'ils soient, quels que soit leur bord et même leurs opinions, pouvaient compter sur la protection de nos services de sécurité intérieurs, et sur la position ainsi que les moyens de la France à l'étranger ! C'en était trop, il se lança :

— Vous ne me demandez pas de nouvelles de la fille de Sicardi ?

— Comment ? dit le président.

— Non, rien. Excusez-moi. Pour le discours aux patrons, j'ai préparé quelque chose…

***

Chapitre XXXV

Les gens qui ne connaissent pas la justice, spécialement la justice pénale, pensent que nous autres, magistrats, ne rencontrons que la lie et les rebuts de l'humanité, notre clientèle étant essentiellement composée de pervers, de malfrats et de gens retors. Même les témoins, voire les victimes, ne trouvent pas grâce à leurs yeux. Pour eux, la justice pénale est vulgaire, sale et dangereuse, et ils pensent qu'il ne faut surtout pas avoir affaire à elle, de quelque côté que l'on se trouve. Lorsqu'ils vont au bout de leur raisonnement, ils considèrent que nous autres, juges, procureurs et avocats, sommes les éboueurs de la société, ni plus ni moins ! On ne peut guère leur en vouloir, mais ils se trompent…

En réalité, notre clientèle, celle qui constitue la masse de nos affaires, est composée de pauvres, d'exclus, de malades et de déracinés. Ceux-là ont donc des raisons de déroger, aucune raison en tout cas de se sentir solidaires des honnêtes gens et donc de respecter à la lettre des règles qui font d'eux des laissés-pour-compte. Du coup cette population est plus attachante qu'il n'y paraît, et, sauf à ne pas aimer les gens – et alors il vaut mieux n'être pas juge à mon avis – on a du mal à s'en séparer. C'était peut-être là l'explication ou tout au moins l'une des explications de ma persévérance. C'était en tout cas celle que je donnais à Billie lorsqu'elle me pressait d'abandonner mes fonctions et de tourner la page.

Ce jour-là j'avais deux rendez-vous que j'avais maintenus malgré mon état. C'était des témoins, il est vrai : ils n'avaient rien à se reprocher, tout au moins dans le cadre de mon affaire. Je reçus d'abord François Séverac, un vieux bonhomme, paysan qui, pour le coup, était au-dessus de tout soupçon. Contrairement à ce que j'aurais pu penser, il me fit une description pleine de bienveillance du groupe de Constance Sicardi qui s'était un jour installé dans son village et s'offusqua de la « rafle » – ce fut le mot qu'il employa – dont ils avaient été victimes à l'automne 2007. Depuis ce jour, me dit-il, il se posait des questions… Il fallut que je lui tire les vers du nez pour qu'il me décrive son rôle dans cette affaire, l'accueil des enfants des soi-disant terroristes et comment lui et sa femme les avaient pris en charge, dorlotés et rassurés tout le temps qu'il avait fallu, c'est-à-dire pendant plusieurs longs jours de gardes à vue de leurs parents, prolongées au maximum. Il me dit que, tout compte fait, c'était un bon souvenir, d'autant que ça s'était bien terminé. Notre discussion dura un bon moment et le procès-verbal établi ce jour-là ne fait mention que d'une infime partie de notre conversation. Pourtant il m'apporta un élément d'importance, directement en rapport avec mon information. Lorsqu'il avait discuté avec le brigadier-chef Coujard, alors que tous les policiers de la section antiterroriste étaient cagoulés, il avait vu un homme, le seul, hormis le brigadier-chef et ses deux gendarmes, à opérer à visage découvert. Pris d'une soudaine inspiration, je lui présentai les photographies de Bonacorsi et Wagner.

— Celui-là, je le connais, c'est bien lui, dit-il en désignant la photo de Wagner avec bonhomie, je m'en souviens très bien, je l'aurais reconnu entre tous, il avait un regard spécial, un regard de fou qu'on repère pas bien sur la photo. C'étaient ses yeux, comment dire… ils dansaient la gigue, parole !

Bon Dieu, à cette époque, Wagner était encore fonctionnaire de la DST !

J'entendis ensuite Olivier Monge. Ce n'était pas la première fois et il ne m'apprit rien de nouveau. Il me fit simplement part de son opinion. Pour lui, il ne faisait aucun doute que le gouvernement était derrière tout ça. Que c'était une barbouzerie pour tuer dans l'œuf le mouvement révolutionnaire en France, en plein renouveau. Il m'expliqua que le contexte n'avait jamais été aussi porteur depuis au moins mai 1968 et encore, en 68 la France était en pleine expansion, c'était les Trente Glorieuses, l'avènement de la société de consommation et du coup les gens avaient beaucoup à perdre. Aujourd'hui, de nombreux Français, de plus en plus nombreux d'ailleurs, prenaient conscience d'avoir été trompés, bafoués. On prétendait agir dans l'intérêt général et en réalité on protégeait les activités, les possessions et la fortune de quelques-uns. C'était le retour des privilèges, plus de deux siècles après leur abolition, un retour savamment déguisé grâce à la pratique élaborée de cette nouvelle science qu'était la communication.

Tout ça ne me paraissait pas totalement dénué de fondement mais je me gardai de l'approuver ou de le contredire. J'étais un juge impartial, en tout cas c'était ainsi que je me devais de paraître. Je lui rétorquai que, tout de même, faire enlever une responsable gauchiste dont il fallait bien admettre qu'elle avait, pour l'instant tout au moins, un écho modeste dans la population et à plus forte raison dans le corps électoral, alors que rien ne laissait penser qu'elle et ses partisans fussent adeptes des solutions extrêmes, c'était jouer un jeu bien risqué : un jeu qui n'en valait pas la chandelle, à mon avis…

Je crois qu'au fond il était assez d'accord avec moi mais il ne voulait rien en laisser paraître, d'abord parce qu'il n'avait pas d'autre hypothèse sous la main et ensuite parce que, sur le plan tactique, ça l'arrangeait bien. Avec ses amis, il menait en ce moment une campagne du feu de Dieu qui leur aurait valu des poursuites immédiates si le gouvernement avait été droit dans ses bottes. Il me dit, comme si ça expliquait tout :

— Ce sont non seulement des salauds mais aussi des cons !

Là encore, je demeurai neutre, je n'avais pas à avoir d'opinion sur la question. En aurais-je eu que je l'aurais gardée pour moi, par déontologie et notamment en vertu de la séparation des pouvoirs ; je suis comme ça ! Ce qui me frappait tout de même, c'était son attitude à mon égard. C'était un révolutionnaire déclaré, au moins un anarchiste, et il aurait donc dû, en ma qualité de magistrat, me considérer comme un suppôt du pouvoir bourgeois et se comporter avec moi en conséquence. Or il n'en était rien, bien au contraire : il était attentif à mes questions, naturel et spontané, et il me faisait visiblement confiance.

Il m'avait même fait part la fois précédente des « coups » qu'ils préparaient juste avant l'enlèvement. Rien de bien méchant d'ailleurs : la fauche d'un pré de maïs transgénique exploité à titre expérimental par le CNRS, pas loin de chez eux et, un peu plus grave, la détérioration systématique à l'acide de machines de précision laissées par un patron « délocalisateur » dans son usine désaffectée. Il paraît qu'il voulait les récupérer pour les emmener en Inde ! Bien entendu je m'étais bien gardé de consigner toutes ces informations sur le procès-verbal : *verba volens* ! D'ailleurs, aux dernières nouvelles, les ouvriers licenciés ayant occupé l'usine, les machines étaient toujours là. Serviraient-elles encore un jour ?

J'évitai toutefois de lui demander la liste des coups qu'ils avaient faits antérieurement, lui, Constance Sicardi et leur groupe ; il aurait été capable de me cracher le morceau ! C'est une chose que Billie justement me reproche dans ses accès libertaires. Elle prétend que je suis trop sympathique pour être juge d'instruction, que j'ai un truc, naturel bien sûr, pas pervers (selon elle je suis un peu tordu mais pas pervers !) qui met les gens en confiance et attire les confidences. Elle dit que, bien sûr, c'est une qualité, un don même – n'ayons pas peur des mots – qui aurait été employé beaucoup plus légitimement par exemple par un juge des enfants. Pour elle, un juge d'instruction devrait être comme un notaire, posant les questions nécessaires évidemment, mais d'une manière désincarnée, sans mise en scène, fioriture ni affect. Bref, avec un juge d'instruction tel que moi, ça ne se passait pas normalement : la partie devenait déloyale !

Ça ne plaisait pas à Billie que je sois juge d'instruction, ça ne lui avait jamais plu pour toutes sortes de raisons, et l'agression dont je venais d'être victime n'était pas pour arranger les choses, loin de là !

Comme je savais que ces deux-là, Olivier Monge et François Séverac, étaient copains et pas seulement depuis l'enlèvement de Constance – ils étaient d'ailleurs venus ensemble dans l'antique 305 Peugeot du vieux avec le jeune au volant – je les réunis ensuite dans mon bureau, juste pour bavarder un peu puisqu'ils m'avaient l'un et l'autre pris à la bonne. Alors que nous étions tous les trois installés – j'avais fait le tour du bureau pour bien signifier que tout cela n'était plus du tout officiel – la secrétaire de l'instruction me dit par l'entrebâillement de la porte que monsieur Sicardi était là et aurait souhaité me voir. Il n'y avait rien d'anormal à ce qu'il débarque ainsi car je lui avais dit qu'il pouvait passer à n'importe quel moment, même à l'improviste, que je le recevrais pourvu que je ne sois pas occupé. Après tout, me dis-je, pourquoi ne pas le convier à prendre part à notre petite conversation ? Et je fis signe à la secrétaire de nous l'amener.

Ces trois types avaient un vrai sujet de conversation, un sujet qui leur était commun et qui, pour deux d'entre eux en tout cas, leur tenait à cœur. Ce sujet, c'était Constance Sicardi. Du coup, très vite, je me sentis exclu. C'était un peu fort de café, ils étaient dans mon bureau, à mon invitation, et ils se comportaient comme si je n'existais pas ! Le plus malin, c'était le vieux : celui-là était un sacré bavard et il connaissait toutes les ficelles pour participer à une causerie. Je compris pourquoi il fréquentait aussi assidûment le café de la Condamine et à quel point grâce à cet exercice qu'il pratiquait depuis plus d'un demi-siècle, il était devenu incontournable au comptoir. Mais tout de même, mon cabinet d'instruction était tout sauf un comptoir ! Avec l'âge on devient souvent sans vergogne, j'avais déjà remarqué ça. Moi-même, qui suis pourtant un type délicat et réputé pour sa courtoisie, il m'arrive depuis quelque temps de me dispenser avec certaines personnes des salamalecs d'usage…

En fait, pour s'introduire dans le cercle des initiés et donc m'exclure, le vieux s'était délibérément lancé dès le début. Il avait tout de suite et très habilement mis Constance sur le tapis. Il connaissait Constance bien sûr, il l'avait vue, lui, et pas seulement en photo ! Toutefois, comme il ne pouvait parler de son caractère car il n'avait jamais dû échanger plus de deux mots avec elle dans les rues du village ou à l'épicerie – et puis, de ce point de vue, les autres la connaissaient bien… – il avait fait état de son amabilité, ce qui ne voulait pas dire grand-chose, et surtout de sa grâce, ah, sa grâce ! Constance était gracieuse, tout le monde le savait, mais lui, il pouvait en parler, il n'était ni son père ni quoi que ce soit d'autre (à ces mots, quelqu'un se sentit visé et il y eut un instant de gêne), il l'avait vue presque tous les jours pendant de longs mois.

En plus personne ne pouvait lui en vouloir, à son âge, de reluquer une jeune femme qui aurait pu être sa petite-fille. Mais enfin il en profitait pour en parler d'une manière non pas crue, mais décomplexée, et curieusement, les autres, ravis, buvaient ses paroles. Il n'y avait pas d'hypocrisie chez ce vieux, je m'en rendis vite compte, le seul reproche qu'on pouvait lui faire – que je pouvais lui faire – c'est qu'il n'avait pas laissé venir les choses, qu'il avait pris l'initiative et qu'il m'avait relégué au second plan, ce qui, vu le lieu et les circonstances, n'était pas très normal. En dehors de ça, je voyais bien qu'il se faisait plaisir en menant la conversation mais qu'il tentait aussi de passer un peu de baume sur le cœur des deux autres, qui étaient inquiets et malheureux, et même de leur apporter un peu de bonheur. C'était un brave vieux, tout compte fait, quoiqu'un peu ficelle à mon goût…

Il se passa alors, dans ce bureau du palais de justice, quelque chose de vraiment curieux. J'en étais le spectateur, rien de plus, et tout bien considéré, ce n'était pas plus mal. Le vieil homme, qui avait donc pris les choses en main, sollicitait habilement les deux autres, leurs commentaires, leurs souvenirs, les prenant par les sentiments et profitant de leur émotion.

D'un côté (à ma gauche, comme dit l'arbitre avant un combat

de boxe) un homme politique de droite, un poids lourd de la réaction, toujours occupé de la défense des patrons, stigmatisant en bloc les paresseux, les incapables, les grévistes, les chômeurs, les syndicalistes, les soi-disant artistes qui, selon une formule consacrée et, si l'on y réfléchit, lourde de sens, ont la sébile dans la main droite et le cocktail Molotov dans la main gauche. De l'autre côté (à ma droite... dirait l'arbitre), un gauchiste patenté, agitateur, illégaliste, iconoclaste, empêcheur de tourner en rond, amateur justement de cocktails Molotov, quoique, pour être honnête, seulement dans ses rêves.

Seulement, il y avait un sacré arbitre et un sacré contexte et les coups ne pleuvaient pas du tout. Ils parlèrent de Constance, de ce qu'ils avaient manqué avec elle, l'un et l'autre, surtout le père. Ils la décrivaient, chacun à sa manière, émettant à l'occasion un reproche affectueux. Chacun approuvait l'autre dès que l'occasion se présentait. Ils étaient complices. Il s'établissait peu à peu une relation presque filiale entre ces deux hommes. Le vieux Séverac se frottait les mains ou tout comme. Il était très satisfait de son arbitrage et je dois admettre qu'il y avait de quoi.

— On pourrait peut-être finir ça ailleurs, dit-il, tout en jetant, d'un air un peu dégoûté, un coup d'œil circulaire. Aller boire un coup quelque part...

— Oui, mais alors dans un endroit discret, dit le député.

— J'en connais un, intervint Olivier Monge, à Belsunce, derrière l'Alcazar. Il est tenu par des blacks, ça m'étonnerait qu'ils vous reconnaissent.

— Va pour Belsunce, dit le député.

— Vous nous accompagnez ? me demanda le vieux Séverac. Mais je voyais bien qu'il n'y tenait pas plus que ça, le bougre.

— Non, ç'aurait été avec plaisir mais j'ai encore à faire, lui répondis-je.

En réalité, ça m'aurait bien plu de venir avec eux, mais je sentais bien ce que cette tentation avait de trouble. Il y avait une grande part de curiosité là-dedans et j'en avais un peu honte. Et puis mon petit doigt me disait que, depuis un moment déjà, je n'étais, dans cette scène émouvante, rien d'autre qu'un importun.

Ils se levèrent, me saluèrent distraitement, et la porte de mon cabinet se referma derrière eux. J'étais seul.

Ce François Séverac m'avait vraiment épaté. Il était parvenu, en trois coups de cuiller à pot, à réunir ces deux-là, aussi éloignés qu'il était possible, en une sorte de communion tout à fait improbable. Pour ce faire il avait imposé Constance, elle avait été soudain présente, là, au milieu d'eux, comme réincarnée. Le père de Constance avait compris que l'autre était amoureux de sa fille et il s'était imaginé que, peut-être, Constance n'y était pas insensible. Quant à Olivier Monge, il avait compris, lui, à quel point le député était attaché à cette enfant qui l'avait un jour quitté et comme il avait souffert de son départ. Constance ne lui avait bien entendu jamais parlé de ça, de cette rupture, et il avait probablement cru jusque-là qu'elle avait été éloignée, chassée, répudiée, maudite même par ce père et député réactionnaire. Du coup il était tombé des nues, il s'était découvert.

Je restai là, longtemps, pensant à eux attablés autour d'un verre qu'ils avaient dû renouveler sous les auspices du vieux, ce brave pilier de bar. L'alcool avait dû les rendre optimistes et ils devaient échafauder des scénarios encourageants, se convaincre même qu'on retrouverait leur Constance, éprouvée, certes, mais toujours la même. Pourquoi pas après tout ! devaient-ils naïvement se dire. Pourquoi l'aurait-on tuée ? elle n'a jamais fait de mal à personne, au contraire !

Moi, pour la première fois, après avoir longuement fait le point sur toute cette histoire, j'étais irrémédiablement pessimiste, j'étais même convaincu que c'était fini, peut-être pas depuis longtemps, mais que c'était fini ; que, forcément, le sort de Constance Sicardi était scellé à cette heure, j'en avais la conviction.

***

Chapitre XXXVI

Un souffle frais et léger lui parcourait le front et passait dans ses cheveux. Elle traînait encore dans les limbes, à la frontière du sommeil artificiel auquel elle était depuis trop longtemps habituée et de l'éveil languide qui y succédait généralement. Elle avait une fois pour toutes pris le parti de retarder et atténuer si possible les effets de l'abominable état vaseux qui s'imposait à son réveil. Elle ne voulait prendre conscience que le plus tard possible de la triste réalité qui était la sienne. Mais là, tous ses sens lui disaient qu'il y avait du nouveau. Pas dans son corps, elle le sentait bien : lui, était toujours pesant et incommode, infesté de ces drogues qu'ils lui imposaient, mais au dehors.

D'abord ce souffle, sa fraîcheur et sa légèreté, son parfum aussi, plus du tout cette odeur de renfermé, de cave humide et surchauffée. Elle écouta. Ce n'était pas spécialement les bruits du dehors, c'était un moteur qui tournait de manière irrégulière et nerveuse. Et puis elle était chahutée et c'était bon, il lui revenait des sensations anciennes de fête foraine. Des pneus, par instant, geignaient. Elle était donc en voiture, sur une route sinueuse avec au volant un conducteur dynamique pour ne pas dire plus. Mais, encore évanescente, elle ne voulait voir que le bon côté de toutes ces choses qui lui arrivaient. La clarté, au-delà de ses paupières fermées, était elle aussi nouvelle et singulière, seuls les grands espaces et la nature pouvaient offrir ça. Elle attendit encore, elle craignait une déception, ces euphorisants étaient singulièrement trompeurs.

Elle finit pas se décider. Elle ouvrit les yeux, à peine, de peur de tout gâcher ; et ce fut un enchantement. Elle ne se souvenait pas avoir auparavant, sauf peut-être dans sa petite enfance, ressenti une telle bouffée de bonheur. Elle dut acclimater sa vue, ça ne venait pas assez vite, elle était pressée. Devant et à gauche, il y avait la montagne que la voiture escaladait comme par ruse, en faisant des tours et des détours ; au-dessus le ciel d'un bleu encore clair, un peu laiteux ; à droite le soleil qui émergeait et rosissait la mer, étale en contrebas, au fond indistinct d'un précipice vertigineux. À la vue de cet abîme, la tête lui tourna. C'était bon, c'était délicieux. Elle jeta un regard vers la gauche, elle aurait voulu être seule mais bien sûr il y avait quelqu'un au volant. Elle reconnut Villejuste, le chef du commando. Pour la première fois elle le sentit bienveillant et elle lui fit confiance, entière confiance. Il la sortait de ce cauchemar, il s'était enfin décidé. Elle ne savait pas pourquoi et ne voulait pas le savoir. Elle ne pensait même pas que ce fût de son fait à elle, une victoire en quelque sorte ; elle n'avait plus la moindre prétention de ce genre. Elle se sentait dans un état d'aliénation heureuse, bien peu conforme à sa nature, à son état d'avant.

On roulait à tombeau ouvert, comme on dit, mais elle s'en foutait, elle savait que ce type était un virtuose, forcément, qu'il ne commettrait aucune faute de conduite, pas la moindre. Il était calme, précis, et lorsque la voiture chassait dans un virage, il la rattrapait d'un mouvement rapide et sûr, il faisait ça avec plaisir, délectation même, ça se voyait, elle ne craignait pas d'accident, elle s'en remettait à lui. Cependant, quelquefois, elle préférait fermer les yeux comme autrefois à la fête, lorsque, encouragée par un hurlement, la chenille plongeait soudain.

Elle passa un moment comme ça, elle voulait que ça dure, ce bonheur, ce relâchement, cette confiance aveugle. Une petite voix avait beau lui susurrer que les euphorisants ne devaient pas être étrangers à tout ça, cette curieuse plénitude, cette singulière paresse intellectuelle, elle ne voulait pas l'entendre. Car enfin les faits étaient là, elle n'était plus enfermée, plus consignée aux oubliettes, il n'y avait plus de murs, de terre, de barreaux et de porte blindée. Elle était seule à l'avant d'une voiture à côté d'un type occupé à conduire dans des conditions difficiles qui requéraient toute son attention. Il s'y consacrait tout entier avec une sorte de passion, aurait-on dit, et même, par moments, il semblait s'en amuser. Il n'avait vraiment plus rien d'un geôlier ! Elle aurait pu tout aussi bien, profitant d'un virage en épingle à cheveux, ouvrir la portière et se jeter dehors. D'ailleurs, à un moment ou à un autre, ils traverseraient un village et alors... Mais non, elle ne le ferait pas, elle était rassurée, elle se disait que la confiance était mutuelle, il lui faisait aussi confiance à elle. À ce propos, avait-il raison, avait-il tort ? Pas facile de répondre à cette question en cet instant où tout était encore suspendu. Même s'il ne lui apparaissait plus comme un monstre, il n'en demeurait pas moins qu'il avait toujours été et était encore jusqu'à nouvel ordre un ennemi, un nuisible, le serviteur d'une idéologie parfaitement abjecte. C'était tout compte fait un personnage peu reluisant. Malgré ses dehors aristocratiques, c'était un exécuteur, dans tous les sens du terme. Il devait en avoir lourd sur la conscience. S'ils avaient poursuivi leurs petites conversations, cette sorte de psychanalyse, peut-être en serait-il venu à lui parler de ses méfaits et des crimes qu'il avait certainement commis.

Mais Constance, ce qui l'intéressait, ce n'était certainement pas le passé, loin d'elle l'idée de juger ou de requérir la punition du coupable. Ce qui l'intéressait et l'avait toujours intéressée, c'était l'avenir, donner un coup d'arrêt au mal, triompher de l'adversaire, le mettre hors d'état de nuire. Il était d'ailleurs hors de question que, dans son intérêt exclusif, elle laisse courir des gens comme ça sans rien faire. Mais d'un autre côté, qu'est-ce qui l'empêchait de pactiser provisoirement et, bien sûr, comptant sur sa loyauté, d'être elle-même loyale avec lui ? Qu'il la libère, qu'il s'enfuie, jusque-là le pacte pouvait tenir, mais ensuite elle reprendrait ses billes, elle le dénoncerait et commencerait alors la chasse à l'homme, mais surtout la recherche de ses commanditaires, au plus haut niveau : que la bête meure ! Il se pouvait aussi – pourquoi pas après tout ? – qu'il ait viré casaque, retourné sa veste, grâce à elle. Cette idée lui plaisait : qu'il se soit amendé, comme on dit d'un délinquant, bien des choses le lui laissaient croire. Depuis quelque temps elle le sentait décontenancé, fragile, atteint dans ses convictions, ce n'était plus tout à fait le même homme. Avec elle, il était de plus en plus ambigu, pour ne pas dire plus.

Se pourrait-il que… Ça la fit sourire. Elle était sûre d'elle, de son caractère, de son intelligence, de sa force de conviction, mais aussi, même si elle ne voulait pas que ce fût dit, de son charisme et… de ses charmes. L'appétit des hommes ne lui échappait pas. Elle s'efforçait pourtant de n'y voir que de la concupiscence. L'amour, pftt ! Rien que le mot ! Et toute cette légende bourgeoise… Elle ne voulait pas y croire. Elle avait autre chose à faire. Bien sûr il y avait son père, ce rapport d'amour avec son père, comment dire ça autrement ? Mais évidemment ça n'avait rien à voir, à la fois il y manquait quelque chose et à la fois il y avait quelque chose de plus ; et puis justement, ça ne lui avait valu, au bout du compte, que de terribles déceptions.

Dans l'état de béatitude où elle était, toutes ces réflexions la berçaient. Portée au romantisme, elle se voyait en dame du temps jadis, trimballée dans un landau tiré par des chevaux fougueux, empruntant un itinéraire mystérieux et chaotique.

*

Constance, conscience, confiance. Les mots s'entrechoquaient dans l'esprit concentré de Villejuste tandis qu'il pilotait aux limites du possible, justement pour les éloigner. Et s'ils émergeaient malgré tout, dans le désordre, comme des bulles jaillissant d'un étang de lave, au moins s'efforçait-il de ne pas les classer, de ne pas les analyser et surtout de ne leur donner aucune suite. Pour cela, la conduite infernale, la conduite extrême, l'aidait. Il parvenait à échapper aux mots, à l'assaut des mots. Tout de même, il avait hâte que tout ça prenne fin.

*

Alors qu'elle avait les yeux clos – épuisée déjà elle avait pris le parti de ne plus regarder, de se laisser bercer – il y eut une accélération bien plus longue que les autres, ce devait être une ligne droite. La curiosité l'emporta sur la peur, elle décida de jeter un œil. Là, devant, tout près maintenant, la route virait à angle droit vers la gauche, vers l'ouest, c'est ce qu'elle enregistra. La voiture roulait maintenant à une vitesse folle et elle ne pouvait prendre le virage, c'était impossible. Et de fait, l'engin ne tenta pas de suivre la route, il poursuivit sa course tout droit. Tout droit, il n'y avait rien, sauf le ciel et à droite, au loin, la mer à l'infini. Il n'y avait plus d'alternative, que l'envol. Là, elle ne comprit plus rien. Elle eut un haut-le-cœur et fut prise d'une terreur animale, l'envie désespérée de rechercher une protection. Elle referma les yeux et, à tâtons, sa main gauche rencontra une main secourable à laquelle elle s'accrocha. Elle eut un nouveau haut-le-cœur, on fuyait dans le vide, c'est ce qu'elle ressentait, une chute vertigineuse et interminable.

*

Villejuste saisit dans la sienne cette main tiède qui s'offrait. Il l'étreignit comme si, depuis longtemps, il l'avait attendue. Il se sentit, furtivement, comblé. Lui n'était pas dupe, il comprenait tout, c'est lui qui avait voulu ça. Pourtant, désormais, il n'avait plus aucune prise sur les événements. C'était les derniers instants de sa vie et ce fut alors, soudain, comme dans une ultime révélation, qu'il se fit horreur.

La voiture, moteur en avant, heurta l'eau à plus de deux cents à l'heure.

***

Chapitre XXXVII

Je me sentais orphelin, il n'y avait que ce mot-là qui me venait. Ce n'était sûrement pas le bon. Orphelin d'une affaire ? Tu parles ! Ç'aurait bien été la première fois que ça m'arrivait ! D'ordinaire, la fin d'un dossier d'instruction, c'était un soulagement, tout au moins une satisfaction. On vérifie tout le dossier avec madame Del Castillo, ma greffière. Je relis mon ordonnance, de renvoi devant la cour d'assises ou devant le tribunal correctionnel selon le cas, parfois de non-lieu, et hop, on balance le tout au procureur, un peu comme un demi de mêlée de rugby pressé par les poids lourds d'en face se débarrasse en hâte du ballon. Et puis voilà, on est soulagé !

Cette affaire-là, j'aurais voulu la garder encore, parce qu'en fait elle n'avait rien à voir avec les autres. Toute la première phase – appelons ça comme ça – il s'était agi de rechercher, non pas des indices ou des coupables, ça, c'était l'accessoire, mais une victime, une victime innocente. Bien sûr, retrouver la trace des coupables, ça revenait à se rapprocher de la victime. Et les coupables, on avait commencé à les découvrir, l'identité de l'un et le corps sans vie de l'autre. Ah, si on avait pu mettre la main sur un seul mais vivant ! Hier, à tort, j'avais perdu espoir, Constance était encore en vie, plus pour longtemps, mais encore en vie. Et aujourd'hui, alors que tout se démêlait, elle n'était plus de ce monde !

Constance était morte et j'en étais sincèrement malheureux, secoué même, un peu comme si j'avais perdu un proche. C'était vraiment paradoxal puisque je ne l'avais jamais vue. Pour moi, ce n'était finalement qu'un personnage, l'héroïne d'un drame dont j'étais le spectateur. Évidemment pas seulement ça puisque je menais l'enquête : alors quoi ? Bon, inutile de gamberger, me dis-je. Voilà, fin de la première phase, car tu n'es que le juge d'instruction, tu n'es pas là pour te lamenter mais pour poursuivre ton travail. Au boulot ! La première phase, donc, c'était la recherche d'une femme, prioritairement en tout cas. On l'avait retrouvée sans le faire exprès, mais trop tard, morte ! Restait la seconde phase, la recherche de la vérité.

On dit souvent ça aujourd'hui : il faut que la justice fasse son travail pour connaître la vérité. Dans les faits, la justice n'en a pas grand-chose à faire de la vérité, ce qu'elle recherche avant tout, parce qu'on la presse de toute part, ce sont les coupables : il faut des coupables ! Une fois qu'elle a les coupables, tout se calme et elle recherche la vérité, enfin… souvent une vérité qui s'accommode des coupables. Tout ça sur le fil du rasoir et avec des coups de vents dans tous les sens. La justice, tout au moins au stade de l'instruction, est comme une funambule, une funambule plutôt empruntée et maladroite, ballottée par des forces contradictoires.

La vérité donc, il me fallait la découvrir et je ne demandais que ça, à vrai dire. Mais dans notre monde, dans nos institutions, dans nos pratiques surtout, ce n'est pas le but assigné à la justice, je le savais mais j'allais en avoir une nouvelle preuve.

Un juge d'instruction de Perpignan avait été saisi d'une enquête sommaire sur les causes de la mort de deux personnes, un homme non identifié et une femme malheureusement connue et reconnue, Constance Sicardi. On aurait pu, on aurait dû, me donner cette tâche à moi, dans la continuité de mon information judiciaire sur l'enlèvement de Constance. Mais non, ce qu'on m'avait demandé, c'était de me saborder !

Le procureur était venu ce matin me le demander. Il était dans ses petits souliers. Il s'assit, de la pointe des fesses, sur le siège face à moi. Il aurait pu se rencogner contre le dossier, profiter des accoudoirs et croiser les jambes ; c'était, je crois, ce qu'il faisait en temps normal. Mais non, il demeura tout raide, les mains jointes sur ses genoux qui étaient également joints, un peu comme faisaient, dans un temps définitivement révolu, les jeunes filles de bonne famille. Après s'être par deux fois éclairci la voix, ce qui l'obligea à porter une de ses mains à sa bouche avant de la reposer soigneusement à sa place, il se lança et me débita d'un seul jet, comme une tirade pas très bien jouée, ce discours :

— Dans l'affaire Sicardi, je pense qu'il va falloir songer à un non-lieu. Il n'est plus du tout évident qu'elle ait été enlevée. Peut-être a-t-elle disparu de son plein gré, avec ce type ou ces types dont elle aurait été complice. Un coup médiatique ! On peut s'attendre à tout avec ces gens-là ! Cette hypothèse est corroborée par le fait qu'au moment de l'accident elle était libre et qu'aucune arme n'a été retrouvée dans la voiture. Le conducteur n'a pas été identifié et ne semble pas identifiable : sa ceinture de sécurité n'était pas attachée et son visage a pratiquement explosé contre le pare-brise en même temps que son crâne lors de l'impact sur la mer. Vous savez qu'à cette vitesse l'eau a la même consistance qu'un mur en béton : les chocs, en tout cas, sont équivalents. Elle, on l'a reconnue sans difficulté parce que sa ceinture était enclenchée et a tenu le coup. Elle est morte noyée en fait, c'est ce que le légiste a conclu. Du coup l'information du chef de recherche des causes de la mort instruite par votre collègue de Perpignan permet d'émettre deux hypothèses. Soit l'hypothèse d'un accident : la voiture, qui devait rouler très vite, a manqué son virage et a continué tout droit vers le précipice. Soit celle assez peu vraisemblable d'un suicide du conducteur entraînant dans sa mort Constance Sicardi. Comme vous le savez, dans les deux cas, avec la mort du meurtrier présumé ou de l'auteur de l'homicide par imprudence, l'action publique est éteinte. Comme l'enlèvement préalable n'est pas évident et qu'à supposer qu'il y ait enlèvement, l'auteur serait ce type, l'action publique pour enlèvement serait elle aussi éteinte.

Le discours était parfait, un parfait discours de juriste, en apparence tout au moins. Il devait l'avoir bien préparé. J'interrompis là cette tirade.

— Puis-je vous faire remarquer qu'il n'était pas seul pour enlever la fille ?

Il devait avoir prévu cette objection :

— Il y en avait en effet deux autres, si enlèvement il y a, je vous le concède. Mais l'un d'entre eux est mort : action publique éteinte, encore une fois…

— … et il en reste un, sous le coup d'un mandat d'arrêt !

— Sauf, je vous le répète, que la fille pouvait être consentante… Non, vraiment, le non-lieu semble s'imposer, je vais vous faire des réquisitions en ce sens.

N'importe quel témoin de cette conversation aurait dit que j'étais coincé. Mais une petite idée me vint pour m'en sortir sans entrer dans une longue et fastidieuse discussion juridique qui n'aurait rien apporté. Billie, qui avait toujours regardé avec des yeux d'anthropologue le monde judiciaire et spécialement le mode de relations entre ses composantes – les magistrats et avocats – m'avait parfois conseillé, lorsque je lui faisais part de mes difficultés avec certains collègues ou avec ma hiérarchie, de casser le système au moyen d'une technique, infaillible selon elle. Cette technique consistait, pour s'affranchir de l'hypocrisie qui caractérisait ces relations, à revenir dans le registre naturel et même au-delà. Il suffisait, me disait-elle, d'avoir recours à la familiarité, en tutoyant l'intéressé par exemple, et surtout en recourant à un discours simple, conforme au ressenti, le mien et celui de mon interlocuteur, avec, si nécessaire, des réactions spontanées, des expressions triviales et bien senties, des mots grossiers et brutaux si nécessaire. Bien que j'aie toujours eu tendance à dire ce que je pensais (j'étais bien connu pour ça !), je n'avais jusque-là jamais eu recours à ces extrémités, préférant rester dans les limites de la politesse, au moins apparente. Mais cette fois, la coupe débordait et je me lançai :

— Tu sais ce qu'une de tes anciennes substitutes m'a dit de toi, un jour ?

— Comment ?

Le premier coup était porté, c'était le tutoiement. Ça ne pouvait que m'encourager…

— Elle m'a dit que tu n'étais rien d'autre qu'un suce-bites !

Bon Dieu ça marchait ce truc. Il ne répondit pas tout de suite mais ses deux mains se séparèrent, il posa ses bras sur les accoudoirs, s'enfonça dans son siège et croisa les jambes. Au lieu de se scandaliser, il se mit ensuite à réfléchir. Toutefois, cette réflexion ne porta pas tout de suite sur ce que j'avais escompté car il finit par dire :

— Je vois de qui il s'agit. Quelle salope ! C'est vrai que je lui en ai fait baver…

Il parlait comme pour lui-même, se remémorant sans doute ses relations avec cette fille et la haute idée qu'elle s'était faite de lui. Il se reprit soudain, comme quelqu'un qui s'éveille à la réalité, celle d'aujourd'hui :

— Mais pourquoi me dites-vous ça ?

Il avait abandonné son armure, changé de registre, la méthode semblait bel et bien fonctionner, mais il ne pouvait se résoudre au tutoiement, c'était trop pour lui.

— Tu n'as pas une idée ?

— Écoutez, Galtier, aller plus loin dans cette affaire, c'est chercher des ennuis pour un résultat qui pourrait être pire que le mal…

— Et c'est pour ça que, comme un bon petit soldat, tu exécutes scrupuleusement les ordres et que tu fais même du zèle en mettant tout ton savoir-faire au service des salopards qui te les donnent ?

— Mon savoir-faire ?

— Oui, bien sûr ! Tu ne t'en rends même pas compte ? Tout à l'heure tu m'as servi un discours parfait, totalement hypocrite mais parfait, très convaincant, une manière de voir les faits totalement improbable, une analyse juridique excellente pour les nuls mais entre nous tout à fait moisie. On aurait dit que tu plaidais un mauvais dossier devant des jurés tout neufs, qui n'ont encore rien compris, enfin bref, que tu me prenais pour une bille.

Il sourit, il était maintenant parfaitement à son aise, décoincé, je ne l'avais jamais vu comme ça. La technique de Billie, telle un filtre ou un litre de whisky, agissait au-delà de mes espérances, et du coup ça commençait à m'énerver, moi !

— Ouais, dit-il, excuse-moi. Chez nous autres, procureurs, c'est comme une seconde nature. Je t'ai enrobé ça tout en sachant très bien que tu n'en croirais pas un mot…

Et voilà, il poursuivait sa métamorphose, il me tutoyait, le bougre ! Jusqu'où allait-il aller ? À ce rythme, dans un quart d'heure il allait me tomber dans les bras et chercher à m'embrasser, pourquoi pas ? J'étais un peu comme un apprenti sorcier. En fait je n'avais pas été assez méfiant, la technique était à manier avec des pincettes…

— Écoute, procureur, nous naviguons au-delà de la pire hypocrisie, mais au fond le problème n'est pas là. Le problème, c'est que tout ça est dégueulasse, parfaitement dégueulasse, pour cette fille et ses proches, mais aussi pour les principes. Ça ne te gêne pas de participer à cette merde, de te vautrer dedans ?

— Pour être honnête, Galtier, toute cette histoire m'empêche en effet de dormir. Il m'arrive de me réveiller la nuit en pensant au sort de Constance Sicardi. Mais détrompe-toi, ce qui me réveille et provoque mes insomnies, ce n'est pas la mauvaise conscience, pas du tout, c'est quelque chose comme la pitié ou la compassion ! Tout ça est sans doute dégueulasse mais, de mon point de vue, on ne peut pas faire autrement. Le remède que tu souhaites – transparence, scandale et grand déballage – serait probablement bien pire. Il s'est passé quelque chose, quelque part dans les hautes sphères, j'ignore à quel niveau. Je ne suis pas sûr que ça vienne directement du gouvernement, qu'un membre du gouvernement soit à l'origine de l'affaire. Quelqu'un tire les ficelles et le pouvoir lui-même est peut-être manipulé, ils ont dû faire une connerie. Ce ne sont pas des illuminés et je ne peux croire qu'ils aient été assez cinglés pour avoir fomenté l'enlèvement puis l'exécution de Constance Sicardi, une révolutionnaire de seconde zone. À mon avis, ils ont été victimes d'un piège. Voilà pourquoi je suis d'accord à cent pour cent pour étouffer l'affaire bien que ce soit, comme tu dis, dégueulasse pour cette fille et sa famille…

— Et puis ça t'arrange…

— Ça m'arrange, ouais, c'est vrai. Ou plutôt, si je ne faisais pas ce qu'il faut, ça compromettrait mes chances d'être nommé dans un an ou deux procureur général, je te le concède. Du coup, tout se combine au mieux : il y a, comme on dit, une communauté d'intérêts entre ma conscience et ma carrière.

On ne pouvait être plus cynique.

*

C'était le soir même. Le soir même de ma conversation avec le proc'. Je m'étais installé sur le canapé, devant la télévision allumée mais presque muette, de sorte qu'il fallait tendre l'oreille pour entendre le son. Je m'étais servi un gin tonic bien tassé et je le regrettais. L'alcool ça n'arrange rien, surtout quand on boit seul. J'aurais mieux fait d'aller me faire un petit footing, mais mon dernier footing du soir m'avait laissé un mauvais souvenir, il faut comprendre. Billie n'était pas encore rentrée et les garçons étaient dans leurs chambres soi-disant en train de faire leurs devoirs. Ils devaient en réalité être tanqués devant leurs ordinateurs à chatter avec des copains ou à bidouiller des messages sur Facebook. Je n'avais pas eu le courage d'aller faire un tour pour les remettre dans le droit chemin, ras de bol de jouer les gendarmes.

Une journée de merde, voilà ce que j'avais vécu aujourd'hui. J'avais bien eu la satisfaction de faire sortir ce type de sa gangue d'hypocrisie mais ça n'avait servi à rien, il avait allègrement surfé de l'hypocrisie à la bonne conscience, et du coup ça ne m'avait rien apporté à part une profonde amertume et toute sorte de doutes sur la nature humaine. J'étais déprimé et c'était un truc qui ne m'arrivait pas souvent, moins souvent qu'à Billie ; mais elle, c'était une habituée, elle parvenait à se remettre d'aplomb assez rapidement, en pensant à son boulot, je suppose : elle soignait des gens ! J'avais beau essayer de me convaincre de mon utilité, le scepticisme l'emportait. J'étais contraint de vaticiner bêtement, comme un sportif qui se chauffe juste avant de tenter une performance. Je me disais que des juges, il en fallait, il y en avait toujours eu, et que si ceux qui pratiquaient l'instruction comme moi faisaient bien leur travail, d'un côté ils protégeaient les gens contre l'arbitraire, de l'autre ils menaient une enquête et il la menait correctement, de manière civilisée, ils permettaient aux suspects ou aux accusés de se défendre. Tout ça pour que soient finalement prononcées des sanctions méritées, en principe…

C'était bien sûr cette affaire Sicardi qui me mettait dans cet état ; j'y pensais, je n'arrêtais pas d'y penser. Je revoyais chacun de ses protagonistes connus, toute une humanité, et je tentais d'imaginer les autres, inconnus ceux-là. Celui qui avait mes faveurs du moment, c'était le plus vieux, François Séverac. Peut-être était-ce dû à mon âge à moi – j'étais finalement un tout petit peu plus près de lui que de Constance Sicardi, Olivier Monge et leurs camarades – et puis ce soir je ne me sentais vraiment pas jeune ni dans le coup : ce monde me paraissait odieux et j'enviais ceux qui ne le savaient pas encore. Quant à moi, je balayais d'un regard mélancolique et critique toute cette période de l'histoire, un demi-siècle, qui correspondait à ma vie. Au départ, c'était très encourageant. La guerre et l'horreur étaient derrière nous, on se disait que se battre entre les peuples menait au chaos, la preuve en était faite, et du coup il y avait eu la grande affaire de la non-violence. Ça avait marché pendant un bon moment parce que les gens sont par nature compatissants.

Ensuite, le pouvoir et tous ceux qui tirent les ficelles à leur profit se sont adaptés. Ils ont pris ça en compte puis en main. Ils ont concocté la parade : c'est l'art de la « communication », cette science politique nouvelle et miraculeuse, qui le leur a permis. La non-violence a donc été absorbée et puis digérée par l'hypocrisie. La non-violence est devenue faiblesse, obsolète et, de nouveau, aujourd'hui, c'est la force qui prime. Voilà pourquoi, moi qui suis un spectateur privilégié des avatars et des tensions de la société, des jeux de pouvoir et des manipulations de toute sorte, je préfère maintenant, bien malgré moi et contre ma nature, la révolte à la non-violence, l'homme qui casse un supermarché gavé d'OGM à celui qui fait la grève de la faim pour sauvegarder son emploi. Évidemment, de la part d'un juge, c'est ennuyeux, raison pour laquelle je cache soigneusement ce fâcheux penchant et m'efforce de ne pas trop le laisser paraître dans ma pratique professionnelle. Voilà pourquoi dans mon panthéon personnel d'homme paisible et de juge bienveillant, l'homme révolté voisine avec le révolutionnaire d'antan.

Je dois avouer que j'aime les résistants, les révoltés et même (secrètement) les révolutionnaires que l'on a vite fait de qualifier de terroristes. C'est évidemment un amour purement platonique, que l'on se rassure, je ne suis jamais passé à l'acte. Le secret vaut pour mon entourage. Pas pour Billie, à qui il m'est difficile de cacher grand-chose, mais elle est elle-même, si je ne me trompe, tenue au secret professionnel et, même si je ne suis pas un de ses patients, je sais qu'elle a une conception extensive de ses devoirs. D'ailleurs, pour être honnête, elle ne voit rien à redire à cette passion, alors…

C'était ces idées décousues qui me passaient par la tête lorsqu'elle rentra. Elle comprit tout de suite dans quel état j'étais. C'est l'avantage d'avoir une femme psy, pas besoin d'expliquer, pas besoin de faire ostensiblement la gueule, pas besoin de se lamenter. Elle se défit de sa veste et de son sac puis vint s'asseoir près de moi, dans l'expectative, une attitude un peu trop professionnelle à mon goût. Dans le contexte, ça me froissa, je comptais sur quelque chose de plus intime, de plus affectueux. Mais elle, elle avait pris ce parti-là et attendait donc une initiative, une initiative de ma part, comme si je n'étais qu'un de ses habitués, un de ses patients, installé sur le divan. Moi, bien entendu, je ne voulais prendre aucune initiative, pas la moindre, je restai là, buté, les yeux fixés sur l'écran de la télévision dont les images ne m'intéressaient pas et dont les paroles m'échappaient. Comme psy, Billie avait de la bouteille, on ne pouvait pas lui retirer ça : alors que dans la vie ordinaire elle avait horreur du silence, là elle ne bronchait pas, mon mutisme ne semblait pas la déranger. Eh bien tant mieux ! Il ne fallait pas compter sur moi pour rompre le charme, je ne prononcerais plus un mot ! Ça pouvait durer longtemps, ce petit manège figé et silencieux, on verrait bien au bout du compte qui était le plus solide !

Mais un événement inattendu vint subrepticement déjouer toutes ces résolutions.

La télé diffusait. La télé, dès qu'on s'y est laissé prendre, on peut compter sur elle, elle diffuse sans trêve, inlassable, imperturbable, pendant que les gens mangent, discutent, font la vaisselle ou l'amour, dorment, quelquefois alors même qu'ils sont morts. De plus en plus de gens meurent de vieillesse devant la télé. Le but, on le sait, c'est d'introduire et de laisser quelque chose dans le cerveau, une petite marque clandestine, utile, endormie, qui s'éveillera au moment propice, dans un supermarché, dans un grand magasin, au long d'une rue commerçante, ici ou là. Évidemment, pour les morts, c'est peine perdue, dommage ! Là, c'était la fin du journal télévisé. J'y étais, comme je l'ai dit, parfaitement indifférent. Mais on n'est vraiment indifférent qu'au spectacle de la routine : dès qu'un grain de sable inattendu vient s'en mêler, notre esprit s'éveille. Ce doit être un résidu du vieil instinct, l'instinct du fauve comme celui de la proie.

En principe, au fur et à mesure que le journal télévisé avance, l'attitude du présentateur ou de la présentatrice se modifie. Au début, on ressent chez lui ou chez elle une agitation et une excitation palpables, entraînantes en fait ; puis, peu à peu, ses attitudes se font plus douces, plus relâchées, son regard s'éteint, ses traits se détendent et, vers la fin, alors qu'il ne reste plus à traiter que des sujets futiles, optimistes ou émouvants, un sourire se dessine, pas seulement parce que le sujet s'y prête enfin, mais aussi et surtout parce qu'il ou elle sait que c'est bientôt fini.

L'exploit ou la performance, comme on voudra, tire à sa fin : ouf !

Ce soir-là, après un programme fait de nouvelles plus sombres et dramatiques les unes que les autres, je présume, la présentatrice devait en être arrivée à ce stade de relâchement, ou tout au moins le croyait-elle et moi aussi si je puis dire, puisque c'était probablement la seule information parvenue à mon soubassement d'animal inattentif mais, comme on sait, en état de veille. Ce fut alors que son attitude changea. L'ébauche de sourire s'effaça soudain. Le regard se remit à briller et la mine se fit à la fois consternée et gourmande. Chez moi, du coup, le réflexe ancestral se mit en branle et je me rebranchai aussitôt sur la réalité !

— … Une dépêche de dernière minute nous apprend que monsieur Jean-Claude Vernier, le conseiller très écouté du président de la République vient de se suicider ! Il se serait défenestré, annonça la présentatrice arrachée à son prompteur par un petit papier qu'une main anonyme quoique singulièrement poilue venait de lui passer.

À cette nouvelle, je dus présenter à la cantonade (qui en fait n'était composée que de la seule Billie) une mine soudain enjouée, puisqu'elle me dit :

— Ça te fait plaisir ?

— Qu'est-ce qui me fait plaisir ?

— Eh bien, cette nouvelle ! On annonce le suicide d'un type, et toi, on dirait que ça te fait plaisir ! Je veux bien admettre qu'il ne méritait pas une grande sympathie, mais tout de même…

Ces psys ne laissent rien passer. C'est très fatigant à la longue ! C'était vrai que, l'espace d'un instant, j'avais cédé à une espèce de joie bizarre : je le regrettais bien entendu. Il y a les convenances : la mort qui efface tout, le respect dû à ceux qui y sont passés et toutes ces choses… Mais il fallait comprendre, j'étais triste, abattu, j'avais mes raisons, j'étais hanté par le spectre de Constance, et en plus je n'étais guère satisfait de moi-même, je l'avoue : j'avais échafaudé des théories et aucune n'avait été validée par les événements, au point que je finissais par en douter. Et puis soudain, voilà que ça arrivait ! Une éminence grise du pouvoir, du cœur du pouvoir, se suicidait peu après avoir appris la mort de Constance : une coïncidence ? Alors une coïncidence plus que troublante !

S'était-il vraiment suicidé d'ailleurs ? Suicide, mon œil ! La défenestration, ce n'est pas le truc de ces gens-là : ils sont plutôt du genre balle dans la tempe ou dans la bouche. Mais maquiller un suicide avec un flingue, ce n'est pas aussi facile que les séries policières le laissent à penser, alors que virer un type par une fenêtre au cinquième étage dans une cour commune, c'est assez facilement réalisable en s'y prenant bien et à plusieurs, et ça permet de prétendre qu'il est tombé tout seul, pas d'autres stigmates que ceux dus à la chute, ni vu ni connu !

Voilà un mode opératoire qui était assez couramment employé sous les régimes totalitaires, si je ne me trompe, et qui pouvait tout aussi bien l'être sous n'importe quel autre régime ! Ce sont des trucs qu'emploient en dernière extrémité les services qu'on nomme « Action » dans le contre-espionnage. Le problème, c'est la définition de la « dernière extrémité ». Tout est là ! Et puis, depuis la fin des guerres, en France celle d'Algérie, il n'y a plus de service « Action ». C'était un peu compliqué de dire à un fonctionnaire et même à un militaire : « Votre mission du jour c'est d'aller liquider proprement ce type qui nous em… je veux dire qui menace les intérêts supérieurs de la France. » On avait donc eu recours à des officines composées de policiers ou de soldats perdus, défroqués ou même à la retraite.

Confronté au regard réprobateur de Billie, j'entrepris de tout lui expliquer.

Au début, elle fut incrédule, ensuite, elle fut circonspecte, et enfin, soulagement, elle me parut convaincue. J'ajoutai qu'un jour, peut-être pas tout de suite, peut-être même pas dans quelques années, mais qu'un jour, forcément, on saurait la vérité. Elle me dit :

— Et ça lui fera une belle jambe ! Parce que c'est bien gentil toutes ces déductions, mais c'était avant qu'il aurait fallu penser à ça, ça aurait peut-être permis de la sauver…

Je la remerciai avec une certaine vigueur de me culpabiliser. Comme si j'avais besoin de ça à cet instant ! Comme si c'était son rôle, à elle, ma propre femme ! Comme si le devoir des psys ce n'était pas au contraire de déculpabiliser les gens !

— Mais je ne te culpabilise pas ! Rétorqua-t-elle. À part ceux qui l'ont enlevée et assassinée et ceux qui en ont donné l'ordre, personne n'est vraiment coupable. Tu es bien prétentieux en te mettant ce drame sur le dos. Tu n'es qu'un minuscule rouage dans son déroulement. Mon chéri, quand admettras-tu que tu n'es qu'une poussière dans le grand tournoiement du monde ?

Cette femme savait être rassurante, parfois, on ne pouvait pas lui enlever ça. Mais elle avait une tendance agaçante à s'attaquer à mon ego, mon ego de juge. Peut-être n'avait-elle pas tort, après tout. J'étais le premier à dire que les juges ont un problème avec leur ego, mais il est vrai qu'en général j'avais tendance à m'exclure du lot…

Alors que je remâchais tout ça, elle disparut et revint l'instant d'après, une bouteille dans une main qu'elle posa sur la tablette et un tire-bouchon dans l'autre qu'elle me tendit avec autorité. J'adhérai avec enthousiasme à cette invite et débouchai la bouteille. C'était une bonne bouteille de rouge, un côtes-du-rhône, parfumé, lourd et capiteux. Je l'avais déniché lors d'une tournée de dégustation dans ces trois villages du Vaucluse bénis du dieu Bacchus : Sablet, Séguret et Rasteau. Son nom : Domaine des Nymphes ! C'était tout un programme, ça ne pouvait qu'insuffler un état d'esprit carrément mythologique. J'étais tout disposé à tomber dans ce panneau-là. Le premier verre fit son office, oublier le froid de la mort et ouvrir la voie à une soirée sereine d'abord, lascive ensuite et enfin passionnée. Mais nous n'en étions pas encore là, pas tout à fait. Il me restait encore à digérer quelques bricoles.

— Je ne t'ai pas dit mais j'ai un doute sur ce suicide. Je pense qu'il a été liquidé par des hommes de main avançai-je en sirotant mon deuxième verre. Cette défenestration…

— Tu ne crois pas que tu te fais un peu des vélos ? Tout de

même, le conseiller du président… et puis faire gober ça à toute la classe politique…

— Tu sais, jadis un ministre s'est noyé dans trente centimètres d'eau et toute la classe politique, comme tu dis, l'a gobé. Non, là, franchement, j'ai de gros doutes !

— C'est bien pour un juge, d'avoir des doutes, dit-elle comme une pique mais mollement. Ses pensées étaient déjà ailleurs, ça se voyait. Ça tombait bien, les miennes ne demandaient que ça.

Devant mon troisième verre je me dis que j'étais bienheureux. J'avais la conscience tranquille, contrairement à bien d'autres que je considérais comme mes ennemis mais qu'au fond je plaignais sincèrement. Pas bonne conscience, ça non, je le reconnais, mais la conscience tranquille, cet état d'innocence qui seul ouvre la voie à tous les bonheurs possibles. J'eus une dernière pensée pour Constance : personne, à aucun moment, n'avait eu pitié d'elle, bien qu'elle fût généreuse, belle, intelligente et tant aimée !

Bien plus tard je m'endormis, apaisé, comme un enfant repu. N'était-ce pas là ce qu'on nomme le sommeil du juste ? Peut-être, peut-être pas. Mais ça faisait du bien d'y croire, en tout cas.

***

Parus dans la même collection

Le Baiser du Congre
DEL PAPPAS

Bleu sur la Peau
DEL PAPPAS

Le Jobi du Racati
DEL PAPPAS

La Girelle de la Belle de Mai
DEL PAPPAS

Écran total
MAXIME VIVAS

Ainsi soient-elles
PIERRE SERISIER

Le Royaume de Degun
DEL PAPPAS

Du Sel plein les Yeux
DEL PAPPAS

La Nuit des Bras Cassés
MAURICE GOUIRAN

Harpo
PIERRE SERISIER

Le Couteau sur la Langue
RENÉ MERLE

Pleure pas le Mistral se Lève
DEL PAPPAS

Le Cœur Enragué
DEL PAPPAS

Le Théorème de l'Engambi
MAURICE GOUIRAN

Le Cafoutchi du Diable
DEL PAPPAS

Le Dernier des Chapacans
MAURICE GOUIRAN

La Mue de la Cigale
DEL PAPPAS

L'Arménienne aux Yeux d'Or
MAURICE GOUIRAN

L'Anticyclone des Açores
DEL PAPPAS

Les Martiens de Marseille
MAURICE GOUIRAN

La Porte des Orients Perdus
MAURICE GOUIRAN

Bada d'Amour
DEL PAPPAS

Les Damnés du Vieux-Port
MAURICE GOUIRAN

Saucisse dans le Métro
SERGE SCOTTO

Marseille, la ville où est mort Kennedy
MAURICE GOUIRAN

Sortez vos morts
BRUNO LEYDET

L'Espincheur des Accoules
DEL PAPPAS

Sous les Pavés, la Rage
MAURICE GOUIRAN

La Gloire de Saucisse
SERGE SCOTTO

Terminus Ararat
MAURICE GOUIRAN

Frères d'Armes
SERGE-YVES RUQUET

Train Bleu Train Noir
MAURICE GOUIRAN

Meurtres à la Cité Radieuse
ALAIN PUCCIARELLI

Saucisse Président
SERGE SCOTTO

Vogue, Bel Engatseur,
DEL PAPPAS

Spécial Dédicace
LILIAN BATHELOT

Marseille sur Maire
SERGE YVES RUQUET

Putains de Pauvres
MAURICE GOUIRAN

La Théorie du K.O.
LILIAN BATHELOT

Deus ex Massilia
ANDRÉ FORTIN

Shanghai Skipper
TITO TOPIN

Les Chèvres Bleues d'Arcadie
MAURICE GOUIRAN

Les Quatre Sueurs du Juge
DEL PAPPAS

Croisière Jaune
ZOLMA

Les Vrais Durs Meurent Aussi
MAURICE GOUIRAN

Mistral Cinglant
ZOLMA

Un Eté Grec
ANDRÉ FORTIN

Le sang des Siciliens
MAURICE GOUIRAN

L'Été tous les Chats s'Ennuient
PHILIPPE GEORGET

La Vie est un Sale Boulot
JANIS OTSIEMI

Qui a peur de Baby Love
MAURICE GOUIRAN

Le Royaume des Sables
PIERRE BOUSSEL

La Prière du Maure
ADLÈNE MEDDI

Et la Mort se Lèvera
JACQUES-OLIVIER BOSCO

Appelez-moi Dillinger
MAURICE GOUIRAN

Saucisse face à la Crise
SERGE SCOTTO

Adios Viracocha
ZOLMA

Requiem pour le Juge
ANDRÉ FORTIN

La Bouche qui mange ne parle pas
JANIS OTSIEMI

La Posture de la Méduse
ALAIN PUCCIARELLI

Le Paradoxe du Cerf-Volant
Philippe Georget

Achevé d'imprimer sur les presses
de Pulsio à Sofia
Imprimé en Bulgarie
Dépôt Légal : février 2011